ASAS DE FOGO

O REINO ESCONDIDO

LIVRO UM
A PROFECIA DOS DRAGÕES

LIVRO DOIS
A HERDEIRA DESAPARECIDA

LIVRO TRÊS
O REINO ESCONDIDO

LIVRO QUATRO
O SEGREDO SOMBRIO

TUI T. SUTHERLAND

ASAS DE FOGO

O REINO ESCONDIDO

São Paulo

2025

INSIDE BOOKS

Wings of Fire: The Hidden Kingdom

© 2025 by Tui T. Sutherland

© 2025 by Book One
Todos os direitos de tradução reservados e protegidos pela Lei 9.610 de 19/02/1998. Nenhuma parte desta publicação, sem autorização prévia por escrito da editora, poderá ser reproduzida ou transmitida sejam quais forem os meios empregados: eletrônicos, mecânicos, fotográficos, gravação ou quaisquer outros.

Coordenadora editorial	*Francine C. Silva*
Produtora editorial	*Caroline David*
Tradução	*Ariel Ayres*
Preparação	*Monique D'Orazio*
Revisão	*Rafael Bisoffi* *Silvia Yumi FK*
Adaptação de capa	*Francine C. Silva*
Projeto gráfico e diagramação	*Renato Klisman • @rkeditorial*
Impressão	*PifferPrint*

Dados Internacionais de Catalogação na Publicação (CIP)
Angélica Ilacqua CRB-8/7057

S967a   Sutherland, Tui T.
Asas de fogo : o reino escondido / Tui T. Sutherland ; tradução de Ariel Ayres ; ilustrações Joy Ang. –– São Paulo : Inside books, 2025.
256 p. : il (Asas de Fogo ; vol 3)

ISBN 978-65-85086-77-6
Título original: *Wings of Fire: The Hidden Kingdom*

1. Literatura infantojuvenil 2. Literatura fantástica I. Título II. Ayres, Ariel III. Ang, Joy IV. Série

25-2703   CDD 028.5

Para Elliot, que nasceu em um
Ano do Dragão maravilhoso,
tal qual esses livros.

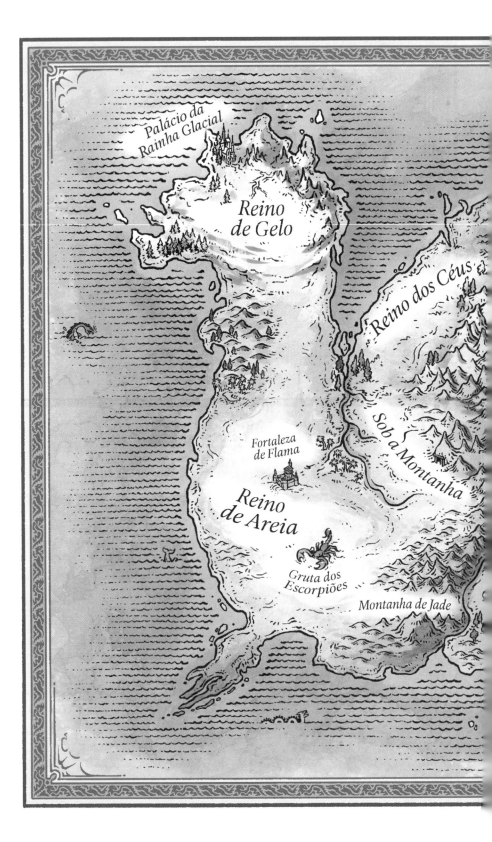

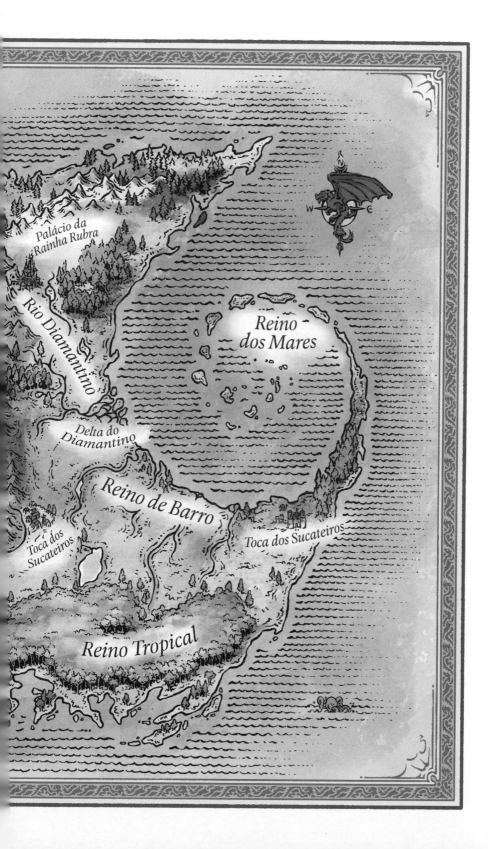

Reino
de Gelo

Reino dos Céus

UM GUIA ASANOITE PARA OS
DRAGÕES

Areia

Gruta dos
Escorpiões

Montanha de Jade

DE PYRIA

Palácio da
Rainha Rubra

Rio

Reino
Mares

Toca dos
Sucateiros

Toca dos Sucateiros

Reino Tropical

ASAREIA

Descrição: escamas brancas da cor da areia do deserto ou ouro pálido; cauda farpada venenosa; línguas pretas bifurcadas.

Habilidades: podem sobreviver muito tempo sem água; envenenam inimigos com a ponta de suas caudas, como escorpiões; se enterram para se camuflar na areia do deserto; cospem fogo.

Rainha: desde a morte da rainha Oásis, a nação está dividida entre três rivais pelo trono: as irmãs Flama, Fervor e Fulgor.

Alianças: Flama luta ao lado dos asacéu e dos asabarro; Fervor é aliada dos asamar; e Fulgor tem o apoio da maioria dos asareia, bem como uma aliança com os asagelo.

ASABARRO

Descrição: escamas blindadas e espessas de cor marrom, às vezes com subescamas âmbar e douradas; cabeças grandes e achatadas com as narinas no topo do focinho.

Habilidades: podem cuspir fogo (se estiverem quentes o suficiente); prender a respiração por até uma hora; se camuflar em grandes poças de lama; geralmente são muito fortes.

Rainha: a rainha Saracura.

Alianças: atualmente aliados à Flama e aos asacéu na grande guerra.

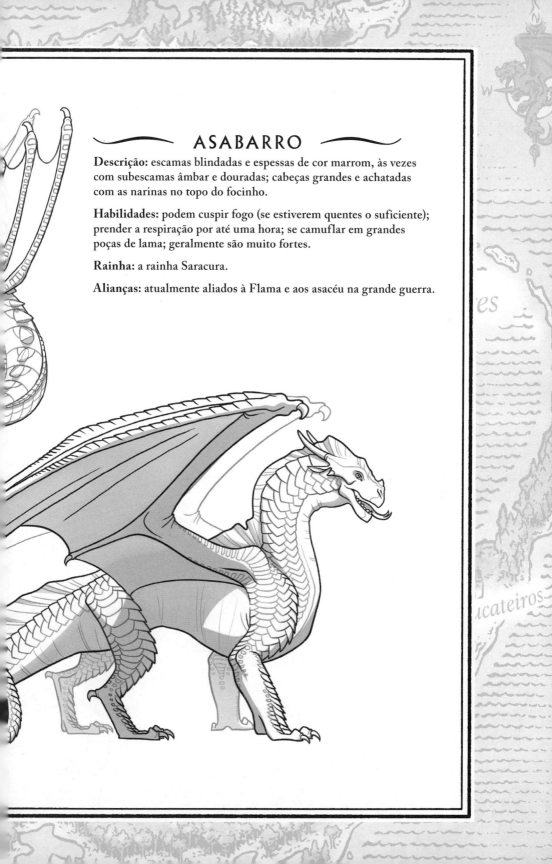

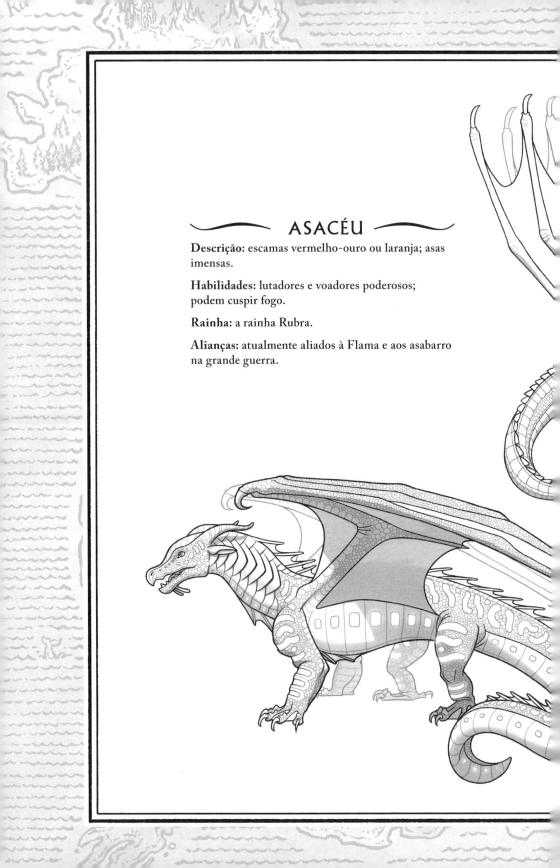

ASACÉU

Descrição: escamas vermelho-ouro ou laranja; asas imensas.

Habilidades: lutadores e voadores poderosos; podem cuspir fogo.

Rainha: a rainha Rubra.

Alianças: atualmente aliados à Flama e aos asabarro na grande guerra.

ASAMAR

Descrição: escamas azuis ou verdes ou verdes-águas; teias entre suas garras; guelras em seus pescoços; listras que brilham no escuro em suas caudas/focinhos/barrigas.

Habilidades: podem respirar embaixo d'água, enxergar no escuro, criar ondas enormes com apenas o balançar de suas poderosas caudas; excelentes nadadores.

Rainha: a rainha Coral.

Alianças: atualmente aliados à Fervor na grande guerra.

ASAGELO

Descrição: escamas prateadas como a lua ou azul-claras como o gelo; garras sulcadas para se agarrar ao gelo; línguas azuis bifurcadas; caudas estreitas com uma ponta fina como um chicote.

Habilidades: podem suportar temperaturas abaixo de zero e luzes brilhantes; expirar um ar congelante e mortal.

Rainha: a rainha Glacial.

Alianças: atualmente aliados à Fulgor e à maioria dos asareia na grande guerra.

ASACHUVA

Descrição: as escamas mudam constantemente de cor, geralmente brilhantes como as aves do paraíso; caudas preênseis.

Habilidades: podem camuflar suas escamas para se misturar ao ambiente; não há registro sobre armas naturais conhecidas.

Rainha: a rainha Paradiso.

Alianças: atualmente não estão envolvidos na grande guerra.

ASANOITE

Descrição: escamas pretas-arroxeadas e prateadas espalhadas na parte inferior das suas asas, simulando um céu noturno, repleto de estrelas; línguas pretas bifurcadas.

Habilidades: podem cuspir fogo; desaparecer nas sombras; ler mentes; prever o futuro.

Rainha: este é um segredo bem guardado.

Alianças: eles são misteriosos e poderosos demais para fazerem parte da guerra.

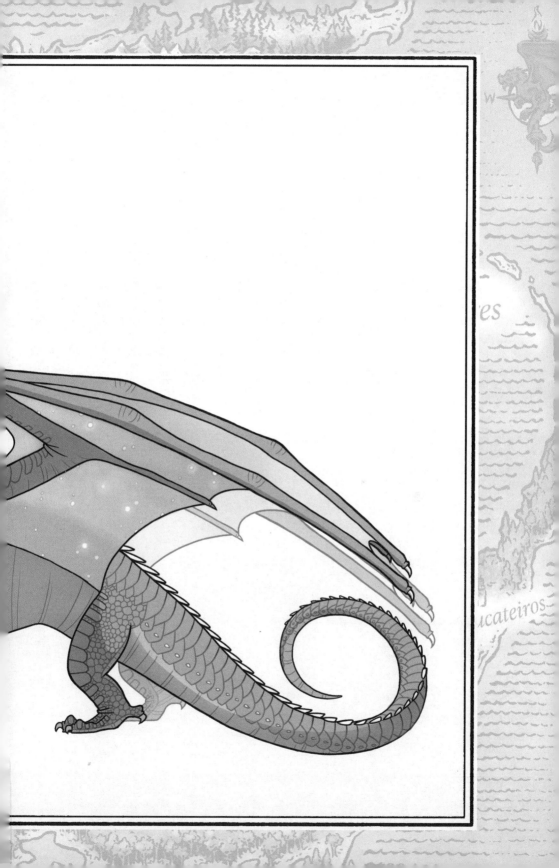

A PROFECIA DOS DRAGÕES

Quando a guerra vinte anos durar...
Os dragonetes virão.
Quando lágrimas correrem e o sangue a terra banhar...
Os dragonetes virão.

Encontre o ovo de asamar do azul mais profundo.
Asas da noite virão de qualquer lugar do mundo.
No topo das montanhas, esteja atento.
O maior ovo lhe dará as asas do vento.
Para as asas da terra, procure em meio à lama
por um ovo da cor da chama.
E escondido das rainhas rivais,
o asareia aguarda pelos sinais.

Das três rainhas que vão inflamar, fulgurar e ferver,
duas morrem e uma deve aprender.
Ao curvar-se a um destino mais poderoso e presente,
o poder das asas de fogo chegará preeminente.

Cinco ovos para chocar na noite mais brilhante.
Cinco dragões vindos para findar a guerra cconstante.
A escuridão se elevará para trazer a luz cintilante.
Os dragonetes estão chegando...

PRÓLOGO

Os cinco dragonetes estavam brigando. De novo.

Escamas brilhantes verdes, vermelhas e douradas refletiam o sol nascente enquanto os jovens dragões corriam entre as pedras, mostrando garras e dentes. Cinco línguas bifurcadas sibilavam com raiva. Mais ao fundo, abaixo do penhasco, o mar se arremessava contra a areia com um som abafado e apressado, como se não quisesse competir com os gritos dos dragões.

Era vergonhoso, mas era o que estava acontecendo. Nautilus olhou para cima, incomodado, em direção ao dragão negro gigantesco ao lado dele. Os dragonetes estavam tão ocupados gritando uns com os outros que ainda nem o haviam notado. Nautilus queria poder ler a mente de Porvir do mesmo jeito que Porvir certamente lia a dele.

Também desejava que houvesse mais Garras da Paz por perto, mas, assim que a notícia de que o asanoite estava chegando se espalhou, a maioria encontrou missões urgentes em outros lugares, como que por mágica. O esconderijo do grupo pacífico nos penhascos à beira-mar estava quase deserto naquela manhã. De vez em quando, um focinho de dragão aparecia em uma das cavernas, avistava Porvir e, no mesmo instante, sumia de volta.

Os cinco dragonetes eram os únicos no topo dos penhascos. Embora houvesse outros jovens dragões vivendo entre os Garras da Paz, todos foram levados para longe.

Mas, ao que parecia, ninguém se preocupou em avisá-los de que Porvir chegaria, ou de que seriam inspecionados.

— Bom — disse Porvir. — Eles são… enérgicos.

— Nada além de um plano B — respondeu Nautilus, na defensiva. — Ninguém imaginou que precisaríamos deles. Muito menos de todos eles. Pensamos que seria só um ou dois, caso algo desse errado com os originais. Não os treinamos tanto assim.

— Isso ficou bem claro. — Os olhos de Porvir se estreitaram ao ver Urutu, a asareia, cair em uma fenda e o asabarro tropeçar e cair por cima dela.

Com um sibilo, Urutu se debateu e mordeu a cauda de Ocre, arrancando-lhe um uivo de dor.

— Com licença — pediu Nautilus. Ele já sabia o que viria a seguir.

Aproximou-se, pegou Urutu pelas orelhas e afastou Molusco, o pequeno asamar verde, antes que os outros pudessem pôr fogo na cauda dele.

— Parem com isso! — sibilou. — Vocês estão sendo analisados!

Brasa, o dragonete asacéu, calou-se e olhou ao redor, observando as pedras irregulares do penhasco à beira-mar. Porvir deu um passo à frente, na luz da aurora, e avaliou os dragonetes de cima a baixo de maneira majestosa.

— Eu sabia! — guinchou a pequena asanoite. Destino saltou de um pilar de pedra, batendo as asas com orgulho. — Eu sabia que um asanoite viria nos ver! Não disse?

— Disse? — Ocre coçou a cabeçorra marrom.

— Não — disse Urutu.

— Acho que não — respondeu Molusco, atrás de Nautilus.

— Mesmo que tivesse dito, você também previu um terremoto, um novo Garra da Paz e que a gente comeria algo diferente de gaivotas no café da manhã essa semana — provocou Brasa. — Dá pra entender por que paramos de te ouvir.

— Bom, eu sabia — disse Destino, alegre. — Eu *vi* com meus *poderes*! E prevejo que ele trouxe algo *incrível* para o café. Não trouxe? — Ela olhou para Porvir, que piscou lentamente.

— Hmmm. Nautilus, uma palavrinha, por gentileza.

— Posso ir também? — perguntou a dragonete preta, saltitando em direção a Porvir. — Nunca conheci outro asanoite. E, claro, sinto uma conexão psíquica poderosa com nossa nação.

— Fique. Aqui. — Porvir pressionou uma garra contra o peito dela e a empurrou em direção aos outros dragonetes. Destino sentou-se e enrolou a cauda ao redor das patas, bufando.

Porvir desceu das pedras e se afastou para fora do alcance dos dragonetes. Ao se virar, viu Nautilus logo atrás dele, com o pequeno asamar ainda preso à sua cauda. Porvir lançou um olhar de desaprovação a Molusco.

— Não posso deixá-los sozinhos — começou Nautilus, com um tom de desculpa. — Sempre que não estou olhando, alguém morde ele.

— Ou *todos* eles mordem — choramingou o pequeno dragão verde. Porvir mostrou a língua, pensativo.

— Está muito claro para mim — disse o grande asanoite, após um momento — que deixar os dragonetes da profecia sob a tutela dos Garras da Paz foi um erro. Tanto os verdadeiros quanto os falsos.

— Quem? — perguntou o dragonete.

— Fique quieto — comandou Nautilus, cobrindo o focinho do dragonete com uma garra. Ele percebeu a expressão no rosto de Porvir e acrescentou, apressado: — Você lembra, Molusco. Nós te ensinamos sobre a profecia. Sabe a guerra, com todas as nações dracônicas lutando entre si?

— Aquela que você quer acabar — respondeu Molusco. — Porque somos legais! Queremos a paz!

— Isso — confirmou Nautilus. — Mais ou menos. A profecia diz que cinco dragonetes nasceram uns seis anos atrás. Um asamar, um asacéu, um asabarro, um asareia e um asanoite, que vão pôr fim à guerra. Eles vão escolher qual irmã deve ser a nova rainha asareia: Flama, Fulgor ou Fervor.

— Ah — disse Molusco. — Ei, eu nasci uns seis anos atrás.

— É mesmo? — perguntou Porvir. — Você não tem o tamanho nem de um dragonete de três anos.

— Mas tenho uma personalidade enorme — retrucou Molusco, como se já tivessem repetido aquilo tantas vezes que ele pensava que todos sabiam.

— E seus amigos também têm seis anos — acrescentou Nautilus, depressa.

— Eles não são meus amigos — resmungou Molusco. — São um bando de brutamontes, exceto a Destino, que é completamente lelé.

ASAS DE FOGO: O REINO ESCONDIDO

Porvir desviou o olhar para Destino, a dragonete asanoite. Ela estava sentada no topo de uma coluna de pedra torcida, inclinando-se tanto na direção deles, com tamanha atenção, que quase perdia o equilíbrio.

— Bom, Molusco — começou Nautilus. — E se você fosse um dos dragonetes da profecia? O que acharia disso?

O asamar olhou para Porvir com uma expressão ardilosa.

— Eu ganharia algum tesouro?

— Vocês teriam fama e poder — respondeu Porvir. — Se fizessem o que mandássemos, é claro.

— E que tal um tesouro? — insistiu Molusco.

Porvir olhou para Nautilus, incrédulo.

— Esse dragonete está tentando negociar?

— Eu gosto de tesouros — explicou Molusco. — Os Garras da Paz são *uó* porque ninguém tem tesouro.

— Nós renunciamos a bens materiais para lutar por uma causa maior — pontificou Nautilus. — A paz vale mais que joias e ouro.

— Credo — disse Molusco. — Prefiro o ouro.

— Estaria disposto a escolher a rainha que mandássemos? — perguntou Porvir. — Nesse caso, talvez pudéssemos conversar sobre ouro.

— Tá bom — assentiu Molusco, com os olhos brilhando. — Mas não quero que Brasa vá. Ele tem que ficar aqui.

— Por quê? Qual o problema com seu asacéu? — Porvir perguntou a Nautilus.

— Nada — respondeu. — Eles brigaram hoje.

— E ontem, e anteontem! — lembrou Molusco. — Porque ele é um mala!

— O asacéu não é negociável — definiu Porvir.

— *Você* que não é *negocitátável* — respondeu Molusco.

— Molusco, seja educado — pediu Nautilus, cansado.

— Prevejo que vou me arrepender — disse Porvir, franzindo a testa para o asamar. — Mas vou pessoalmente treinar os dragonetes da profecia. Vocês já cometeram erros demais. Está claro que eles precisam de uma orientação mais direta.

— O que quer dizer com isso? — perguntou Nautilus.

Uma sensação de pavor percorreu suas escamas. Ele olhou para Molusco. Talvez devessem ter escolhido outro asamar para ser o dragonete falso da profecia. *E se Porvir machucasse Molusco... Se algo acontecesse com ele... minha mãe me mataria*, pensou Nautilus.

— Quero dizer que eles vão comigo — explicou-se Porvir, batendo a cauda.

— Pra onde? — perguntou Molusco.

— Vocês vão descobrir quando chegarmos — respondeu Porvir. — E, se não quiser se arrepender, é melhor parar de fazer perguntas e obedecer.

— Isso *eu* consigo fazer, mas boa sorte com Brasa e Urutu. — Molusco pensou por um momento. — E com Destino, não esqueça.

— Não, espere — disse Nautilus, tentando encher a mente de ruído para que o asanoite não conseguisse ler seus pensamentos. — Você não pode *levá-los*. Exceto Destino, que veio de vocês, todos os pais são Garras. Foi assim que conseguimos esses ovos. Eles não querem que os dragonetes saiam daqui.

— Exceto a mãe do Ocre — interveio Molusco. — Ela não liga. Coisa de asabarro.

— Cale-se — disse Porvir. Ele examinou Nautilus com os olhos apertados.

Não pensa, não pensa, não pensa, Nautilus repetiu para si mesmo.

— Pelas luas — disse Porvir com desprezo. — Esse dragonete é seu filho.

Nautilus olhou para as patas. Parecera uma boa ideia quando os Garras decidiram ter dragonetes de reserva. Molusco havia nascido *mais ou menos* na época certa, só não exatamente na noite mais brilhante. Com isso, todos do movimento o tratavam como a criatura preciosa que Nautilus sabia que era.

— Claro que sou — disparou Molusco. — Que coincidência engraçada, né? Uau. Eu sou filho do líder dos Garras da Paz *e também* um dragonete do destino.

Ele estufou o peito.

— Sou ainda mais importante do que achava. — Ele marchou em direção aos outros dragonetes, esquecendo, como sempre, que nenhum deles gostava de ouvir como ele era importante, o que logo terminaria com seu focinho machucado.

Nautilus o observou se afastar, perguntando-se como tudo dera tão errado. Por que os Garras haviam aceitado trabalhar com Porvir? Por que decidiram se envolver com a profecia, para começo de conversa? E como acabaram perdendo os verdadeiros dragonetes? Essa era a questão que o enlouquecia.

Quiri, Duna e Cascata deveriam ter dado conta dos cinco dragonetes, principalmente por estarem tão convenientemente presos em uma caverna secreta. Em vez disso, os cinco haviam escapado, provavelmente matado a rainha Rubra dos asacéu, mergulhado o Reino dos Céus em uma guerra civil, feito a rainha Coral se voltar contra seus aliados, destruído o palácio dos asamar e desaparecido novamente nas matas de Pyria.

Pior ainda, não havia ninguém para punir. Quiri e Duna estavam mortos, enquanto Cascata conseguiu escapar dos Garras e sumiu. E quem sabia onde estavam os dragonetes? Ou quando surgiriam novamente, com aquele talento inacreditável para problemas e caos?

— *Muita* coincidência — repetiu Porvir, soando nada impressionado.

— Bom — começou Nautilus. — Pensei "por que não?". Claro, nenhum dos cinco havia nascido exatamente na noite mais brilhante, senão seriam os verdadeiros dragonetes da profecia, não é? Mas eles têm a mesma idade, e ninguém precisa saber do resto.

— Exceto quem estava presente no momento dos nascimentos — atalhou Porvir. — Teria sido melhor se pudéssemos matar as testemunhas.

Nautilus empalideceu. *Os pais deles são "testemunhas"?* pensou, antes de conseguir silenciar o pensamento.

— Vamos resolver isso quando chegar a hora — disse Porvir, seco. — Já que ainda não temos certeza de quais usaremos e quais descartaremos.

Ele franziu o cenho para Destino, que interrogava Molusco.

Nautilus sentiu-se tonto.

— Descartar? — repetiu.

Porvir fungou.

— Muito bem. Vou tentar trazer o seu inteiro. — Ele enrugou o focinho, parecendo o mais próximo de alegre que Nautilus já vira. — Mas não era a *paz* o mais importante, asamar? Não é você que diz aos Garras que qualquer sacrifício é válido para acabar com essa guerra?

— Sim, mas...

— Os dragonetes alternativos foram ideia sua, não foram? Uma boa ideia, quem diria, já que os verdadeiros se mostraram insatisfatórios. — Porvir sibilou baixo. — Então nos livramos dos mais perigosos. Eu mesmo treinarei seus substitutos.

Ele sorriu de um jeito que fez Nautilus enjoar.

— E então garantiremos que a profecia se cumpra do jeito apropriado.

PARTE UM

MONSTROS TROPICAIS

CAPÍTULO 1

Estava chovendo fazia cinco dias.

Glória odiou cada segundo.

Ela também não estava gostando dos comentários dos outros dragonetes sobre o fato de ser uma asachuva e obrigatoriamente ter que amar esse clima.

Ela definitivamente *não* amava aquele clima. Nas cavernas sob a montanha, os dragonetes nunca, *nunquinha*, tiveram que lidar com chuva. Esse aguaceiro parecia antinatural, implacável e terrivelmente, desnecessariamente, *molhado*.

Eu tô nem aí se um asachuva "de verdade" tinha que gostar disso, pensou enquanto gotas rolavam por seu focinho, penetravam entre suas escamas e encharcavam suas asas até que pesassem atrás dela. *E se gostam, tem alguma coisa errada com eles. Nenhum dragão em sã consciência gosta de um clima que deixa impossível voar.*

Luas do céu, por favor, que eles sejam dragões em sã consciência. Não deixa eles serem que nem nas histórias.

Todo mundo dizia que os asachuva eram inúteis e preguiçosos, mas a nação vivia solitária na floresta tropical onde ninguém nunca os vira, então todo mundo podia estar errado. Glória queria muito que estivessem errados.

Ela chacoalhou o corpo inteiro e encarou o céu nebuloso. O que ela queria era mais sol. Sentira falta do sol a vida inteira e não teve consciência disso até o dia em que escaparam das cavernas e o sentiram nas escamas. Mais dias ensolarados seriam ótimos para ela.

Ao invés disso, o que tinha era aquela situação. Chuva. Lama. Mais chuva. Mais lama.

E ainda tinha um asamar ferido gemendo, resmungando, pingando e lerdando.

— Podemos parar? — Cascata implorou. — Eu preciso descansar.

Ele se arrastou pela lama até achar um ponto mais seco debaixo de uma árvore.

Glória estreitou os olhos para ele enquanto o dragão azul-esverdeado se jogava no chão. Os outros dragonetes pararam também, trocando olhares. Andavam em vez de voar porque Cascata dissera que seria melhor para seu ferimento. E ainda assim, ele pedia para parar a cada dez passos. Glória começava a achar que ele *não queria* levá-los à floresta tropical.

Mas por quê?, ela se perguntou. *Ele está escondendo alguma coisa? Tem alguma coisa a ver com meus pais?*

Sendo o guardião que a roubou da nação dos asachuva, Cascata deveria ser uma fonte de conhecimento sobre seu lugar de origem. Ao invés disso, ficava apenas murmurando e sempre esquecia quando perguntavam sobre os dragões tropicais.

Lamur se aproximou de Cascata e deu uma olhada em seu ferimento. Haviam coberto com algas molhadas em água do mar pelo tempo que conseguiram, mas estavam muito longe do oceano para conseguirem mais. O corte envenenado perto da cauda de Cascata se tornara um talho feio, cercado por escamas escuras, e a escuridão parecia se espalhar um pouco mais a cada dia. Nenhum deles sabia como combater o veneno de asareia.

Sem contar que não temos ideia do motivo pelo qual Fervor queria tanto matá-lo. Tipo, eu acho que ele é horrível, mas ela nem o conhece. Glória trocou olhares com Estelar, o asanoite que era o dragonete mais esperto que conhecia — e provavelmente continuaria sendo, mesmo que ela conhecesse mais do que quatro dragões. Ela se perguntou se ele teria alguma teoria sobre Fervor e Cascata.

Lamur esfregou a cauda na lama, parecendo preocupado.

— Eu espero que os asachuva possam ajudá-lo — disse ele. — Isso não é igual ao veneno deles, mas talvez tenham mais ideias que a gente.

Glória balançou as asas e olhou para o outro lado. Ela não estava nem aí. Os outros dragonetes sentiam uma lealdade irracional por seu antigo guardião, como se fosse responsabilidade deles salvá-lo.

Ela parecia ser a única que lembrava como ele estava disposto a ficar parado e deixar alguém matá-la.

Roubar seu ovo também tinha sido sua ideia. A profecia precisava de um asacéu, mas quando os Garras haviam perdido o ovo de asacéu antes que nascesse, Cascata decidiu substituí-lo por uma asachuva. Tinha sido culpa dele que Glória fosse forçada a crescer sob a montanha, longe de sua casa e sua família, aprendendo sobre uma profecia que nem tinha lugar para ela.

Era fácil para os outros. Não havia questionamentos sobre seus destinos, mas para Glória… se fora feita para ajudar a salvar o mundo, então por que a profecia não pedia uma asachuva? E se ela não era necessária para esse grandessíssimo destino, então, de que servia sua vida, no fim das contas?

Talvez tudo tenha sido um grande erro, mas quando pensava demais sobre isso, terminava tendo sonhos violentos nos quais rasgava Cascata em pedacinhos. Então, melhor não pensar nisso. O destino que se resolvesse sozinho.

Naquele momento, estava voltando para casa.

O galho acima de Glória dobrou de repente e fez uma cachoeira em sua cabeça. Ela saltou para trás, sibilando, e encarou a árvore.

— Shhh — disse Tsunami de lá de cima.

Ela saltou para o chão e olhou ao redor no pântano sombrio.

— Tem dois asabarro vindo para cá, mas não vão conseguir nos ver nesse clima.

Uma névoa espessa se espalhava sobre a lama, enroscando-se nas árvores atrofiadas como fumaça ao redor dos chifres de um dragão. Era difícil dizer que horas eram. O céu estava cinza para todos os lados e a chuva caía implacável. Glória concordava com Tsunami; um dragão não conseguia nem ver a ponta de suas asas, imagine outro dragão.

— Ainda assim, deveríamos nos esconder — disse Estelar, ansioso. — Estamos a um dia de voo do palácio da rainha Saracura. Se formos pegos…

— Mais prisão — disse Lamur com um suspiro.

Toda rainha que haviam conhecido até aquele momento parecia determinada a prender os dragonetes em suas garras. Tinham escapado da prisão da rainha Rubra no Reino dos Céus só por causa do veneno de Glória — uma arma secreta que ela não sabia que tinha até precisar dela.

Ela tocou as presas com a língua bifurcada e olhou para o céu. Ainda não faziam ideia se a rainha Rubra sobrevivera ao ataque de Glória. Considerando a sorte que tinham, Glória estava quase certa de que Rubra estava viva e planejando alguma vingança terrível.

Depois de escaparem, foram procurar abrigo com a mãe de Tsunami, a rainha Coral dos asamar. É claro que Coral também decidiu prendê-los. Glória não se surpreendeu. Não dava para confiar nem na família quando se tratava da profecia. Todos tinham os próprios planos sobre como a guerra deveria acabar.

Então, se a rainha Saracura dos asabarro os encontrasse em seu território, ela *provavelmente* não serviria um chazinho e os deixaria prosseguir viagem.

A rainha asabarro ficava ao lado de um grande lago na parte sul do Reino de Barro. Glória lembrou do mapa de Pyria e um arrepio subiu por suas escamas. Se Estelar estivesse certo e eles realmente estivessem a um dia de voo de lá, então também estariam a um dia de voo da floresta tropical. Da floresta tropical… e da nação de Glória.

Então eu vou ser parte de algum lugar. Os asachuva não vão ligar se eu não estiver na profecia.

— Glória — reclamou Tsunami. — Essas escamas amarelas brilhantes *talvez* sejam bem fáceis de ver. Volte para sua camuflagem.

Glória olhou para baixo e viu as explosões de dourado que surgiram em suas escamas. Significavam alegria ou animação, até onde entendia, já que vira aquelas cores tão poucas vezes em sua vida. Suas escamas mudarem de cor involuntariamente a deixava maluca. Isso acontecia demais. Ela tinha que cortar qualquer grande emoção antes que se espalhasse por todos os lados.

Se concentrou no fluxo constante de *plic plic* do pântano ao redor deles, olhando para a lama marrom e espessa saltando por entre suas garras. Imaginou a névoa envolvendo suas asas, penetrando por entre os espaços de suas escamas, e se espalhando como as nuvens acinzentadas que voavam pelo céu.

— Eeeeee lá se vai ela — disse Tsunami.

— Ela ainda está aqui — respondeu Sol, aproximando-se de Glória e tocando uma de suas asas. — Viu? Bem aqui.

Sol estendeu uma das patas, mas Glória se afastou. Sol brincou com o ar por um momento, mas depois desistiu.

A pequena asareia estava mais quieta do que nunca nos últimos dias. Glória supôs que Sol também odiava a chuva — os dragões do deserto tinham nascido para o calor escaldante, o sol incandescente e os dias intermináveis de céus limpos. Até uma asareia esquisita como Sol ainda possuía os instintos de sua nação.

Na verdade, Lamur era o único que parecia feliz com aquele clima. Só um asabarro conseguiria gostar da nojeira barulhenta enquanto se moviam pelo pântano.

Estelar levantou a cabeça de repente.

— Acho que senti o cheiro de alguém se aproximando — sussurrou. Encolheu-se, de chifres a patas.

— Não surta — sussurrou Tsunami. — Lamur, esconda eu e Sol. Estelar, procure uma sombra e use seu truque asanoite de invisibilidade. Glória, cuide de Cascata.

— Eu não — respondeu Glória imediatamente. Ela não ia se aproximar de Cascata, muito menos para salvar sua vida. — Eu fico com Sol.

Ela não gostava de tocar outros dragões, mas Sol era bem melhor do que Cascata.

— Mas... — começou Tsunami, batendo o pé.

Glória fingiu que não ouviu. Levantou uma asa e puxou a pequena dragoa dourada para perto de si. Quando abaixou a asa, Sol estava escondida pela camuflagem marrom-acinzentada.

— Misericórdia — disse Lamur. — Isso foi muito esquisito. Foi como se Sol tivesse sido engolida pela neblina.

Seu estômago roncou de maneira triste ao ouvir a palavra "engolida", e o asabarro encolheu os pés, envergonhado.

Estelar olhou para o ponto onde Sol estivera, enroscando as garras na lama.

— Ela tá bem — disse Glória. — Agora obedeçam como bons dragonetes antes que Tsunami jogue vocês pras enguias.

Tsunami fez cara feia para ela, mas Estelar se moveu e encontrou uma árvore escura e oca, onde suas escamas pretas se dissolveram nas sombras.

Foi quando Glória também ouviu um *pisa-splosh-pisa-splosh* de patas enormes marchando através do pântano em direção a eles. O calor das escamas de Sol era incômodo ao lado dela.

Cascata não se moveu durante a conversa. Estava deitado enrolado contra as raízes da árvore, com o focinho descansando em sua cauda, parecendo mal.

Lamur levou Tsunami até Cascata e abriu suas asas cor de lama para esconder os dois. Não era uma solução perfeita — uma cauda azul aparecia de um lado, as pontas de asas azul-esverdeadas do outro, mas, na neblina, pareciam quase um montinho disforme de lama, o que serviria.

Pisa. Splosh. Pisa. Splosh.

— Eu não gosto dessa patrulha — resmungou uma voz grave. Glória quase saltou. A voz parecia vir de duas árvores de distância. — Perto demais daquela floresta tropical assombrosa pro meu gosto.

— Não tem nada de assombroso lá — respondeu uma segunda voz. — Você sabe que as únicas coisas que vivem aqui são pássaros e asachuva preguiçosos.

Anos de autocontrole impediram Glória de reagir. Ouviu "asachuva preguiçosos" dos guardiões o suficiente sob a montanha, mas foi um golpe mais doloroso escutar de um desconhecido.

— Se fosse verdade — disse a primeira voz —, então Sua Majestade deixaria a gente caçar por lá, mas ela sabe que não é seguro. E você ouviu os barulhos à noite? Você realmente acha que são os asachuva gritando daquele jeito?

Gritando? Debaixo da asa de Glória, Sol virou a cabeça um pouquinho, como se tentasse ouvir melhor.

— Sem falar nos corpos — murmurou a primeira voz.

— Não tem nenhum monstro tropical — disse a segunda voz, mas com uma leve subida de tom, que parecia insegura. — É só a guerra. Algum tipo de ataque de guerrilha pra nos assustar.

— Aqui embaixo? Por que os asamar ou os asagelo viriam até aqui pra matar um ou dois asabarro por aqui? Tem batalhas maiores rolando em todo canto.

— Vamos acelerar o passo — disse a segunda voz, agora assustada. — Deviam deixar a gente patrulhar em três ou quatro ao invés de aos pares.

— Tô dizendo. — *Pisa-splosh-pisa-splosh.* — E o que você acha da situação dos asacéu? Tá gostando de Rubi, ou você acha que…

Glória forçou os ouvidos, mas as vozes desapareceram na névoa enquanto os dois soldados asabarro se afastavam. Ela queria muito saber que "situação dos asacéu" era aquela. Talvez seus amigos não notassem se sumisse por um segundo.

— Já, já eu volto — sussurrou para Sol, levantando a asa e se afastando.

Sol segurou sua cauda.

— Não vai! — pediu, em voz baixa. — Não é seguro! Você ouviu o que eles disseram.

— Sobre os monstros tropicais? — Glória revirou os olhos. — Não tô muito preocupada com isso, não. Vou ali rapidinho.

Ela afastou Sol de sua cauda e seguiu atrás dos soldados, pisando cuidadosamente nas partes secas para que suas garras não caíssem na lama.

Estava quieto de uma maneira estranha, principalmente por causa da névoa que abafava a maior parte dos sons. Tentou seguir o som distante das vozes e do que ela achava que eram os asabarro marchando. Mas, após algum tempo, até isso se tornou impossível de escutar.

Parou e ouviu. As árvores pingavam. A garoa se espalhava pelos galhos. Pequenos gorgolejos formavam bolhas na lama aqui e ali, como se o pântano soluçasse.

E então um grito rasgou o ar.

O colarinho de Glória se eriçou de pavor, e faixas de verde pálido ziguezaguearam por entre suas escamas. Ela lutou contra o medo, trazendo suas cores de volta para o cinza e o marrom.

— Glória! — gritou Sol, de algum lugar atrás dela.

Cala a boca, Glória pensou com raiva. *Para de chamar atenção. Não deixa essa coisa saber que estamos aqui.*

Os outros dragonetes devem ter pensado a mesma coisa e a impediram de continuar, porque Sol não voltou a chamá-la.

A não ser que tivesse sido um deles que havia gritado, mas não tinha como. O grito veio de algum lugar à frente dela.

Glória conferiu suas escamas para se certificar de que estava bem escondida e então aumentou o passo, correndo por entre as árvores em direção ao grito.

A névoa estava tão densa que ela quase passou direto por dois montes que pareciam troncos caídos, mas suas garras pisaram em algo que era, sem dúvidas, uma cauda de dragão, e ela saltou para trás.

Dois dragões marrons estavam esparramados na lama, cercados por poças de sangue que a chuva começava a lavar. Suas gargantas haviam sido rasgadas com tanta ferocidade que suas cabeças quase foram arrancadas dos corpos.

Glória olhou para a névoa cinzenta, mas nada se moveu, a não ser a chuva.

Os soldados asabarro estavam mortos, e não havia sinal do que os havia matado.

CAPÍTULO 2

— Pode me lembrar por que estamos andando *em direção* ao lugar com o monstro, a gritaria e o negócio que mata dragões? — perguntou Lamur.

— Podíamos ir para outro lugar — sugeriu Estelar. — Que tal para os asagelo?

— Asagelo! Isso mesmo! — ironizou Lamur. — Que plano incrível. Vamos. Nada de coisas que matam dragões no Reino de Gelo. Né? O que são aqueles animais que tem lá? Pinguins? Tenho certeza de que ganho de um pinguim ou dois numa luta. Né? Eles são muito grandes? Talvez só de um pinguim.

— É bem melhor morrer congelado — disse Glória. Rumores e soldados mortos não iriam impedi-la de ir para casa agora que estava tão perto. — Que plano incrível, Estelar. Isso sem contar que o Reino de Gelo fica a meio continente de distância enquanto a floresta tropical está bem aqui.

— Além disso, Cascata nunca ia conseguir chegar no Reino de Gelo — interveio Sol. Ela olhava assustada para as árvores, que pareciam estar crescendo de tamanho à medida em que andavam.

Também parecia ficar mais quente quanto mais entravam na mata, e lá em cima, entre os cipós, Glória via lampejos de cores. As cores de verão, os roxos e azuis poderiam ser pássaros ou flores, mas definitivamente não eram o marrom, marrom, marrom típico do Reino de Barro. Glória não tinha certeza, mas supôs que os dragonetes estavam realmente na floresta tropical.

As formas retorcidas de garras nas árvores mirradas estavam logo atrás deles, assim como os corpos dos asabarro. Tsunami quisera parar e procurar por pistas, mas foi vencida na votação pelos outros dragonetes quando Estelar apontou que estariam *muito* enrascados se fossem pegos ao lado de um assassinato duplo… sem contar que o que quer que tenha matado os soldados não podia ter ido longe. Isso foi o suficiente para fazer todos, até Cascata, voarem noite adentro, voltando a caminhar apenas após o sol reaparecer, em busca de comida.

— Viu? — disse Glória para Lamur e Estelar. — Até Solzinha está sendo mais corajosa que vocês, seus medrosos.

— *Até* Solzinha? — reclamou a asareia. — E o que isso quer dizer? Eu sou corajosa! Sou corajosa o tempo todo!

Ela chicoteou a cauda e se afastou quando Lamur se aproximou para lhe fazer um cafuné.

Explosões calorosas de luz do sol brilhavam por entre as copas folhadas, fazendo todas as escamas brilharem. Glória deixou suas escamas ficarem nas cores que desejassem. Um verde-florestal brilhante se espalhou por ela, com toques, aqui e ali, de espirais cor de âmbar. Ela gostava da sensação de combinar com as árvores e com os raios de sol.

Logo estaremos lá, pensou com um arrepio de ansiedade, mas *sem expectativas. Talvez não seja nada do que imaginei. Só precisa ser melhor que a vida sob a montanha, presa numa caverna com guardiões que me odeiam. Não é difícil superar isso, eu acho.*

Algo estalou à esquerda deles, mas quando Glória se virou, tudo que viu foi uma preguiça cinza e desgrenhada, pendurada em uma árvore e piscando sonolenta para ela.

— Já disse que esse lugar me dá arrepios? — perguntou Lamur.

— Só um milhão de vezes — disse Glória.

— Eu queria que a gente soubesse do que os asabarro estavam falando — lamentou Sol. — Como eles podem viver do lado da floresta tropical e não saber por que é perigosa?

— Como os asachuva podem morar *dentro* da floresta se é tão perigosa assim? — contestou Glória.

Cascata fungou de maneira fraca, o primeiro som que fazia em muito tempo. Ele murmurou:

— Porque são asachuva. Talvez nem tenham notado.

Glória o encarou.

— Talvez você queira mais um pouquinho de veneno do outro lado pra combinar — rosnou.

Tsunami girou e agarrou Cascata pelo focinho. O asamar maior bufou, surpreso, e tentou se soltar, mas ela o segurou firmemente para olhá-lo nos olhos.

— Tá certo, já chega. O que você sabe sobre isso? — perguntou. — Você é o único que já veio pra cá. Tem algum tipo de monstro? — Ela balançou o focinho dele sem um pingo de delicadeza. — Para de se arrastar que nem uma samambaia morta e conte o que você sabe.

— Nada — murmurou Cascata no aperto de Tsunami.

— Pisa na cauda dele — sugeriu Glória. — Ou mete o dedo naquele machucado. Isso vai soltar a língua dele.

— Pare de ser horrível — implorou Sol. Ela cutucou o ombro de seu guardião com o focinho. — Cascata, por favor nos diga se sabe de alguma coisa. Também não é seguro pra você.

Cascata suspirou, e Tsunami soltou-o.

— Eu juro que não sei nada sobre um monstro — começou ele. — Eu não vi nada perigoso quando entrei para roubar o ovo de Glória. Honestamente, foi bem fácil. Foi a noite antes da noite mais brilhante, então era possível saber quais ovos estavam para nascer; peguei um e voltei para as montanhas. Não encontrei nenhum asachuva, que dirá um monstro.

— Meus pais não estavam cuidando do ninho? — perguntou Glória.

Cascata olhou para as patas e balançou a cabeça.

Isso não quer dizer nada, pensou Glória, mas lembrou-se da vila dos asabarro e da mãe de Lamur, que vendera um de seus ovos para os Garras da Paz por algumas vacas. Ela não sentia falta de Lamur, e certamente não o queria de volta. Glória esperava que seus pais não fossem assim.

Tanto Lamur quanto Tsunami ficaram desapontados. Talvez pais dragões sempre fossem decepcionantes… especialmente depois de anos sonhando com eles.

Bom, Glória não ligava se seus pais eram os dragões mais incríveis do mundo. Ela só queria conhecer outros asachuva e mostrar a seus amigos que eles não eram todos uns preguiçosos comedores de fruta, que nem as outras nações achavam. Com suas escamas camufladas e veneno secreto, certamente eram mais fortes e resistentes do que qualquer um suspeitava.

— Talvez seja um monstro novo — sugeriu Lamur. — Alguma coisa que veio pra floresta depois que você veio seis anos atrás.

— Talvez — disse Cascata. — Os Garras nunca mandaram ninguém pra cá.

— Eu também não posso falar muito sobre este lugar — interveio Estelar, olhando preocupado para uma de suas garras. — Nunca houve muitos pergaminhos sobre a floresta tropical ou sobre os dragões que vivem aqui.

Glória sabia disso. Memorizara cada referência que encontrara sobre os asachuva, e todas elas juntas não diziam nada demais. Havia um pergaminho chamado *Os perigos da floresta tropical*, então já sabia um pouco sobre areia movediça, cobras venenosas e insetos mortais, mas mesmo aquele mencionara quase nada sobre os próprios asachuva, e certamente nada sobre criaturas grandes o bastante para massacrar soldados asabarro.

Algo gritou nos galhos acima deles e todos pularam.

— Só foi um macaco — disse Glória feroz, segurando suas emoções para que as escamas não mudassem de cor. — Ou um... um tucano, sei lá.

— Dá pra comer tucanos? — perguntou Lamur, esperançoso.

— Só se você conseguir pegá-los — disse Tsunami. Flexionou as asas e olhou para os galhos e cipós acima.

Glória não estava mais com fome, agora que o sol finalmente havia surgido. Cada toque de luz do sol parecia enchê-la mais que qualquer vaca. Com uma nesga de culpa, lembrou-se do palácio asacéu e da escultura de árvore que a rainha Rubra colocara para exibir Glória como um tesouro.

Havia tanto sol lá — nada perto do que tivera a vida toda sob a montanha. A rainha Rubra colocava Glória na luz do sol e permitia que mudasse de cor o quanto quisesse o dia inteiro. Nem falava com ela. Nunca a tocava, gritava, a insultava ou a comparava com outras. A única vontade de Rubra era que Glória dormisse e fosse linda.

Mas eu não queria aquilo, disse Glória a si mesma com ferocidade. *Só foi algo novo e diferente. Uma forma nova e diferente de ser uma prisioneira e ter minha vida decidida por outra pessoa. Eu sou mais que um tesouro.*

Rubra entendeu isso do jeito difícil.

— CAÁ! CAÁ!

Tsunami pôs-se em postura de batalha com um salto, os dentes à mostra, com Lamur a um passo atrás dela. Os outros pararam enquanto ela olhava ao redor, buscando pela origem do som.

— Já falei — disse Glória. — São só tucanos. Não tem nada pra ficar com medo. Você só tá ansiosa.

— E por que será que eu estou ansiosa? — perguntou Tsunami. — Ah, é. *Por causa dos corpos.*

— Pelo menos eu contei, né? — disparou Glória, seu colarinho eriçado. — Você viu um corpo, de alguém que a gente *conhecia*, no primeiro dia no Reino dos Mares e decidiu não contar pra ninguém.

— Gente… — chamou Estelar.

— Foi diferente! Era Quiri! — gritou Tsunami. — Eu tinha que contar da maneira correta.

— E você arrasou nisso — ironizou Glória.

— Gente! — gritou Estelar. Elas pararam de discutir e olharam de volta para ele, que girava em círculos frenéticos, encarando as árvores. Glória precisou de um momento, mas entendeu o que ele procurava logo antes que Estelar perguntasse: — Cadê a Sol?

Todos ficaram em silêncio.

Sol tinha desaparecido.

CAPÍTULO 3

— Sol! — berrou Lamur com toda a força.
— Ela estava chateada — disse Estelar, preocupado. — Talvez ela tenha fugido porque estava chateada com a gente.

— Ela estava? — perguntou Lamur. — Por quê?

Glória também não conseguia lembrar.

— Correr pra uma floresta sozinha? — perguntou Tsunami. — Sol não faz isso.

Glória fechou os olhos e pensou. *Cobras venenosas. Formigas assassinas. Quais eram os outros "perigos da floresta tropical"? Areia movediça?* Abriu os olhos e olhou para o chão ao redor, mas só havia terra, restos de árvores e raízes retorcidas. Não tinha nada que parecesse areia movediça.

— SOL! SOL! — Lamur berrou novamente.

Tsunami rosnou.

— A gente passou pelo Reino dos Céus e pelo Reino dos Mares sem perder ninguém, e aí, dois minutos nessa floresta, um já some?

— Ela não sumiu — disse Estelar, sua voz trêmula de pânico. — Ela não pode ter sumido! Ela está em algum lugar por aqui. Eu estava olhando para ela um segundo atrás!

Glória olhou para o topo das árvores. Outra preguiça cinza se pendurava em um galho ali perto, bocejando. Parecia ser a criatura menos ameaçadora que ela já vira. Ela franziu o cenho.

— Cascata, o que você acha que aconteceu? — perguntou Tsunami, seguindo o olhar de Glória.

Não houve resposta. Todos se viraram.

Cascata também sumira.

— Fala sério — disse Lamur, estendendo as asas. — Ele estava aqui agora. Eu vi a cara dele quando falamos que Sol sumiu. Não tem nem dez segundos. Não dá pra desaparecer em dez segundos.

— Mas aconteceu — choramingou Estelar. — Ele sumiu, Sol sumiu, e do nada.

— Ai! — reclamou Tsunami, levando uma garra para seu pescoço. — Alguma coisa me picou.

Lamur saltou e agarrou o pescoço também. Os olhos de Estelar se arregalaram e então ele se jogou no chão, rolando para o arbusto mais próximo com as asas acima da cabeça.

— O que é que você acha que... — começou Glória, abaixando-se para observá-lo. Ela escutou um zunido baixo quando alguma coisa cortou o ar ao lado de sua orelha, logo antes de um impacto minúsculo acertar a árvore atrás dela.

Glória virou-se e viu o momento em que Lamur desapareceu diante de seus olhos. Foi como se a floresta tivesse esticado seus braços cheios de folhas, enroscado-o silenciosamente e sumido com ele. Em um segundo ele estava ali, piscando um tanto trôpego, e em outro sumira. Assim como Tsunami.

Ahá, pensou Glória.

Ela se colocou ao lado do esconderijo de Estelar e eriçou o colarinho. Podia sentir as ondas de laranja-pálido e vermelho sangue ecoando em suas escamas, mas não tentou escondê-las. Não se importava se sua audiência soubesse que estava com raiva.

— Já chega! — disse. — Saiam agora.

Houve um momento de silêncio, então o ar pareceu tremeluzir. De repente um dragão da cor de framboesa estava em sua frente, sorrindo.

Glória nunca vira alguém usando a camuflagem de escamas como ela. Era impressionante e um tanto chocante e meio que a coisa mais legal que já tinha visto. *Pelas luas*, pensou. *Isso é incrível. A gente faz isso. São asachuva, que nem eu.*

Outra dragoa, azul-marinho salpicada de ouro, apareceu ao lado do primeiro. Ela também sorria.

Um farfalhar acima de Glória a fez olhar para cima.

De repente, as árvores estavam cheias de dragões.

Os asachuva se enrolavam nos troncos ou se penduravam nos galhos com suas caudas. Vários deles tinham cores que ela nunca chegou nem a imaginar. Viu tons profundos de violeta, a cor de pêssego brilhante, tons pálidos de jade, e um amarelo tão brilhante que era quase como se estivesse sendo esfaqueada pelo sol.

Nós somos lindos.

— Ah, olha só! — disse o dragão framboesa. — Ela tá feliz vendo a gente!

Ele olhou para ela, e Glória percebeu que pequenos círculos rosa estavam subindo desde suas patas até suas asas.

— Pobre dragonete — murmurou a asachuva azul-marinho. — Por que as escamas dela são tão fraquinhas?

Glória piscou. Ela tá falando de mim?

— Oxente, pra que essa grosseria? — perguntou o primeiro asachuva. — Oi, pequetuxa. Meu nome é Jambu, e essa é Liana. Qual seu nome e por que não nos conhecemos ainda?

— Glória, e esse dragão assustado é Estelar — disse ela enquanto via Estelar espiar do arbusto. — Onde estão meus amigos?

A dragoa azul-marinho — Liana — apontou para cima com uma das asas. Em meio aos dragões amontoados acima havia quatro redes feitas de cipós. Sol, Cascata, Lamur e Tsunami balançavam lá dentro; tinham seus olhos fechados e mais pareciam sacos de peixe.

— Eles estão bem? — perguntou um Estelar choroso.

— Dardos de sono — explicou o dragão framboesa, tirando uma zarabatana de uma pequena bolsa presa em seu pescoço. — Digamos que temos alguns sapos que você não vai querer lamber. Seus amigos vão acordar de boa em algumas horas.

— É mais fácil conhecer dragões assim — disse Liana. — Apareceram uns marrons meio rabugentos, e sei lá por que quiseram nos morder antes mesmo que a gente se apresentasse. Assim dá pra conversar primeiro, enquanto estão grogues.

— E é mais divertido — acrescentou Jambu. — Praticar tiro ao alvo em nós mesmos não é tão legal.

— Eu acho que eles não vão concordar — ponderou Glória. — Principalmente a azul. Ela é meio chata. Só pra vocês saberem.

— Então... somos seus prisioneiros? — perguntou Estelar, com cuidado.

A dragoa azul-marinho começou a gargalhar, e sons surpresos vieram dos dragões nas árvores.

— Os asachuva não têm prisioneiros, seu medroso — corrigiu Liana, quando conseguiu falar novamente. — O que a gente faria com eles?

— Podiam interrogar — sugeriu Glória. — Trocar por reféns ou armamento. Contê-los para diminuir as ameaças.

Os asachuva piscaram para ela como se tivesse começado a relinchar.

— Só algumas ideias — disse, dando de ombros.

— Se não somos prisioneiros — começou Estelar — então o que vocês vão fazer com a gente?

— Bom... — interrompeu o dragão framboesa, olhando para o sol acima das copas. — Alguém aí quer encher o bucho?

E as árvores começaram a gritar.

CAPÍTULO 4

ESTELAR QUASE MORREU DO CORAÇÃO. Glória sentiu suas garras se afundarem no chão enquanto se segurava para não sair correndo para longe.

Os gritos desapareceram, e ela percebeu que todos os asachuva a encaravam com uma interrogação no rosto.

— Você está bem? — perguntou Jambu. — Uau, isso sim que é cor de burro quando foge. Você não se assustou assim com a gente! Claramente precisamos melhorar nossa cara assustadora.

— Eu não estou *assustada* — retrucou Glória, travando os dentes e retomando o controle das escamas.

— Eu tô — gaguejou Estelar. — O que… o que foi esse som?

— Ah! — disse Liana. — São os macacos gritalhões. — Ela apontou para cima e Glória viu um par de macacos marrons descansando em um galho. — Eles começaram a fazer isso alguns anos atrás.

— Também assustou a gente no começo — declarou Jambu, compreensivo. — Antes eles davam uns grunhidos meio graves, mas agora só querem saber de fazer escândalo e guinchar que nem dragões estrebuchando. Você se acostuma.

— Ah, *sério*? — perguntou Glória.

Por um lado, aquilo explicava o que as patrulhas de asabarro estavam ouvindo da floresta tropical. Por outro, não explicava nada sobre os soldados assassinados. E pelo terceiro lado, por que macacos começariam do nada a fazer sons diferentes de antes? E pelo quarto, por que os asachuva não achavam isso esquisito?

— Venham com a gente para nossa aldeia — convidou Jambu. — A gente podia derrubar vocês pra viagem, se quiserem. Talvez seja mais confortável. Tem um monte de galhos no caminho.

— Não, obrigado — disse Estelar.

— De jeito nenhum — retrucou Glória, na mesma hora.

Jambu deu de ombros.

— Tá bom. Então sigam a gente. — Ele saltou no ar e subiu até as copas das árvores. O resto dos dragões fez o mesmo. Foi um tanto similar a um arco-íris explodindo e espalhando suas cores por sobre as árvores.

Glória e Estelar os seguiram para o alto, afastando-se do chão da floresta, onde estavam rodeados de uma luz solar esmeralda e de sussurros etéreos de pequenas asas. Pássaros cruzavam o ar e giravam ao redor deles, tão coloridos e brilhantes quanto os asachuva. Sempre que Glória parava por um momento, borboletas roxas e douradas pousavam em suas patas ou cabeça. Talvez a vissem como flor; mantinham-se distantes das escamas escuras de Estelar.

Os asachuva cruzaram as copas com uma graça diferente, usando suas caudas ou estendendo suas asas para planar por entre as árvores. Parecia mais um nado aéreo que um voo. Glória não sabia se algum dia levaria jeito para aquilo.

Mas fazia sentido, já que voar em uma mata tão densa seria difícil para criaturas do tamanho de dragões. Estelar batia a cabeça nos cipós ao tentar acompanhá-los. Glória se perguntou se ele desejava ter aceitado a oferta de ser posto para dormir em uma rede como os outros. Viu a rede de Sol passar por eles, sendo transferida com suavidade entre patas, de asachuva a asachuva.

Com uma olhada rápida, para garantir que ninguém estivesse vendo, Glória tentou enrolar sua cauda em um galho e balançar fazendo um círculo completo, como os outros asachuva faziam.

— Quase lá — disse Jambu, pousando ao seu lado.

Seu peso no galho estragou o balançar, e ela acabou pendendo de cabeça para baixo por um momento vergonhoso. Com um sorriso, ele a alcançou e deu apoio para que voltasse à posição correta. Suas garras traseiras prenderam na parte áspera do galho; pareciam as escamas de um dragão ancestral.

— Você realmente não é daqui — comentou ele.

— Não — emendou Glória quando Estelar pousou meio sem jeito no galho. — Meu ovo foi roubado dos asachuva seis anos atrás.

— Bom, eu posso te levar pra uma corrida de árvore sempre que você quiser praticar — ofereceu ele. — Aposto que vai pegar rapidinho. — Ele estendeu as asas e saltou para longe novamente.

Glória franziu o cenho quando a cauda rosa se afastou.

— É, isso foi estranho — observou Estelar, respondendo a seu pensamento silencioso.

— Né? Como se ele não tivesse nem aí — acrescentou Glória. — Ele não perguntou quem me roubou ou onde eu cresci ou deu qualquer sinal de se lembrar de um ovo roubado. Como se ovos sumissem o tempo todo e tudo bem. — Ela coçou seu colarinho, pensativa. — Bom, tanto faz. Talvez sumam mesmo. Talvez tenha um monstro tropical, e os dragões estão acostumados a perder ovos pra ele.

— Isso não me tranquilizou nem um pouco — disse Estelar. Ele puxou as asas para mais perto, observando o chão da floresta como se esperasse que algo cheio de dentes surgisse e tentasse pegá-lo.

Tranquilizar. Glória não conseguia pensar em *nenhuma* explicação que a tranquilizasse quanto à falta de interesse de Jambu em seu sequestro. *Talvez ele seja um dragão estranho que não liga pra dragonetes ou ovos. Com certeza o resto do meu povo vai ligar.*

— Bora, vamos continuar — ela chamou Estelar.

Balanços e voos depois, de repente todos os asachuva ao redor deles subiram, indo ainda mais alto no topo das árvores. Estelar fez um som ansioso quando as redes passaram com seus amigos inconscientes.

E então os dragões começaram a pousar, com Glória vendo a casa dos asachuva.

— Ah — suspirou. Ela parou no ar para que pudesse ver tudo.

As cores iridescentes dos dragões trouxeram o mundo escondido para perto; antes o vilarejo estava camuflado tal qual um asachuva.

Passarelas largas feitas de videiras, brilhando com orquídeas alaranjadas do tamanho de patas de dragões, presas entre plataformas cheias de folhas. Algumas das casas nas árvores tinham paredes baixas ou tetos feitos de tecido; outras eram a céu aberto e cobertas de flores brancas como nuvens deitadas. Glória viu algumas das preguiças sonolentas se movendo ou se balançando entre as passarelas. Ela se perguntou se talvez não fossem inteligentes o suficiente para saber que estavam rodeadas por dragões que poderiam comê-las a qualquer momento.

Esse é o lugar mais legal que já vi, Glória pensou, alegre. *E é o meu lugar.*

— Visitantes! — chamou Liana. Ela segurava uma das pontas da rede de Lamur em suas garras; cuidadosamente ela e os outros asachuva o desceram em uma plataforma larga o suficiente para vinte dragões. Glória deu um rasante e pousou ao lado dele enquanto a nação descia seus outros amigos.

Cabeças de dragão apareceram por todos os lados do vilarejo. Glória percebeu que a maioria deles estava em engenhocas penduradas que se assemelhavam a redes de descanso. Ela analisou a que se encontrava mais próxima. Estava presa entre duas árvores, tecida com cipós e forrada de penas violetas e pétalas azuis. O dragão dentro dela não podia ser visto até que pôs a cabeça para fora; suas escamas combinavam com o verde e roxo ao redor dele perfeitamente.

— Inteligente — comentou Estelar, apontando a rede com a cabeça. Ele olhou para o chão a quilômetros de distância abaixo deles e tremeu. — Eu certamente não dormiria tão alto sem alguma coisa nesse nível. Observe a construção dessa rede. Não dá pra cair, e com a camuflagem asachuva nenhum inimigo vai conseguir te ver.

Glória olhou para suas próprias escamas e viu surgindo uma cor que nunca vira em si própria — um roxo-azulado que imaginou ser orgulho. Ela estava *orgulhosa* de seu povo. Mal os conhecia, e eles já eram tão impressionantes quanto imaginara. *Tomem essa, guardiões*, pensou. *Todos esses anos me forçando a dormir em pedras no escuro. Quem são os dragões atrasados, hein?*

— Eu sei, não é lindo? A gente curte nossa vila também — disse Liana, praticamente no ouvido de Glória.

Ela pulou, batendo a cauda. Tudo bem, havia uma coisa que a deixava incomodada: o jeito com o qual os outros asachuva a olhavam como se conseguissem ler cada pensamento que ela tinha, só observando suas escamas. Ela segurou as emoções, devolvendo para suas escamas o verde das árvores, que combinava com a paisagem.

Liana não pareceu se importar com a reação de Glória. A asachuva observou as folhas acima, então sorriu quando cinco dragões pequenos em tons de azul celeste e cobre desceram das copas em direção a eles.

— Espero que esteja com fome — disse Liana quando os dragões abriram as patas. Formas estranhas quicaram e rolaram na plataforma, acertando os amigos adormecidos de Glória. Ela pegou a que estava mais próxima: verde-limão e em forma de estrela, cheirava a abacaxi e a manjericão. Ela mexeu com uma garra, em dúvida se deveria descascar.

Sob a montanha, os dragonetes quase nunca comiam fruta. Glória conhecia mais delas pelo que lia em pergaminhos do que pelas poucas que Cascata levara. A rainha Rubra foi quem lhe dera abacaxi.

Não pense na rainha Rubra.

Estelar observou a plataforma com uma expressão descontente.

— Só tem fruta? — perguntou. — Nenhuma carne?

Liana franziu o focinho.

— Você pode caçar se quiser — respondeu ela. — Mas sério, é só desperdício de energia. — Ela olhou para o céu novamente. — E tá quase na hora do sol, então se for mesmo, faça em silêncio.

— Hora do sol? — perguntou Glória.

— Ah, querida. — Liana balançou a cabeça. — Então é isso que tem de errado com você?

— Eu não tinha sido informada de que havia algo de errado comigo — disse Glória, esforçando-se para impedir que as escamas mudassem de cor. — Não da perspectiva asachuva, no caso.

— São suas escamas — observou Liana. — Elas são tão… sem graça.

Glória a encarou. *Sem graça?*

— Sabe? — continuou. — Um pouco qualquer coisa. Não são tipo as nossas.

Ela estendeu uma asa e deixou que um arco-íris fizesse morada.

Ela tá dizendo que eu não sou tão bonita quanto os outros asachuva? Certamente todos eram super reluzentes e vistosos. Talvez suas escamas não fossem tão vibrantes.

Glória não sabia o que achar daquilo. Na verdade, tinha certeza de que não ligava. Sempre tinha sido "a linda" e isso nunca a levara a lugar algum, além de ser acorrentada em uma árvore decorativa no Palácio Asacéu.

— Me fale sobre a hora do sol — pediu ela, dando de ombros.

Algumas faixas de laranja e esmeralda apareceram nas escamas de Liana e então sumiram em azul-marinho novamente. Laranja e esmeralda... se suas escamas funcionassem da mesma forma, então aquilo queria dizer que Liana estava um pouco surpresa e irritada. Como se esperasse causar mais alguma reação em Glória.

Esse negócio de leitura de escamas funciona dos dois lados, amigos.

— Hora do sol — começou Liana com suavidade, como se suas escamas não tivessem mudado de cor. — É quando o sol está no ponto mais alto, então subimos o mais perto que conseguimos e dormimos.

— Ah! — exclamou Estelar, com sua voz de finalmente-entendi-as--coisas. — Glória! É como aquelas sonecas que você sempre tira depois do almoço. Eu *sabia* que tinha que ser uma coisa de asachuva, mas eu nunca entendi a razão. Por que dormir no meio do dia? Vocês não têm nada mais importante pra fazer?

Glória bateu a cauda e estreitou os olhos na direção de Estelar, mas Liana não pareceu se ofender.

— O sol recarrega nossas escamas enquanto dormimos — explicou ela. — E nos faz ficar mais bonitos, melhores na camuflagem, mais espertos, e felizes. O que poderia ser mais importante que isso?

— Ah — disse Estelar novamente. Ele observou Glória como se ela fosse um pergaminho que tivesse acabado de entender. — *Ah*. Mais felizes? Tipo... menos rabugentos?

— Cala a boca — mandou Glória, dando-lhe uma ombrada.

Ela já tinha pensado naquilo sozinha. Sabia que o que seus guardiões tinham feito — mantê-la trancada debaixo da terra, longe do sol durante toda sua vida — provavelmente a havia tornado mais rabugenta e menos poderosa do que poderia ter sido, mas não precisava que os outros descobrissem isso, porque não queria que sentissem pena.

E quem poderia saber como ela seria em outra vida? Ser irritadiça era quase uma parte essencial de ser Glória, se quisessem saber.

A verdade era que, lá no Reino dos Céus, onde a rainha Rubra deixara-a no sol o dia inteiro, Glória nunca se sentira tão feliz ou tão em paz... ou menos ela mesma. Sabia que era o efeito do sol e nada mais. Sabia que o que havia sentido era como se finalmente pudesse comer o quanto quisesse depois de uma vida de fome. Sabia que para a rainha Rubra, que era má, Glória era apenas outra peça brilhante de seu tesouro.

Parte dela odiara — odiara a sonolência estranha e o contentamento sem motivação que a fizera se sentir uma poça de minhocas.

E ainda assim havia uma parte dela que poderia ficar daquele jeito para sempre.

Ela afastou os pensamentos com força.

— Então vá dormir — disparou para Liana. — Não vamos a lugar nenhum.

Os outros asachuva que carregaram as redes já haviam desaparecido em plataformas mais altas nas copas das árvores. Alguns se esparramavam em clareiras, enquanto outros estavam deitados dentro das redes inteligentes, roncando.

— Verdade — disse Liana. — A gente acorda antes de seus amigos.

— Você não quer fazer todas as suas perguntas antes? — sugeriu Estelar. — Não quer encontrar sua família e...

— Não estou com pressa — retrucou Glória, interrompendo-o. — Eles já foram dormir, de qualquer forma. As respostas vão ser as mesmas daqui a algumas horas

Ela sabia que era boa fingindo não ligar. E queria muito que Liana achasse que ela não ligava.

Tinha sorte de que as perguntas não passeassem em suas escamas como suas emoções, ou então estaria coberta delas, mas não pretendia parecer desesperada em seus primeiros momentos com seu povo. Eles certamente não pareciam ter milhões de perguntas para ela. Então que assim fosse: poderia agir como se aquela reunião também não fosse grande coisa para ela.

Talvez agir de maneira despreocupada fosse algo natural aos asachuva. Estelar coçou a cabeça.

— Podemos ao menos falar do monstro?

— Monstro? — riu Liana. — Não tem nenhum monstro.

— Sério? — perguntou Estelar. — Então o que está matando soldados asabarro em sua fronteira?

— Ah — soltou Liana. — *Esse* monstro.

As asas de Estelar refulgiram, e seus olhos se arregalaram. Liana explodiu em gargalhadas.

— Sua cara! — gritou ela, chorando de rir. — Isso foi tão bom. Tô brincando, dragãozinho assustado. Eu não tô sabendo de nada sobre os asabarro mortos, mas eu sei que não temos monstros aqui.

— Só relaxa, Estelar — recomendou Glória. — Pense em bibliotecas ou alguma coisa assim.

— Pequetuxa — chamou Jambu, de um poleiro acima da cabeça de Glória. Ela teve de apertar os olhos para vê-lo, por causa do brilho refletido em suas escamas magenta. — Você vem com a gente pra hora do sol? Quer uma rede? — ofereceu. — Ou uma plataforma?

Glória viu seus amigos. Lamur estava roncando mais alto que todos os asachuva juntos. Tsunami fazia cara feia até dormindo, e suas garras tremiam como se sonhasse com lutas. Sol estava enrolada como uma pequena bola, parecendo uma chinchila dominhoca, e Cascata, com sua respiração entrecortada, parecia e soava como se estivesse com um pé na cova.

— Pode ir — disse Estelar. — Tá tudo bem. Vou dar uma olhada neles.

Ele balançou as asas e estufou o peito de maneira imponente, o que o fez parecer mais com um sapo tentando ser ameaçador.

— Me acorde se precisar — pediu Glória. — Se eu escutar alguém guinchando que nem um sucateiro pequeno, vou saber que é você.

Estelar bufou indignado enquanto Glória pegava algumas frutas misteriosas e voava em direção ao galho de Jambu.

— Vou querer uma plataforma — falou ela, pousando ao lado do asachuva rosa.

— Tem certeza? — perguntou. — Normalmente os dragonetes ficam com as redes, caso rolem enquanto dormem. Você ia acordar antes de acertar o chão, mas talvez batesse em um monte de coisa antes. Então, sabe? A gente não tá falando de morrer e tal, mas uns machucados iam rolar.

— Vou ficar bem — insistiu Glória. Ela nunca caíra daquela maldita saliência rochosa na qual tinha sido forçada a dormir por seis anos. E até no Reino dos Céus, em seu quase-coma ensolarado, ela sempre ficava perfeitamente equilibrada na árvore de mármore.

— Você dorme tranquila, é? — perguntou Jambu. — Consciência limpa, sonhos pacíficos?

— Claro — respondeu Glória. *Como se eu fosse contar dos meus sonhos pra um dragão que acabei de conhecer. Ou dos meus crimes.*

— Então venha pra nossa plataforma — chamou ele, saltando do galho para uma plataforma coberta de folhas, postas para se assemelhar a uma folha gigante. Os outros dois dragões a cumprimentaram com sonolência. Glória fez um círculo e deitou-se com as asas abertas para pegar o máximo de sol que conseguisse.

O calor a invadiu, como se rolasse em ouro derretido. *Tá aí*, pensou, fechando os olhos ao mesmo tempo em que todos os seus músculos relaxavam. *Dava pra dormir no sol desse jeito todos os dias da minha vida.*

Esqueça essa profecia idiota. Esse é o destino que eu deveria ter.

CAPÍTULO 5

Glória acordou revigorada e relaxada, mas enquanto se manteve ali de olhos fechados, sentiu uma onda inesperada de raiva de si mesma.

Tá bom, claro, eu não estou na Grande, Maravilhosa e Incrível Profecia dos Dragões. Talvez ninguém nunca fosse escrever uma profecia sobre um asachuva. Talvez nenhum dragão em Pyria espere que de um nós tenha um destino importante ou faça alguma coisa válida.

Mas isso aqui? Dormir o dia inteiro em uma clareira? Eu só sou boa nisso — os asachuva só são bons nisso?

Tem que ter algo especial sobre nós.

Tem que ter algo especial sobre mim.

Ela quis se chutar. Dormir na mesma hora que encontrou sua casa... Isso era precisamente o que não queria que seus amigos pensassem sobre ela ou sobre seu povo. Ela teria que mostrar que havia uma boa razão para os asachuva terem a hora do sol. Tinha que deixá-los mais inteligentes e ferozes, ou algo assim.

Ela se moveu e congelou.

Algo estava enrolado no espaço entre seu ombro e a asa. Uma parte daquilo também estava cobrindo seu pescoço. Era quente; mais quente que os raios do sol, e estava respirando de maneira uniforme e profunda.

Ela moveu a cabeça e tentou ver de soslaio.

Havia uma *preguiça* dormindo nela.

Rastejara até a curva de seu ombro e se encaixara perfeitamente, colocando um braço no pescoço de Glória para apoiar a cabeça. Uma pelagem longa e com tons prateados caía por sobre as escamas verdes. Os olhos da criatura estavam fechados, e ela mantinha um sorriso pacífico em seu rosto adormecido.

Que coisinha mais ridícula. Ela não tem medo? Ou é idiota?

Ou talvez seja um plano maligno e inteligente. Afinal de contas, ela não poderia comê-la mais. Não teria como comer algo com um sorriso daqueles. Lembrou-a de Sol, que muito provavelmente também não se importaria em dormir com algo grande o suficiente para comê-la.

Glória girou a cabeça, movendo-se o mínimo possível para não incomodar a preguiça. Os outros asachuva na plataforma ainda dormiam. O sol se movera no céu, mas ela achou que ainda faltavam várias horas até a noite chegar. Uma brisa suave jogava folhas solitárias por cima da plataforma, e dois sapos azuis e gordos mantinham uma conversa sonolenta e ruidosa.

— Brrrp? — A preguiça cantarejou. Abriu seus olhos enormes e escuros, olhou para Glória e bocejou com a boca bem aberta. — Brrrrrrrrpu.

— Já acordei — disse ela. — Então agora já deu a hora de você fugir assustada.

— Rrrrrrrbu rrrrrrrrmp rrrrrrrllp — disse a preguiça em concordância. Então se aproximou mais de suas escamas e bocejou novamente.

— Eu não sou que nem esses outros dragões. Eu tenho o que fazer — disse Glória. — Para de dormir aí.

— Mmmmmm-hrrrrrmbu — insistiu a preguiça, fechando os olhos.

A plataforma vibrou embaixo dela quando Jambu deu uma risada. Ele rolou e apontou para a preguiça.

— Você foi escolhida — disse ele. — Isso foi rápido.

— Não, valeu — respondeu Glória. — Não quero ser escolhida. Ainda mais por uma preguiça.

Ela se apoiou nas patas para sentar; mas, de alguma forma, a preguiça enroscou os dois braços em seu pescoço e se pendurou, aninhada contra sua asa.

— Ela gostou de você — comentou Jambu. — Agora você tem que escolher um nome pra ela. A rainha chama a dela de Salsicha.

— Em primeiro lugar, o quê? E não. É muito baixo pra uma rainha dragoa ter uma preguiça. E outra, essa preguiça é fofa demais pra ter um nome bocó que nem "Salsicha" — disparou Glória, então se corrigiu: — E eu não vou botar nome nenhum nela, porque não vou ficar com ela. Essa preguiça vai embora se eu ignorá-la por tempo suficiente.

Jambu fungou, divertido.

— Ou talvez eu a coma — continuou. — Por que vocês não comem as preguiças? — Ela deu uma olhada na criatura, que parecia tranquila e despreocupada.

Ele deu de ombros.

— Porque são fofas. E muito peludas; elas são puro pelo. Daria uma indigestão danada por dias.

Glória se aproximou e cutucou a preguiça com a garra. Realmente parecia que só havia pelo ali.

— Rrrrrrrbu. — A preguiça se contorceu como se estivesse com cócegas.

— Eu não estou brincando com você — ameaçou Glória. — Você tem que ir embora. Tenho coisas importantes pra fazer, tipo achar meus pais.

Jambu virou a cabeça para ela. Suas escamas framboesa tinham espirais rosa-claro por todos os lados. Glória tinha certeza de nunca ter visto aquela cor, e não fazia a menor ideia do significado. Às vezes o rosa aparecia quando ela estava feliz, mas Jambu tinha essa cor das patas à cabeça. Ninguém poderia estar *tão* feliz.

— Encontrar seus pais? — repetiu ele. — Como?

— Você que vai me dizer — respondeu Glória. — Eu sei quando eu fui roubada, e um desses asamar ali embaixo sabe de onde eu fui roubada. Não é o suficiente?

— Rá! — Jambu riu como se ele realmente achasse que Glória estava brincando, então foi parando quando percebeu que ela falava sério. — Do que você tá falando? Os asachuva não têm "pais".

Glória tentou ignorar seu estômago revirando por conta da decepção. *Você sabia que podia rolar. Lembre dos asabarro. Talvez os asachuva sejam iguais, criados pelos irmãos.*

— Então... — começou ela.

— Por que você ia querer encontrá-los? — perguntou Jambu.

Glória conteve a emoção para que não aparecesse nas escamas.

— Duas razões — começou ela. — Um, eu quero saber de onde eu vim e o que eu perdi. E, dois, quero que minha família saiba que eu tô bem. Devem ter se preocupado horrores quando meu ovo desapareceu.

Ela esperou pela reação.

Ele mexeu o focinho e pareceu confuso.

— Mas não teria como eles saberem — disse. — Eu acho que você… eu acho… — Ele parou e olhou em volta, vendo os dragões dormindo por todos os lados. Alguns já estavam em pé e andavam pelo vilarejo, mas a maioria ainda roncava.

— Eu vou te mostrar — falou ele, abrindo as asas.

Glória fez o mesmo.

— Hora de ir embora, preguiça — chamou ela. — A não ser que queira dar um passeio.

— Brrrrrrp. — A preguiça apertou ainda mais os braços ao redor de seu pescoço.

— Elas nos entendem? — perguntou Glória.

— Duvido — respondeu Jambu. — Elas só leem nossa linguagem corporal e respondem. — Ele afastou um cipó e saltou da plataforma.

Glória deu uma olhada na preguiça novamente. Tinha quase certeza de que aquilo era um sorriso. Talvez a sua preguiça *conseguisse* entendê-la; talvez fosse mais esperta que todas as outras preguiças da floresta tropical.

Ela seguiu Jambu, planando com cuidado entre as árvores e os cipós pendurados. Tentou não se importar com a criatura fofinha enroscada nela, mas percebeu que estava voando mais devagar que o normal e escapando de coisas que podiam derrubá-la.

Sua dragoa ridícula. É só caça, não importa o quanto ela seja lindinha.

Aonde quer que Jambu a estivesse levando, era em algum local distante do centro do vilarejo. Passaram por mais plataformas cobertas de dragões adormecidos, e por algo similar a um trampolim feito de folhas enormes costuradas, esticadas entre quatro árvores, onde alguns dragonetes pulavam e batiam as asas vigorosamente ao tentar aprender a voar.

Todos pareciam felizes. Não havia aquelas feridas horríveis de guerra que Glória vira em outros reinos. Ninguém parecia tenso ou assombrado. Ninguém era forçado a lutar até a morte ou punido por falhar em seu trabalho de guarda.

Sem brigas, sem preocupações com a guerra, sem fome ou rainhas loucas — bom, até onde eu tô vendo, no caso.

Quem precisa de uma profecia quando se pode ter um lar como esse?

Jambu se dirigiu a uma estrutura lá embaixo, com o formato de um ovo verde gigante. Buracos espalhados pelo teto permitiam que a luz do sol penetrasse pelas folhas sobrepostas, mas o fundo estava reforçado por cipós e galhos bem amarrados, o que dava a sensação de ser o lugar mais resistente que Glória tinha visto até aquele momento. Ela se perguntou se aquele era o palácio, mas certamente não tinha o tamanho para isso. Ainda não tinha visto nada grande ou régio o suficiente para ser o palácio da rainha asachuva.

Pousaram em um galho próximo a uma das janelas, e Jambu apontou para que ela olhasse para dentro.

Ovos pálidos estavam dispostos por todo o chão, colocados bem próximos uns dos outros. Na luz que vinha do alto, cores brilhantes pulsavam abaixo da casca fina enquanto os dragonetes ainda por nascer se mexiam e se contorciam. Glória supôs que os ovos mais nas beiradas estavam mais próximos de nascer, já que via mais movimento dentro destes. Alguns até já tinham pequenas rachaduras no topo.

— E daí? — perguntou ela. — Vocês têm uma incubadora. Todas as rainhas têm. No caso, tá bom, isso é muito ovo pra uma rainha só, mas… espera, você tá dizendo que eu fui roubada daqui?

Eu também sou filha de uma rainha? Não que fizesse alguma diferença para ela, mas seria bem engraçado ver a cara que Tsunami faria se fosse verdade.

— Eu não faço a menor ideia — começou Jambu. — Tem outras três incubadoras, então poderia ter sido de qualquer uma delas, mas você não tá entendendo. Esses ovos não são todos de uma rainha, ou de alguma dragoa. Nós botamos *todos* os nossos ovos juntos assim.

Glória piscou ao ver aquele conjunto de formas suaves e brancas em sua frente.

— Então isso é um terço dos ovos do vilarejo. Todos… enfiados aqui.

— Isso — confirmou Jambu. — Eles esquentam uns aos outros e nascem quando precisam. Passamos aqui vez ou outra pra ver se há algum dragonete recém-nascido. Caso não, não precisamos nos preocupar com os ovos. Estão todos seguros aqui.

— A não ser o meu — apontou Glória. — Que foi roubado.

Ela parou, começando a entender. Parecia que todo o vento do mundo sumira debaixo dela e estava caindo com asas inúteis.

— E ninguém percebeu — acrescentou, lentamente. — É isso que você tá tentando me dizer. Vocês não tinham a menor ideia de que meu ovo tinha sumido.

Jambu deu de ombros. Ele nem parecia envergonhado.

— Por que teríamos? — perguntou ele. — Como você tá vendo, temos vários ovos. Eles chegam toda semana, então pra que perder tempo contando?

— Porque eu não era só um ovo "chegando" na incubadora — disse Glória, eriçando o colarinho. — Tinha uma dragoa real e viva dentro dele. Uma dragonete que teve de crescer por seis anos sem família, sem floresta e sem sol.

— Rrrrrrrrrrrrrrp — soltou a preguiça com empatia, abraçando seu pescoço. Glória havia esquecido que ela estava ali.

Um azul acinzentado nebuloso começou a subir pelas escamas de Jambu desde suas patas. Ele fazia uma expressão tristonha quase cômica para ela.

— Sem sol? — perguntou ele.

— Eu sobrevivi muito bem, obrigada — retrucou Glória. Ela se afastou da asa que Jambu tentou encostar nela. — Não quero que ninguém sinta pena de mim. Só estou dizendo que talvez vocês devessem ligar pelo menos um pouco pros seus ovos e os dragões que vivem neles.

— Mas a gente liga — corrigiu ele, com tons de verde-escuro angustiados aparecendo em seu colarinho. — A gente cuida muito bem dos nossos dragonetes! Só não nos importamos com os ovos porque nunca perdemos nenhum antes.

— Como vocês sabem? — devolveu Glória. — Se eu fui roubada com tanta facilidade, vocês podem ter perdido outros também.

Ele abriu e fechou a boca algumas vezes, parecendo tão patético que ela queria socar seu focinho. Isso estava além de pais que não amavam seus ovos. *Ninguém* tinha sentido sua falta. Não havia família se perguntando o que acontecera com ela. Ninguém se importara que ela houvesse desaparecido.

Cascata deveria saber que os asachuva eram assim. Por isso tinha ido para a floresta tropical roubar um ovo. Era isso que ele não tinha desejado admitir durante o percurso até o vilarejo.

Os asachuva não eram secretamente uma nação maravilhosa e perfeita. Era pior do que ela esperava. Seu povo era preguiçoso demais até para contar seus próprios ovos.

— Agora você está furiosa — lamentou Jambu.

Glória não conseguiu impedir as faixas avermelhadas de aparecerem ao longo das asas. Ela fez uma careta para ele.

— Então como vocês sabem quais dragonetes pertencem a quais pais? — perguntou ela.

— Não sabemos — explicou ele. — Criamos todos juntos, o vilarejo inteiro. Todos ajudam. Eu ensino a planagem nas árvores — completou com orgulho. O azul-acinzentado de suas escamas já dava espaço novamente para o rosa.

— Mas então — ponderou Glória, lentamente —, isso não quer dizer que vocês nem sabem com quem tem parentesco?

— Ah, eu sei o que você está pensando — disse Jambu. — Não se preocupe, temos uma maneira de descobrir. Antes de dois dragões decidirem ter ovos juntos, eles fazem o teste de veneno.

Ele girou e pegou uma folha oval de uma das árvores, colocando-a no galho entre eles.

— Veja.

Jambu abriu a boca, quase deslocando a mandíbula, e cuspiu uma pequena quantidade de veneno preto na folha. Glória se imaginava legal e

ASAS DE FOGO: O REINO ESCONDIDO

ameaçadora quando disparava seu veneno, mas os outros asachuva pareciam esquisitos, como uma cobra desequilibrada mentalmente.

A folha imediatamente começou a chiar e a derreter.

— Agora dispare seu veneno nela — pediu ele. — Só um pouquinho. Tente acertar o mesmo lugar.

Glória nunca tinha tentado praticar sua mira com o veneno, ou controlar a quantidade que cuspia. Mostrou as presas para a folha e quase a afogou em veneno escuro. O galho abaixou e ao redor da folha começou a fumaçar e chiar também.

Mas, curiosamente, onde o veneno de Glória encontrou o de Jambu, foi o lugar em que o efeito parou de maneira instantânea.

— Caraca! — exclamou Jambu. Ele cuspiu um pouco mais de seu veneno, com muito cuidado, no resto da folha e no galho onde o de Glória havia se espalhado. Toda a fumaça e todo o chiado pararam. A folha descansou em paz em uma poça do que parecia ser uma gosma preta inofensiva.

Glória piscou vendo aquilo.

— Hmmm — soltou — Que inesperado.

Jambu acertou uma de suas asas com a própria, radiando de satisfação em cada escama rosada.

— Você viu o que acabou de acontecer? Seu veneno cancelou o meu. Isso não é incrível? Isso é tão incrível!

— E é? — perguntou Glória.

— Isso quer dizer que somos parentes! — gritou Jambu. — Você é minha irmãzinha!

Glória dobrou as garras e pensou sobre isso. Fora até a floresta tropical atrás de sua família, no fim das contas, mas acabou descobrindo que Jambu era seu irmão logo após concluir que ele era o dragão mais pateta e inútil que já tinha conhecido. E de que serve uma família que nunca esteve com você — que nunca soube ou ligou para você estar viva, perdida e em perigo?

— Ah — disse ela. — Uau. Parentes. — Ela esticou o braço e coçou o queixo da preguiça. Ela se aconchegou ainda mais nela com um som fofinho.

— É assim que descobrimos — explicou Jambu, apontado para a folha meio derretida com a garra. — Se seu veneno piorasse o derretimento, então saberíamos que não temos nenhuma relação, então poderíamos ter ovos juntos, mas quando seu veneno cancela o de outro dragão, quer dizer que vocês vêm da mesma família. Dá pra acreditar que somos irmãos? Tá, tudo bem, talvez só meio-irmãos, mas ainda assim, que bacana.

— Mas você com certeza não é meu pai — indagou Glória. — Né?

Jambu soltou uma gargalhada.

— Eu só tenho nove anos — disse ele. — Eu juro que não fiz nenhum ovo ainda, e com certeza não quando eu tinha três anos.

Bom, isso me deixa bem mais tranquila, pensou Glória.

— Então é assim que a nação cura dragões que foram atingidos por veneno, né? — perguntou ela. — Só encontrar um membro da família pra impedir que o veneno se espalhe?

Seu irmão recém-encontrado pareceu mortificado.

— Não usamos nosso veneno em *outros dragões* — disse ele, um verde brilhante surgindo em seu colarinho. — Quem faria um negócio *desses*?

— Ah. Ninguém — respondeu Glória.

Talvez não no seu mundinho perfeito, mas me pergunte isso de novo quando você for o prisioneiro de uma rainha que está forçando seus amigos a lutarem até a morte.

— Eu quis dizer se alguém acertar outro alguém por acidente. Isso não é impossível. Né?

— Nossos treinadores de veneno nunca deixariam algo assim acontecer — reclamou Jambu. Ele olhou para a bagunça que ela havia feito no galho. — Aposto que você conseguiria umas aulas com um deles se quiser. Só usamos o veneno para esse tipo de teste e, muito raramente, para caçar se precisarmos ou, você sabe, se alguma coisa hipoteticamente tentar nos atacar.

— Alguma coisa *hipoteticamente* tentar atacar vocês? — perguntou Glória, levantando as orelhas. *Tiiiiiiipo… monstros tropicais misteriosos?*, ela se perguntou.

— A gente tem que voltar pra ver seus amigos — avisou ele. — Eles vão acordar daqui a pouco. E podemos dar a boa notícia de que somos parentes! Tão legal!

— Claro — disse ela. — Eu já vi o suficiente desse lugar.

E tenho certeza de que já obtive todas as respostas sobre minha família que vou ter.

— Uma irmãzinha perdida! — comemorou Jambu, enrolando a cauda no galho. — Tão da hora! Eu posso te ensinar a planagem nas árvores e como cuidar de sua preguiça e...

Ele se balançou no galho e planou para longe, ainda tagarelando. Glória deu mais uma olhada na incubadora do vilarejo e o seguiu. Ela não deixou de notar que ele não tinha nenhuma pergunta para ela. Ele não dava a mínima para onde ela estivera ou quem a sequestrara e por quê. Não perguntou sobre o mundo para além da floresta tropical. Jambu parecia ter diversas ideias sobre o que poderia mostrar para Glória, mas não se interessava pelo que ela poderia lhe ensinar.

Glória balançou a cabeça e deu a volta em um tronco cheio de musgo.

E quem se importa? Mesmo que tudo seja verdade, tudo que os guardiões disseram sobre os asachuva... mesmo que sejam inúteis e não liguem para as coisas certas... eu ainda sou eu. E eu nunca serei como eles. Nunca. De forma alguma.

CAPÍTULO 6

Quando pousou, Glória não se surpreendeu ao ver Tsunami se debatendo com violência enquanto dormia. A asamar estaria pronta para lutar com alguém no momento em que abrisse os olhos.

O surpreendente, na verdade, foi descobrir o que Estelar tinha decidido fazer quando se viu entediado.

— Ô, Glória — chamou no momento em que a viu. — Dá uma olhada nisso!

O asanoite empurrou uma das frutas maiores — uma coisa redonda, rosa-clara, parecida com um melão — para perto do nariz de Lamur e saltou para trás.

Apesar de ainda desmaiado, Lamur contraiu o focinho. Ele tremeu, cheirou e se aproximou cada vez mais do melão. Seu estômago roncou alto. Sua língua apareceu e sumiu novamente.

Estelar puxou o melão para longe e Lamur parou de se mover com um longo suspiro triste.

— Isso não é hilário? — perguntou Estelar para Glória.

Ela fez uma expressão divertida.

— Eu sempre achei que torturar nossos amigos dorminhocos seria divertido.

Ele sentou-se e jogou a cauda por cima das patas, franzindo a testa.

— Eu não tenho nada para fazer. O silêncio está insuportável com todo mundo dormindo. — Ele piscou os olhos na direção de Jambu. — Você já perguntou do...

— Já — interrompeu Glória. — Deu em nada.

— Somos irmãos! — anunciou Jambu com alegria.

Estelar virou a cabeça lentamente e fez uma expressão de "ele tá falando sério?" para Glória.

— Vocês não… se parecem muito — comentou ele, da maneira mais educada que conseguia.

Ela deu de ombros, e a preguiça em suas costas disse:

— Squeto!

Os olhos de Estelar quase saíram das órbitas.

— Glória! — exclamou ele. — Tem uma preguiça em você! Tem preguiça… uma preguiça… Tá sentada em seu pescoço!

— Eu sei — disse Glória. — Parece que elas são bichinhos de estimação dos asachuva. Essa gostou de mim. Mesmo depois de eu ter explicado que sou uma chatonilda.

— Que fascinante — começou Estelar. Sua pata de pegar pergaminhos e fazer anotações quase tremeu. — Se eu me lembro bem, bichinhos de estimação não costumam se dar bem em comunidades dracônicas. Normalmente são comidos por parentes esquecidos ou às vezes pelos próprios donos. Sucateiros, por outro lado, parecem ter todo tipo de caça como bichinhos de estimação, tipo vacas, bezerros, peixes. Isso de acordo com *Um Estudo Longitudinal Sobre Comportamentos Peculiares de Sucateiros*, no caso.

Glória se lembrava desse pergaminho, mas nunca o levara muito a sério. Algumas das coisas que os sucateiros faziam eram muito absurdas para serem reais.

— Nós nunca comeríamos nossos bichinhos — interrompeu Jambu. — Pra quê? Há frutas suficientes na floresta para garantir que nenhum asachuva fique com fome e, de qualquer forma, o sol nos dá mais da metade da energia de que precisamos para sobreviver.

— Então vocês realmente não comem carne? — perguntou Estelar olhando Glória de soslaio. — Vocês são vegetarianos? Dragões vegetarianos?

Jambu balançou as patas dianteiras, displicente.

— Não é nenhuma regra. Comemos o que sentimos vontade de comer. Bananas são mais fáceis de pegar e descascar do que macacos, é só isso.

Comedores de frutas preguiçosos, pensou Glória. *Exatamente como todo mundo diz.*

Mas eles também têm zarabatanas tranquilizantes e um vilarejo escondido muito bem desenhado, lembrou a si mesma.

Mas não ajudou. *Eles nem perceberam que meu ovo sumiu.*

— Ai! — disse uma vozinha atrás deles. — Eu acho que alguma coisa… me mordeu… o que… onde a gente tá?

Estelar foi para o lado de Sol.

— Você está bem? — perguntou, ajudando-a a se levantar.

A pequena asareia piscou diversas vezes e olhou em volta, observando o vilarejo asachuva.

— Como chegamos aqui? — Ela balançou as asas e olhou pela beirada. — Gente, é uma queda bem longa. Glória, você tem uma coisinha peluda fofinha! Posso segurar? Por favor, por favorzinho?

— Por que não? — assentiu Glória, soltando a preguiça de seu pescoço. — Só não coma ela. — Passou a preguiça para Sol, que a aninhou com carinho em suas patas dianteiras. A preguiça cutucou o focinho de Sol de um jeito curioso e interessado, então subiu em sua cabeça e sentou-se com um bocejo.

— Ela não tem medo de dragões — comentou Sol, impressionada. — Que curioso.

— Aaaaaaaaaaargh — gemeu Cascata. Ele segurou a cabeça com os olhos ainda fechados. — Tudo dói.

Sol se arrastou até ele e observou seu ferimento. Mesmo de onde estava, Glória pôde ver que parecia pior. A mancha escura estava se espalhando e o corte tinha um aspecto retorcido e brutal.

— Ninguém vai me pegar! — gritou Tsunami, acordando de sobressalto. — Vou dar uma surra em qualquer inseto venenoso! MISERICÓRDIA ONDE A GENTE TÁ? — Ela tropeçou nas patas e caiu com um baque.

— Não se mova tanto — sugeriu Jambu. — O tranquilizante leva um tempinho pra sumir de vez.

— TRANQUILIZANTE? — gritou Tsunami. — Vocês tão malu…

— Tsunami, dá pra parar de gritar? — perguntou Glória. — Ou eu vou pedir pra ele te botar pra dormir de novo.

— Bora ver se ele consegue! — retrucou Tsunami.

— Por favor, Jambu — disse Glória. — Vocês tem algum dardo que dure, sei lá, uns dias?

— A gente não usa os dardos mais de uma vez no dia — explicou Jambu, levando Glória a sério. — Só por garantia.

Tsunami abriu as asas e olhou com ferocidade para Jambu e para os outros asachuva que começavam a se juntar ao redor deles na plataforma. De repente, Glória se deu conta de que os roxos, laranjas, azul-turquesa e amarelo-limão brilhavam um pouco *demais*. Ela acreditaria que estavam tentando se mostrar para seus amigos, só que tinha a sensação de que os asachuva acordavam todos os dias e passavam horas tentando parecer mais coloridos que o resto dos dragões.

— Lamur? — chamou Sol. Ela apontou para o asabarro deitado. — Lamur, acorda. Você tá bem? Ele tá bem?

— Ele está ótimo — respondeu Liana, pousando atrás de Jambu. — A dose dele não foi diferente da de vocês.

— Tô acordado — murmurou Lamur. Ele enfiou a cabeça debaixo das patas. — Só estou esperando a Glória e a Tsunami pararem de brigar. Eu estava sonhando com ovelhas, búfalos e ursos. Eles estavam na mesa na minha frente e eu tinha que decidir qual comer primeiro. Ah, e eles tinham um cheiro de melão. Isso foi meio esquisito.

— Sol! — gritou Tsunami, fazendo a asareia pular. — Fique bem parada. Tem uma preguiça na sua cabeça. Se eu acertar, podemos dividir pro jantar. — Ela se aproximou, alongando as patas. Houve um murmúrio de desaprovação nos asachuva que observavam.

— Ah, não vai, não — cortou Glória. Ela passou por Tsunami e pegou a preguiça da cabeça de Sol. A criatura agarrou seu pescoço com alegria e voltou a afundar o nariz em seu colarinho. — É minha.

— Sua? — repetiu Tsunami. — Sua, tipo, você tá guardando pro lanchinho da madrugada?

— Minha, tipo, não toque nela — respondeu Glória. — E nada de comentários sarcásticos.

— *Eu?* — perguntou Tsunami. — *Você* tá *me* dizendo pra não fazer comentários sarcásticos?

— Lamur, por favor — implorou Sol, puxando as orelhas do asabarro. — Pede pra elas pararem para alguém conseguir ajudar Cascata.

Glória quase esquecera de que tinham ido à floresta para achar uma cura para o veneno de asareia que ferira Cascata. Ela observou os asachuva ao redor deles. Seus olhos estavam arregalados e suas escamas brilhavam em rosa e com círculos azuis de curiosidade e encanto. Pareciam entretidos pelo bate-boca de Glória e Tsunami tal qual os asacéu nas arenas de gladiadores.

Talvez eles resolvam as brigas dormindo, pensou, mal-humorada.

Lamur levantou-se e alongou-se, com músculos aparecendo. Alguns dos asachuva mais jovens ficaram impressionados e tentaram mudar suas escamas para um marrom cor de lama com tons de âmbar cintilante na luz do sol.

— Precisamente — disse Estelar para Sol. — Deveríamos focar em Cascata. É claro que você está certa. Eu cuido disso. — Ele se virou para Jambu e Liana. — Solicitamos uma audiência urgente com a rainha Paradiso.

Os dois asachuva franziram o focinho, pensativos.

— Rainha Paradiso? — perguntou Liana. — Você não se confundiu?

— Não — insistiu Estelar. — É de suma importância. Necessitamos vê-la o quanto antes.

— Paradiso — disse Jambu para Liana. — Não é o mês dela, né?

— Acho que não — concordou Liana. — Mas acho que eles podem vê-la.

— Precisamos! — insistiu Estelar com firmeza. — Leve-nos até ela agora!

— Espera — Glória se meteu na conversa. — Como assim "não é o mês dela"?

— Bom — começou Jambu. — Vocês não preferem ver a rainha atual? Se é tão importante assim?

A atitude pomposa de Estelar murchou como se jogassem um balde de água fria nele.

— Mas... — disse ele. — Mas o *Guia Asanoite das Nações* disse... eu tenho *certeza* de que dizia rainha Paradiso...

— Também disse que não temos armas naturais — lembrou Glória. — Então talvez ele não seja a fonte mais confiável, pelo menos não sobre os asachuva. Quem é a rainha atual? — ela perguntou a Liana.

— Tenho quase certeza de que agora é Áurea — respondeu Liana.
— A não ser que ela tenha passado pra Grandiosa mais cedo.

Ah, não, pensou Glória. *Não diga isso. Não diga isso.*

— Vocês *revezam* a rainha? — Tsunami explodiu. — Vocês estão falando *sério?*

— Só as que querem — respondeu Liana. — A maioria de nós acha que é muito trabalho, sabe?

— Nossa, TÃO chato. Os dragões enchem seu saco o dia inteiro — concordou Jambu. — Fico até feliz que *eu* não possa ser rainha.

— Então quem pode? — perguntou Glória. — Qualquer uma? Ou só a família real?

— Família real! — repetiu Jambu, divertido.

— Ah, claro — soltou Glória. — Os asachuva não *têm* famílias — ela informou a seus amigos.

Sol virou a cabeça; mas, por sorte, os asachuva continuaram falando antes que ela pudesse ser simpática.

— Tecnicamente, qualquer fêmea da nação pode ser rainha se quiser — explicou Liana.

— Sério? — perguntou Tsunami, curiosa. — E que tal eu? Posso ser rainha? Eu sou uma princesa de verdade, sabiam? E sou ótima para mandar nos outros dragões.

Liana e Jambu olharam para ela com dúvida. Tsunami moveu as asas azul-marinho, levantou o focinho de uma maneira régia, e piscou os padrões brilhantes reais em suas escamas.

— Bom — disse Jambu. — Acho que dá pra perguntar.

— Mas é claro que não — irrompeu Glória. — Tenham um pouco de dignidade, pelas luas. Não dá pra ter uma asamar como rainha dos asachuva. Tsunami, cala a boca.

— Quando você coloca dessa forma, realmente parece estranho — concordou Liana, coçando o colarinho com uma pata.

Glória não queria saber o que Tsunami estava pensando naquele momento. Provavelmente era alguma coisa sobre aquela nação ser inútil e ridícula.

— Então tá bom, nos levem até a rainha Áurea — pediu. — O palácio é muito longe?

A maioria dos asachuva escondeu o riso de maneira educada.

— Na verdade a gente *não tem* palácios — corrigiu Liana. — Venham, me sigam.

Jambu e os outros asachuva ficaram para trás, despedindo-se, como se fossem um bando de borboletas, enquanto Glória colocava sua preguiça nos ombros novamente e, junto com seus amigos, seguia Liana até as copas das árvores.

A casa na árvore para a qual Liana os levou não era muito diferente das outras, apesar de estar um pouco mais alta e um pouco mais perto do sol, com um teto aberto e cinco janelas enormes nas paredes curvas. Uma passarela curta, brilhando com flores brincos-de-princesa no formato de línguas de dragão, ligavam a porta de entrada a outra plataforma larga. Sete dragões estavam enfileirados na plataforma. A maioria parecia entediada ou sonolenta, mas um ou dois tinham brilhos raivosos vermelhos piscando em suas escamas.

— Chegamos — anunciou Liana, pousando e apontando para o fim da fila. — Áurea vai chamar vocês logo. — Ela apertou os olhos na direção do céu. — Talvez antes de escurecer. Depende de quais são as reclamações dos outros.

— A gente tem que *ESPERAR?* — gritou Tsunami. — Em uma *FILA?* Os visitantes da floresta não deveriam automaticamente ir pra frente da fila?

Os asachuva na fila brilharam em um verde descontente e olharam feio para Tsunami.

— A gente pode esperar — disse Glória. — Não tem problema. — A preguiça se afundou em suas costas e fez um som preguiçoso.

— Tem problema pro Cascata — relembrou Sol. — Olhem como ele está mal.

Cascata conseguiu parecer ainda mais patético que antes. Ele deixou-se derrubar na plataforma e gemeu baixinho.

— Desculpa — disse Liana. — É assim que fazemos, pra sermos justos. Ninguém passa na frente de ninguém.

Tsunami elevou o corpo o máximo que conseguia e olhou para ela.

— Mencionei o fato de que sou a filha real da rainha dos asamar?

— Meus parabéns, minha querida — congratulou Liana. — Estou em uma patrulha de coleta agora, mas volto pra ver como estão as coisas com vocês mais tarde. — Ela deu um passo para trás, fez uma mesura divertida para Tsunami e voou para longe.

— A pachorra... — retrucou Tsunami. — Talvez a gente devesse contar quem é de verdade.

— Xiu. — Glória sibilou para ela. — Concordamos em parar com isso.

— Você não acha que a rainha Áurea nos prenderia, né? — perguntou Sol.

— Acho difícil — ponderou Estelar. — Aposto que esses dragões nem conhecem nossa profecia. Não acredito que ligariam muito pra isso.

— Verdade — concordou Glória. — Eles não ligam muito pra nada.

— Melhor prevenir do que remediar, né? — emendou Lamur. — Eu voto pra ficarmos quietos. Tipo, não dá pra saber como eles vão reagir, não acham? Foi mal, Tsunami.

— Não, vocês tão certos — resmungou Tsunami. Ela esticou as asas e o pescoço. — Só não dá pra acreditar que eles nos botaram pra dormir e agora vão fazer a gente esperar pra ver a rainha.

— É — disse Glória. — Faria mais sentido se acorrentassem vocês em uma caverna, deixassem passar fome, ignorassem vocês por um dia ou dois e ainda jogassem vocês em uma prisão depois de salvarem uma das princesas. Ah, não, espera, isso foi o que a *sua* mãe fez.

— Pelo menos tem comida aqui — interveio Lamur, antes que Tsunami retrucasse. Ele tinha feito uma pilha das frutas da primeira plataforma e a levado consigo. Parecendo muito satisfeito, organizou as escolhas em sua frente. — O que vocês acham que elas são? — Ele cutucou um galho coberto do que pareciam ser gotas amarelas de sol.

Os dragonetes dividiram as frutas; até Cascata se animou para comer, mas Glória não estava com fome. Ela passou uma fruta alaranjada para a preguiça, mas não comeu nada. Como Jambu dissera, o sol a alimentara mais que qualquer refeição que tinha feito antes. O que era estranho, mas ela não queria pensar nisso ou no que significava ter sido arrancada de algo tão importante por praticamente todos seus anos de dragonete.

Ao invés disso, caminhou até a passarela, tentando espiar a casa da rainha. Através das janelas, podia ver escamas no padrão de arco-íris, azuis brilhantes e amarelos cintilantes e verdes-esmeralda. Também viu guirlandas de flores brancas com pétalas semelhantes a asas de mariposa. Os asachuva pareciam usar flores de decoração da mesma forma que outras nações usavam joias e pedras preciosas.

Glória olhou para Tsunami. A asamar ainda usava os cordões de pérolas que sua mãe lhe dera no Reino dos Mares. Agia como se esquecesse que estavam ali, mas vez ou outra Glória via Tsunami passando-as pelas garras.

Mas a mãe dela era meio maluca e um pouquinho má, Glória pensou consigo mesma. *Não seria melhor eu não ter mãe que ter uma como a rainha Coral? Mesmo que viesse com pérolas?*

— Por que você está vindo ver a rainha? — ela perguntou ao primeiro dragão na fila. Ele pulou, assustado.

— Ah, hum — disse lentamente. — Só quero saber se posso mudar de atribuição. Tipo, agora eu ensino os dragonetes sobre coleta de frutas, mas acho que eu seria melhor em, tipo, técnicas avançadas de soneca.

Glória quase não conseguiu impedir a crise de riso que veio. Ele não estava brincando. "Técnicas avançadas de soneca" era realmente uma matéria? Ela concluiu que seria grosseria perguntar.

— E você? — indagou, virando-se para a próximo dragoa na fila. Essa era alta e de um laranja pálido. Um dragonete pequeno azul-acinzentado sentava-se enrolado na cauda dela, de cara feia.

— Estou trazendo esse dragonete para ser punido — explicou a dragoa alta. — Ele acha divertido enfiar amoras nos narizes de dragões adormecidos durante a hora do sol.

O pequeno dragão azul-acinzentado soltou ar pelas narinas com um som que ficava entre o divertimento e a raiva, fazendo uma careta para Glória. Ela devolveu com outra pior, arrancando um ar surpreso do dragonete.

— Eu vou te dizer por que estou aqui — rosnou o terceiro dragão na fila. Ele era o que tinha os brilhos raivosos vermelhos no colarinho; o outro estava no final da fila. Glória achou que eram os únicos asachuva irritados que vira até aquele momento.

— Ah, não — lamentou o dragão das "técnicas de soneca" com um sorriso sonolento. — Mangal vai reclamar de novo.

A dragoa alta e laranja riu, apreciando o momento.

— Reclamar *de novo*! — gritou Mangal. — E vou mesmo! Reclamar de algo com que todos nós deveríamos nos preocupar! Minha Orquídea não foi a única que sumiu, todo mundo sabe!

Glória virou a cabeça.

— Sua orquídea? — perguntou. Aquilo era mais uma das esquisitices dos asachuva: serem exageradamente apegados a suas flores?

— Minha companheira — rosnou Mangal. — Orquídea. Ela desapareceu há três semanas. Desde então peço à rainha todos os dias para enviarem um grupo de busca.

— Às vezes dragões precisam de um tempo — sugeriu o primeiro dragão, dando de ombros.

— Talvez ela só tenha ido dar um cochilo bem longo em algum lugar — concordou a dragoa laranja e alta.

— *Três. Semanas* — sibilou Mangal.

— E tem outros dragões desaparecidos também? — perguntou Glória a Mangal.

— Pelo menos uns doze nesse último ano, incluindo Orquídea — *respondeu* ele, grave.

Um frio subiu-lhe as escamas. Então os soldados asabarro não eram os únicos que estavam encontrando algo sombrio na floresta.

Havia *alguma coisa* por lá, escondendo-se atrás de pássaros coloridos, flores exuberantes e árvores altas. Alguma coisa que conseguia matar dois asabarro de uma vez… e também fazer com que doze asachuva sumissem sem deixar vestígios.

CAPÍTULO 7

— PRÓXIMO! — EXPLODIU UMA VOZ vinda da casa na árvore da rainha.

O primeiro dragão se arrastou pela ponte, bocejando, e passou pela cortina de flores amarelo-prateadas que pendiam na entrada.

— Posso entrar pra sua audiência? — perguntou Glória a Mangal. Ela queria saber como a rainha Áurea lidaria com o problema dos asachuva desaparecidos.

— Por quê? — Mangal parecia suspeitar de algo. — Não vou deixar você roubar minha vez.

— Só quero escutar — prometeu Glória.

— Hmmm — disse ele. — Tá bom, eu acho.

Ela voltou-se para a última asachuva da fila e tentou:

— Você também tá aqui por causa de um dragão desaparecido?

— Uma dragonete — respondeu a asachuva. A cor escarlate em seu colarinho estava refletida no bordô escuro de suas escamas. — Todo mundo acha que eu a perdi durante nosso treinamento de veneno, mas eu sei que não foi culpa minha. — Ela bateu a pata na plataforma de madeira e sibilou para os olhares céticos no rosto do dragão mais próximo.

— O que houve com ela? — perguntou Glória.

A dragoa bordô levantou as asas.

— Eu não sei. Talvez ela tenha fugido. Ela é uma aluna péssima, um pé na cauda. Eu só quero me livrar disso pra voltar a minha atribuição.

— Pobre Bromélia. Se você não tem atribuição, isso significa que vai ter a última escolha dos lugares da hora do sol e só os restos na hora da comida — a dragoa laranja-pálido explicou a Glória. — Não é muito divertido.

— Você também deve querer encontrá-la — disse Glória para Bromélia. — Não tá preocupada?

— Ela vai aparecer alguma hora — desconversou Bromélia, balançando sua cauda bordô para a frente e para trás.

Considerando que ela ainda esteja viva, pensou Glória.

— Se vocês dois estão aqui pra falar de dragões desaparecidos — começou —, não seria melhor verem a rainha juntos?

Bromélia e Mangal piscaram um para o outro, pensativos.

— PRÓXIMO! — chamou a voz novamente. O primeiro dragão apareceu e voou para longe, e a dragoa laranja empurrou sua dragonete para dentro da casa na árvore.

— Pode haver explicações diferentes — propôs Mangal. — Eu tenho certeza de que alguma coisa terrível aconteceu com Orquídea.

— E eu tenho certeza que Jupará fugiu só pra me irritar — disse Bromélia.

— Ainda assim — colocou Glória. — Quer dizer, não faz diferença pra mim, mas talvez ela dê mais ouvidos a dois dragões do que a só um.

Bromélia olhou para os três dragões na fila entre ela e Mangal. Um parecia adormecido, e os outros dois pareciam estar divididos entre ouvir e observar as borboletas.

— PRÓXIMO!

— Vamos — chamou Mangal, virando-se e puxando Bromélia consigo. — E você também — ele disse a Glória.

— Esperem aqui — avisou aos amigos. Lamur levantou a cabeça com melões enfiados na boca. Enquanto corria pela ponte atrás dos asa-chuva, Glória ouviu Tsunami começar a protestar e as vozes de Estelar e Sol calando-a.

Os cipós de flores amarelas cheiravam a mel e baunilha. Eles passaram pelo focinho de Glória enquanto entrava na sala iluminada pelo sol.

Para sua surpresa, não havia guardas — não havia soldados protegendo a rainha, nada de mensageiros anunciando as chegadas. A única dragoa na sala era a própria rainha Áurea, enrolada no que parecia um ninho feito de flores escarlate rendadas e restos castanhos de pelo de macaco. A rainha era tão grande quanto Coral, mas Glória achou-a muito mais impressionante. Ao invés de cordões espalhafatosos de pérolas, Áurea vestia apenas algumas guirlandas feitas das flores brancas em formato de asas de libélulas, o que destacava suas escamas coloridas.

Parada debaixo de uma de suas asas estava uma preguiça cinza-prateada como a nas costas de Glória. Ela fez um som de boas-vindas, e a preguiça de Glória respondeu.

A rainha balançou a ponta de sua cauda e se inclinou para a frente para cheirar Glória. Seus olhos verdes eram amigáveis e um pouco sonolentos.

— Você é nova — disse ela, alegre. — Não é? Que incrível. Eu amo coisas novas.

— É minha vez — insistiu Mangal. — Essa dragonete só queria assistir.

— Tudo bem — assentiu a rainha Áurea, como se não estivesse tão curiosa assim. Virou-se para Mangal e Bromélia e franziu o focinho de modo que parecesse ouvir. — Prossigam.

— Você sabe por que eu estou aqui — declarou Mangal. — Orquídea ainda está desaparecida! Já se passaram três semanas! Temos de procurá-la!

— Orquídea — repetiu a rainha, batendo em seu queixo de maneira pensativa. — É claro. Ainda sumida. *Orquídea.*

— Eu venho falar disso todos os dias — retrucou Mangal. — Lembra? Estávamos coletando frutas e ela sumiu?

— Mmmmm-hmmmm — concordou a rainha. — E você?

Bromélia balançou as asas.

— Minha aluna Jupará fugiu durante uma sessão de treinamento de veneno e não voltou. Eu quero que tirem as acusações de mim para que eu possa voltar à minha vida.

— Quanto tempo tem isso? — perguntou a rainha.

— Uns dezoito dias — respondeu Bromélia. — Ela não é a dragonete favorita de ninguém, devo acrescentar.

— Tá certo, então — disse a rainha. — Pode voltar a treinar.

— Muito obrigada — retribuiu Bromélia, voltando para a porta.

— Espera aí — interveio Glória. — Não que eu me importe, mas ninguém está preocupado que duas dragoas tenham desaparecido em um espaço de poucos dias?

— E foi? — indagou a rainha. Ela colocou as patas dianteiras ao redor de sua preguiça e lhe deu um cafuné. — Eles vão aparecer. Dragões normalmente aparecem.

— Não ultimamente — atalhou Mangal. — Temos doze dragões desaparecidos em nosso vilarejo, incluindo Orquídea e Jupará.

— Doze — murmurou a rainha. — Tem gente contando? Quem tem toda essa energia? — Ela bocejou e olhou para suas garras.

Houve uma pausa esquisita. Bromélia se aproximou alguns passos a mais da porta. Mangal enrolou a cauda com força ao redor de suas patas e observou a rainha.

— Hm — disse Glória. — Olhem. De novo, isso não tem nada a ver comigo, mas talvez alguém devesse investigar. Tipo, descobrir se todos sumiram no mesmo lugar. Ou se tinham algo em comum. Ou se deixaram alguma pista.

— Tá certo — concordou a rainha, com bom humor. — Parece chato. Quem quer fazer isso?

Glória olhou para Mangal, mas ele já apontava para ela.

— Ela deveria fazer — declarou. — Ela faz perguntas úteis.

— Esplêndido — replicou a rainha. — Vamos lá. Problema resolvido. PRÓXIMO!

— Espera — disse Glória. — Eu não sei fazer isso. E eu tô meio ocupada com outras coisas.

Bom, isso meio que depende. Salvar o mundo e parar a guerra é o que os dragonetes da profecia deveriam fazer, e eu na verdade não estou na profecia, mas eu acho que se eu aceitar meu destino asachuva, então não tem mais nada pra fazer.

Acompanhar o destino de outra pessoa, ou aceitar um futuro dorminhoco. Que escolha bacana que vocês me deram, Garras da Paz.

Mangal e Bromélia já tinham saído pela porta. Glória começou a segui-los e então pulou para trás quando Tsunami invadiu o quarto, seguida pelos outros dragonetes. Lamur e Estelar tinham Cascata em seus ombros; ele cambaleava como se sua cauda estivesse a ponto de cair.

— Ooooooh! — exclamou a rainha, animada. — *Todos* vocês são novos!

— Mas e... — Glória espiou a plataforma de espera e viu que os outros três dragões já tinham ido embora.

— Conseguimos convencê-los de que nossa situação era uma emergência — explicou Estelar. — Bom, a Sol conseguiu.

Sol sorriu.

— Saudações, rainha dos asachuva! — proferiu Estelar, grandioso. Ele afastou as asas e se curvou.

— Oooooooh — exclamou a rainha novamente.

— Viemos a vós apesar dos riscos, para nos depositarmos diante de vossa misericordiosa...

— Precisamos da sua ajuda — resumiu Tsunami.

As asas de Áurea caíram.

— Ai, caramba — lamentou ela. — Eu tenho que fazer alguma coisa?

— Esse é Cascata — apresentou Sol, pegando-o pela pata para levá-lo mais à frente. Ela apontou para o corte envenenado perto de sua cauda, e a rainha Áurea fez um "tsc" de desaprovação.

— Isso está bem feio — observou a rainha.

— Tá sim — confirmou Glória. — E também tá matando ele. Detalhes.

— Seus dragões conhecem de venenos — começou Tsunami. — Precisamos de alguém que possa ajudar a curá-lo.

— Não parece algo que um de nós tenha feito — ponderou a rainha. — Nunca usamos o veneno em outros dragões!

Todos os dragonetes olharam para Glória de soslaio. Ela semicerrou os olhos para eles. *Digam o que eu fiz pra salvar as escamas fedidas de vocês, digam.*

— Não é veneno de asachuva — explicou Estelar, apressado. — Ele foi ferido pelo ferrão de um asareia.

— Ah — disse a rainha. — Eu não sei nada sobre isso. — Ela respirou para gritar "PRÓXIMO!", mas Sol a interrompeu antes que conseguisse.

— Ai, por favor, você deve ter curandeiros — implorou. — Alguém que possa dar uma olhada? Por favor? Não queremos que ele morra.

— Bom, nem todo mundo — murmurou Glória.

A rainha Áurea bateu as garras no chão da casa. Sua preguiça agarrou uma de suas patas e tentou mastigá-la.

— Nós temos curandeiros — disse a rainha, rolando a preguiça por brincadeira. — Eu acho que vocês poderiam falar com eles. Ficam a doze cabanas daqui. É uma com as amoras vermelhas na varanda. — Ela apontou para uma das janelas. — Talvez eles não consigam fazer nada, mas vocês podem perguntar.

— Muito obrigada — respondeu Sol, indo até a porta.

— E não esqueça de me atualizar sobre a investigação — solicitou Áurea para Glória. — Vai ser muito bom ter alguma coisa pra tirar Mangal daqui. Como é seu nome, falando nisso?

— Glória — respondeu. — Eu fui roubada dos asachuva por esse dragão seis anos atrás, quando eu ainda era um ovo. — Glória apontou para Cascata.

— Nossa — soltou a rainha. — Que grosseria. Bom, estou feliz que ele finalmente tenha te trazido de volta, querida.

— Ele não fez nada disso! — respondeu, irritada. — Eu que me trouxe de volta! Ele ia me deixar morrer!

— Glória — interrompeu Tsunami com uma careta. — O que você tá fazendo?

Não sei, pensou Glória. *Talvez eu só queira que* alguém *seja punido por tudo que aconteceu comigo… e pelo fato de que ninguém aqui sequer notou que eu sumi.*

Ela respirou profundamente e forçou o vermelho escuro e as ondas laranja a saírem de suas escamas até se tornar um branco calmo, como as flores ao redor do pescoço da rainha.

— Nada — ela disse a Tsunami. — Tanto faz. Eu só achei que a rainha Áurea gostaria de saber o que aconteceu comigo, mas ela não quer, e quem liga, né? — Glória se curvou à rainha e saiu pela porta. — Vão ver os curandeiros. Eu vou começar a procurar pelos dragões desaparecidos.

Porque alguém tem que se importar quando um dragão desaparece.

CAPÍTULO 8

N O MEIO DA TRAVESSIA DA PONTE, GLÓRIA ouviu a voz de Lamur atrás de si.

— Espera — chamou ele. Suas patas pesadas marcharam na passarela, fazendo com que balançasse e pulasse abaixo dela. — Que dragões desaparecidos?

— Algo grande e assustador está rondando a floresta — explicou Glória. Ela aprumou as asas. — Ou, pelo menos, alguma coisa tá sumindo com os asachuva. Provavelmente a mesma coisa que matou os asabarro. Vou descobrir o quê. Nada de mais. Encontro vocês depois.

— Não precisa de todo mundo pra levar Cascata — declarou Lamur com um sorriso. — Eu vou com você. E a gente leva Estelar também. Talvez a gente consiga te ajudar. Estelar! — chamou. O asanoite pôs o nariz pra fora das flores penduradas. — Deixa que Tsunami e Sol levam Cascata. Você vem com a gente.

Glória deu de ombros, mas as pontas das suas asas ficaram rosa contra sua vontade. Ao menos tinha alguns dragões que se importavam com ela. Afinal de contas, a única razão pela qual ela ainda estava viva era porque Lamur tinha se disposto a arriscar a vida no rio subterrâneo por ela.

Os dourados raios solares os acertavam de lado através das árvores altas e verdes. À medida que Glória, Lamur e Estelar planavam por entre os galhos, pequenos redemoinhos de borboletas alaranjadas e azuis levantavam voo e pousavam novamente atrás deles. Macacos de rostos engraçados, com longas caudas, tagarelavam indignados quando os dragões passavam por eles.

Encontraram Mangal sozinho em uma pequena plataforma, separando frutas. Glória pousou com suavidade no meio, enquanto Lamur se empoleirou na beirada e tentou impedir suas patas e cauda de esmagarem as frutas. Estelar encontrou um galho próximo e observou as frutas como se tentasse lembrar delas nas imagens dos pergaminhos que memorizara.

As faixas vermelhas no colarinho de Mangal foram substituídas por espirais de um roxo-escuro. Ele olhou para cima e cumprimentou Glória bruscamente.

— Você me meteu nisso — acusou Glória. — Então vou começar com você, já que você deve ser o único dragão que sabe sobre os asachuva desaparecidos. Quem foi o primeiro a sumir?

Mangal colocou uma banana no chão e olhou para o céu, pensando.

— Talvez tenha sido Esplendor — respondeu ele. — Ela tinha acabado seu turno como rainha e havia passado para Paradiso.

— Uau — exclamou Lamur. — Tem uma rainha desaparecida?

— Bom, ela não era rainha naquele mês — explicou Mangal. — E como não voltou, passaram a pular a vez dela. Se ela quisesse, pensaram que ela apareceria de novo.

— Tinha alguém por perto quando ela sumiu? — perguntou Glória. Ela sentiu a preguiça rodear e agarrar seu pescoço outra vez. Ela sempre esquecia que a criatura estava ali; parecia um colar frouxo quando não se movia.

Mangal balançou a cabeça.

— Não que eu saiba. Eu percebi que ela tinha sumido quando a vez dela chegou e ela não apareceu, mas acho que sei quando ela sumiu, porque mais ou menos na época a preguiça dela encontrou outra pessoa com quem ficar.

Glória bateu as garras na plataforma e pensou na corte dos asamar, onde a política, as intrigas e traições ferviam por debaixo dos panos. Sem falar nos asareia: três irmãs estavam destruindo o mundo dracônico com sua luta pelo poder.

— Talvez uma das rainhas tenha se livrado dela — sugeriu Glória. — Talvez Paradiso, ou alguém, quisesse ficar mais tempo no poder ou quisesse menos competição.

Estelar concordou com a cabeça como se tivesse pensado a mesma coisa.

As orelhas de Mangal ficaram amarelas e então voltaram para o roxo novamente.

— Nada disso mudou — disse ele. — As rodadas tem a mesma duração, um mês de cada. E, de qualquer forma, só havia seis dragoas na nação que estavam dispostas a serem rainhas. Agora são cinco. Então nenhuma delas tem que esperar muito tempo. Além do mais, ninguém gosta de ser rainha.

— Posso comer isso aqui? — perguntou Lamur, cutucando uma esfera vermelha com aspecto emborrachado perto de suas patas.

— Se quiser — respondeu Mangal. Lamur jogou-a na boca e começou a mastigar com uma expressão surpresa.

— Quem desapareceu depois de Esplendor? — perguntou Glória.

— Dois dragões que estavam no treinamento de veneno — começou Mangal. — Um deles estava com dificuldade de mirar, então o outro levou-o a algum lugar fora do vilarejo para praticar, e nenhum voltou.

— Jupará estava treinando com veneno também — lembrou Glória. — Tem algum lugar específico aonde os asachuva vão pra fazer isso?

Mangal balançou a cabeça.

— Quem escolhe o lugar são os treinadores.

— *Ishh mshuit grudentsho* — murmurou Lamur com a fruta na boca.

— É, essas frutas são — confirmou Mangal. — Provavelmente vai levar algumas horas para engolir. E alguns dias para tirar os pedaços dos dentes.

— Rá — disse Estelar. — Vamos levar algumas pra Tsunami.

Glória escondeu o riso, tentando parecer responsável e investigativa.

— O que mais você pode contar sobre os dragões desaparecidos? — ela perguntou a Mangal. — Quantas fêmeas, quantos dragonetes, coisas assim?

Mangal contou em suas garras.

— Sete fêmeas, cinco machos. Quatro dragonetes com menos de sete anos. Jupará só tem três anos, então ela seria a mais jovem, e Tapir é o mais velho; ele tem uns cento e dez anos.

— Algum deles tem inimigos por aqui? — perguntou Glória. — Alguém que pudesse querer machucá-los?

Mangal levantou-se, e faixas de laranja apareceram ao longo de suas asas.

— Os asachuva nunca brigam entre si — explicou ele. — Não existe essa coisa de inimigos dentro da nação. Você não percebeu como todos são pacíficos e harmoniosos?

— É claro — disse Glória. — Todo mundo menos você. *Você* é bem rabugento. Então ao que parece é *possível* ser um asachuva rabugento.

Ele a encarou por um momento com a boca aberta. *Ops*, Glória pensou. *Espero não ter acabado de perder minha melhor fonte de informações.*

— Quer dizer — acrescentou. — Não tem nada de errado nisso. *Eu* sou meio rabugenta a maior parte do tempo.

— *A maior* parte do tempo? — perguntou Estelar.

— Mmmm-hmmmp. — Lamur concordou como pôde.

— Algumas coisas merecem minha rabugentisse — disse Glória, fazendo careta para seus amigos.

Mangal deixou escapar uma gargalhada.

— É verdade. Você está certa. Acho que estou negligenciando minha hora do sol desde que Orquídea desapareceu — ponderou ele. — Eu era tão alegre quanto todo mundo, mas estou preocupado com ela. — Esfregou seu colarinho e orelhas com a pata. — Acredite, Orquídea era perfeita em cada escama. Ninguém iria querer machucá-la.

Era disso que eu tinha medo, pensou Glória. Se o culpado não era um asachuva, então tinha que ser algo mais misterioso — e mais perigoso. Ela não conseguia parar de pensar nos soldados asabarro mortos.

Mas o que era perigoso e forte o bastante para matar dragões, e por que ninguém sabia nada sobre isso?

Ela olhou para Estelar, mas ele parecia tão confuso quanto ela.

— Eu gostaria de não falar mais sobre isso por agora — declarou Mangal, curvando os ombros.

— Então faça só mais uma coisa por nós — solicitou Glória. — Leve a gente pro último lugar onde você viu Orquídea.

Mangal curvou a cabeça, colocou as frutas que não foram separadas em uma pilha assimétrica, e abriu as asas. Glória e os outros o seguiram até a beirada e saltaram em direção ao chão da floresta tropical.

Ficava cada vez mais escuro à medida em que desciam, com a luz do sol impedida pelas copas muito longe acima deles. Glória observava a floresta, buscando pontos que poderiam usar para seguir a trilha de volta — uma bananeira caída aqui, uma teia de aranha tão grande quanto uma de suas asas ali. Teve vislumbres de outras criaturas na vegetação rasteira. Um tamanduá enfiava seu nariz em um buraco, vasculhando. Um par de pássaros cor de lavanda, com pernas longas, pararam seu passeio para olhar os dragões passando.

Glória ficou surpresa com a distância que crescia entre eles e o vilarejo.

— Não tem frutas pra coletar perto de casa? — perguntou.

Mangal meneou a cabeça e virou-se para olhá-la.

— Orquídea e eu gostamos de procurar mais longe, pra ver se achamos algo diferente. A floresta tropical é cheia de surpresas. Encontramos frutas novas pelo menos uma vez por ano.

Ele pousou ao lado de uma árvore gigante caída, coberta de musgo e videiras. A vegetação ao redor de suas patas ganhou vida quando lagartos e insetos correram, assombrados. Diversos sapos azul-celeste espiaram dos galhos da árvore caída, mostrando as línguas como dragões.

— Nem pense em comer esses sapos — avisou Mangal a Lamur, ao ver os olhos do asabarro seguindo as criaturas.

— Mmmmmf hmmmf — murmurou Lamur, apontando para sua boca, onde a fruta vermelha ainda estava presa.

— Eles são venenosos? — perguntou Estelar, cutucando os galhos, mas os sapos o encararam com uma expressão que parecia dizer: "ah, é? Cai pra dentro, lagartão".

— Não — disse Mangal. — Mas eles vão te dar as alucinações mais doidas sobre insetos por uma semana. Não vale a pena, sério.

— Então Orquídea desapareceu por aqui? — perguntou Glória. — Você sabe se Jupará esteve por aqui também?

Mangal deu de ombros.

— É possível. Bromélia gosta de toda a privacidade do mundo nos treinamentos de estudantes mais difíceis, aí ninguém vê quando ela grita com eles.

Glória se virou lentamente, estudando a floresta ao redor. Ela conseguia ouvir macacos e pássaros chilreando nas árvores acima. Asas batiam, galhos quebravam e garras se arrastavam nos arbustos. O ar cheirava a manga e folhas molhadas, como se houvesse uma lagoa ou cachoeira por perto. E havia outro cheiro, também, um horrível, logo atrás dos demais.

— Estelar — chamou ela. — Quais cheiros você está sentindo?

Ela havia percebido que o nariz dele era mais apurado que os outros — fora ele o primeiro a sentir o cheiro de fogo quando os asacéu atacaram o Palácio de Verão dos asamar. Talvez fosse uma habilidade dos asanoite.

O dragão negro inspirou devagar, então franziu o focinho.

— Alguma coisa apodrecendo — disse ele. — Como se fosse um animal morto.

Mangal empalideceu dos chifres até a cauda, tornando-se um verde adoentado.

— Não surta — pediu Glória com rapidez. — Tenho certeza de que não é ela. Não é um dragão, né, Estelar?

— Não tenho certeza — disse ele, levantando o focinho e inspirando mais uma vez. Ela pisou em sua pata e ele saltou com um grito de dor. — O QUE FOI? Não dá pra saber!

— A gente vai encontrar ela — prometeu Glória para Mangal. — Fique aqui.

O asachuva encostou na árvore caída com uma expressão perturbada.

— Não dá pra ser só um *pouquinho* mais encorajador? — Glória sibilou para Estelar assim que se afastaram o suficiente. — Você não viu as escamas dele?

— E desde quando você se importa com o sentimento dos outros dragões? — perguntou ele.

— Eu me importo mais que você — contestou ela. — Talvez, se você tivesse poderes asanoite de verdade e lesse mentes, você perceberia o que tá rolando na sua frente.

— HMMP. PFHAEM DE FHMRIGA — ordenou Lamur de trás deles.

Estelar fechou as asas e olhou para ela.

— E aí? — perguntou Glória. — Dá pra seguir o cheiro ou não?

Ele se virou e saiu batendo o pé.

— Nhhhmad leghmmal — disse Lamur para Glória, irritado.

— Ai, seu papinho é tão mais fofo quando não dá pra entender nada — provocou ela.

Ele deu-lhe uma ombrada de brincadeira que quase a arremessou contra a árvore mais próxima.

Quando alcançaram Estelar, o asanoite estava próximo a uma queda d'água pequena, tão alta quanto os ombros de Lamur, que terminava em uma pequena lagoa. Uma corrente mais fina que uma cauda de dragão borbulhava no topo da queda d'água e se afastava do lago no fundo. Ervas grossas e marrons povoavam a superfície viscosa da lagoa, e um peixe morto boiava no raso.

O topo da queda d'água era flanqueado por árvores altas e escuras, tão grossas quanto as colunas onde os prisioneiros dos asacéu eram mantidos. Seus troncos eram tão marrons que se aproximavam do preto, e seus galhos nasciam no alto, mais pilares negros que árvores.

A mais próxima tinha uma rocha encostada com o dobro do tamanho de Porvir. Do mesmo lado da queda d'água, na base, a meio caminho da lagoa, estava uma preguiça peluda que chiava, muito embora Glória tivesse demorado para entender o que era através da nuvem de moscas que a rodeava. O cheiro terrível inundava o ar.

— Rrrrrp? — disse a preguiça de Glória, inclinando-se ao lado do seu pescoço para espiar a que estava no chão. Glória levantou a asa para bloquear a visão aterradora de seu bichinho novo.

— O que ela tem? — perguntou Glória. Aproximou-se da preguiça que tentava respirar e percebeu que havia uma mordida feia em uma das pernas. A ferida estava escura e cheia de insetos; parecia ainda pior que o machucado de Cascata.

— Não tenho certeza — respondeu Estelar. — Quer dizer, essa mordida não deveria ser suficiente para matá-la, mas ela claramente está morrendo.

— Pode ser veneno de asachuva? — perguntou Glória. — Tem o tamanho de uma mordida de dragão.

Sua preguiça começou a chilrear de uma maneira desesperada e trágica. Glória puxou-a de seu pescoço e a segurou contra o peito, olhando para longe da preguiça no chão. Era reconfortante sentir os pelos macios em suas patas.

— Talvez — ponderou Estelar, com dúvida. — Mas parece ser algo com uma ação mais lenta. Eu acho que ela está morrendo há dias.

— O cheiro é horrível — disse Glória. — Pobrezinha.

Lamur agachou ao lado da preguiça e levantou com cuidado sua perna, inspecionando-a como se esperasse encontrar um jeito de consertá-la. As moscas voaram em volta de seu focinho, raivosas e com zunidos altos de indignação. A preguiça moribunda gemeu suavemente.

Glória andou em volta deles e subiu até a árvore-pilar. Algo naquela pedra era esquisito. Se apoiava muito casualmente contra a árvore, como se tivesse sido colocada ali de propósito.

Ela deu a volta até o outro lado e parou, observando.

Havia um buraco na pedra.

Mais que um buraco — uma passagem.

CAPÍTULO 9

Glória não tinha certeza de como sabia que aquele não era um buraco qualquer na pedra. *Parecia* um buraco — escuro, com bordas de pedra lisa, e só suficientemente grande para um dragão maduro conseguir passar. Uma cortina de musgo o cobria parcialmente de uma maneira que não parecia acidental o bastante.

Mas olhar para aquilo fazia sua cabeça ficar confusa, como se estivesse em pé na beira de um penhasco com ventos fortes. Um som fraco assoviava dentro do buraco, como uma tempestade uivando do outro lado do mundo.

Ela podia sentir que o buraco se abria para um túnel, e que aquele túnel terminava em *algum* lugar. Era impossível; ela conseguia dar a volta na pedra, e não havia como um túnel estar ali, mas tinha certeza daquilo.

— Estelar — chamou ela, da forma mais calma que conseguiu. — O que você acha disso?

O asanoite subiu ao seu lado, olhou ao redor da pedra e saltou quando viu o buraco. Um tremor percorreu-lhe as asas.

— Eu acho isso horrível — declarou ele. — Dá pra sentir? Tem alguma coisa muito errada aqui. Como se alguém tivesse aberto um buraco onde não deveria haver um. Se afaste disso.

— Eu acho que tenho que entrar aí — constatou Glória.

— Você fala como se não estivesse aterrorizada — disparou Estelar. — Mas consigo ver suas escamas ficando verdes como as de Mangal ficaram. Isso quer dizer aterrorizada, não é?

— Não tente ler minhas escamas — reclamou Glória. Ela tornou-se tão preta quanto ele. — Não é uma coincidência esse buraco estar aqui, perto de onde ao menos uma dragoa sumiu. Talvez Orquídea o tenha atravessado. Ou talvez algo saiu e a pegou.

— É, exato — retrucou Estelar. — E ela nunca mais foi vista novamente. Tenho certeza de que você acabou de concordar comigo.

— Eu prometi que ia descobrir o que tá acontecendo — insistiu Glória. — Não correr e me esconder ao primeiro sinal de uma pista.

Lamur se aproximou deles com as asas caídas. Suas maxilas finalmente estavam livres da fruta borrachuda vermelha.

— Não tinha nada que eu pudesse fazer pela preguiça — falou ele. — Já era tarde demais.

— Wrrrrrrb — lamentou a preguiça de Glória, em luto. Glória olhou por cima do ombro de Lamur para a figura cinza-prateada imóvel, largada no chão.

— Ela morreu? — sussurrou.

Ele concordou com a cabeça.

— Eu não queria deixá-la naquele estado.

— Mas você não vai comer? — Ela balançou a cabeça para ele.

— Seria muito cruel, sabe? — respondeu ele.

— E pelo cheiro, talvez fosse te deixar doente — disse Estelar. — O que será que a mordeu? E tem alguma conexão com esse buraco?

Lamur notou o buraco pela primeira vez e afastou as asas, surpreso.

— Misericórdia! — gritou. — Por que isso é tão assustador?

— Glória quer entrar aí — anunciou Estelar, revirando os olhos.

Lamur se aproximou do buraco, cheirou-o, e balançou a cabeça, pensativo.

— É, talvez a gente precise.

— Não precisamos não! — reclamou Estelar. Ele envolveu o corpo com as asas. — Isso é maluquice! Pode haver qualquer coisa aí dentro.

— Incluindo a resposta para quem está atacando os asachuva — disse Glória. — Eu vou entrar. Vocês dois esperem aqui.

Lamur pisou em sua cauda e lá ficou.

— AI — gritou Glória, tentando se soltar. — Me larga, seu chato.

— Mesmo que a gente faça isso, vamos fazer da maneira correta — determinou Lamur. — E a maneira correta é amanhã pela manhã, quando não estiver escurecendo, com alguém dando cobertura, com uma corda e um plano.

— Amanhã? — Glória o empurrou com toda a força, mas ele nem se mexeu. — Eu quero respostas agora!

— Exatamente o que Tsunami diria — ironizou Estelar com um sorriso de quem sabia que ela não gostaria da comparação.

— Você tá pedindo pra tomar uma mordida — rosnou Glória. Ela encarou a pedra por um tempo, pensando. Correr pro túnel *era* algo típico de Tsunami. Em vez disso, Glória poderia ser sensata e inteligente. — Tá bom, a gente pode esperar até amanhã, mas eu vou ficar bem aqui de olho nesse buraco.

— Eu acho que ele não vai sair daqui — constatou Estelar, condescendente.

— É, mas talvez eu veja alguma coisa entrando — replicou Glória. — Ou saindo.

Estelar se afastou do buraco, apressado, suas asas tremendo de nervoso.

— Eu vou ficar com você — prontificou-se Lamur. — Estelar, traga os outros pela manhã, junto com os cipós mais longos e fortes que você encontrar.

— E diga a Mangal que vamos passar a noite aqui, então ele pode voltar pra casa — pediu Glória. — Tente ser simpático, se não for muito difícil. Tipo, favor avisar que não encontramos o corpo morto de Orquídea e tal.

— Tá bom — concordou Estelar, dando vários passos para trás. — Não façam nenhuma besteira depois que eu for embora.

— Vamos tentar — disse Glória.

Ele voou de volta para as árvores e, enquanto as sombras rapidamente o engoliam, ela percebeu como já estava escuro. Principalmente nos fundos da floresta; havia, talvez, um pouco de luz do sol nas copas, mas a noite se aproximava rápido. Glória sentia-se aliviada por Lamur tê-la impedido de entrar no buraco. Ela precisaria enxergar no escuro como Tsunami ou cuspir fogo como os outros se quisesse explorar sem luz.

— Você já pode largar minha cauda — disse para Lamur.

— Vamos encontrar um lugar para nos escondermos — sugeriu ele, levantando-se. — Oooooh, e alguma coisa pra comer. Você tá com fome? Eu tô com fome.

— Que surpresa — exclamou Glória, rindo. — Você sabe que tem o suficiente daquela fruta presa nos seus dentes pra outra refeição.

— Eu sei — falou Lamur, triste. Ele passou a língua nos pedaços vermelhos presos entre seus dentes. — Mas eu meio que queria uma ovelha ou uma vaca.

— Foi mal — lamentou Glória. — Eu acho que você não vai encontrar nenhuma por aqui.

Ela abriu as asas e saltou para os galhos mais baixos de uma árvore grande e cinza. Videiras cobertas de flores roxas pendiam em curvas longas por toda a árvore, e outra, mais fina, crescia ao redor da maior, envolvendo-se em seu tronco como uma cauda de macaco.

Encontraram um ponto onde os galhos se enrolavam firmes o suficiente para que os dois pudessem deitar sem se preocupar em cair. Através dos cipós, Glória conseguia ver o buraco na pedra, apesar de que ele também ia sumindo nas sombras crescentes.

Lamur se enrolou perto dela, mas sem tocá-la, que era como Glória preferia. Ela se perguntou se outros asachuva também não gostavam de serem tocados, ou se isso era algo seu, desenvolvido por viver com três guardiões que batiam nela tanto quanto a olhavam.

Pra ser justa, pensou consigo mesmo. *Cascata nunca me machucou. Ele só deixava os outros fazerem o que queriam.*

Então sempre que Quiri ou Duna se frustravam — sempre que a guerra ia de mal a pior, ou alguém fazia besteira nos treinamentos de batalha, ou não havia janta suficiente para todos, ou apenas lembravam que tinham uma asachuva em vez de uma asacéu, que era quem deveria estar na profecia, Glória se tornava um alvo fácil para uma garra ou uma cauda raivosa.

Bom, tanto faz, pensou. *Estou livre agora, e Quiri e Duna estão mortos.* Ela se esticou e fez carinho na preguiça em seu pescoço, que se aconchegou em sua pata com um chilreio suave.

— Como é estar em casa? — sussurrou Lamur, depois de um tempo. Sua forma era apenas uma silhueta mais escura que as sombras ao seu lado.

Glória enrolou a cauda no galho. Ela evitava pensar nisso desde que visitara a incubadora. *Eu fiz exatamente o que não deveria fazer: criar expectativas para quebrá-las.*

— Não parece muito que eu *estou* em casa. — respondeu com cuidado. — A hora do sol foi incrível, e eu gosto das frutas, mas os outros dragões... eu sei lá, é estranho. Eu achei que eles fossem ser mais parecidos comigo, mas eles não têm nada a ver comigo.

As asas de Lamur balançaram.

— Eu pensei a mesma coisa — concordou ele. — Eu achei que os guardiões e os pergaminhos estivessem errados sobre os asachuva, porque você nunca é preguiçosa ou chata, mas eu acho que você é diferente dos outros.

— Talvez eu não seja — disse Glória. — Talvez mais horas do sol me deixariam tão preguiçosa quanto eles. — Ela se lembrou do Reino dos Céus novamente, e a sensação quentinha, hipnotizante, de dormir no sol o dia inteiro.

— Eu duvido — replicou Lamur. — Nem todos os asachuva são iguais. Você seria diferente não importa onde crescesse.

Será?, Glória pensou. *E mesmo que eu seja, o que isso importa?*

— Não diferente o suficiente pra ser parte da profecia — disse ela. — Eu continuo não sendo uma asacéu.

— A gente não quer uma asacéu — corrigiu Lamur com firmeza. — Você já pensou no que quer fazer depois daqui? Tipo se todos formos atrás de Fulgor... você não quer ficar aqui, né? Com seu povo.

Eu não faço a menor ideia.

— Shh — sibilou Glória, de repente. — Escute.

Os dois ficaram em silêncio.

A floresta tropical era cheia de sons estranhos à noite. Pássaros escondidos piavam e gorjeavam; os galhos balançavam e farfalhavam como se animais feitos de vento passassem por eles. Um coral de borbulhas e gorgolejos vinham da água, o que Glória supôs se tratar de um grupo de sapos.

Mas ouviu-se outra coisa — algo marchando lentamente com patas enormes.

Pisa. Desliza. Pisa. Desliza.

A preguiça se agarrou com força no pescoço de Glória. Ela conseguia senti-la tremer. Tinha certeza de que suas próprias escamas estavam verdes de medo, e teve de usar toda sua energia para deixá-las pretas.

Algo fungou e ofegou.

Desliza. Desliza.

A coisa estava perto da lagoa. Parou de se mover por um longo momento. Glória não tinha certeza se estava imaginando a forma gigantesca que achava estar vendo, como sombras dentro de sombras.

Chomp chomp slurp sluuuuuuuuuuurp chomp.

Escutou sons de coisas engolindo e estalando e então pararam novamente, de súbito.

Pisa. Desliza. Pisa. Desliza.

E tão abruptamente como chegou, a criatura desapareceu outra vez. Glória forçou os ouvidos, mas não conseguia escutar passos voltando à floresta, ou o quebrar de galhos debaixo de patas. O que quer que fosse, desapareceu ali por perto.

Como se tivesse voltado para o buraco.

Nem ela nem Lamur falaram por um bom tempo. Não tinha certeza se a coisa deslizante tinha ido embora, por isso não arriscaria fazer qualquer som. Ficou tão parada quanto era possível, mesmo depois de começar a sentir cãibras nas pernas.

Depois do que pareceram horas, ouviu um ronco suave vindo de Lamur. Ela ajustou as asas e tentou dormir também, mas qualquer barulho fazia seu coração disparar, e tudo que ela conseguia era ficar entre o sono e o alerta durante toda a noite.

Foi um alívio quando o sol enfim surgiu por entre as folhas novamente. Ela sentou-se, coçou os olhos cansados e olhou na direção da lagoa e da pedra.

A preguiça morta havia sumido. Tudo o que restava eram alguns pedaços de pelagem cinza e algumas folhas manchadas de sangue, afundando no solo molhado.

CAPÍTULO 10

Q UANDO OS OUTROS DRAGONETES CHEGARAM, Glória já tinha apagado qualquer traço de verde de suas escamas. Ela esperou perto da pedra, suas asas pintadas com alguns pontos cinza como o pedregulho, enquanto pousavam para encontrá-la. Sol pulou para abraçar o pescoço de Lamur assim que o viu.

— Como está Cascata? — perguntou Lamur.

Tsunami fungou.

— Eu acho que esses "curandeiros" nunca viram nada pior que uma asa machucada ou uma garra encravada antes — disse ela. — Eles só ficam olhando a ferida e murmurando.

— Mas eu tenho certeza de que ele vai ficar bem — declarou Sol. — Os asachuva estão dando o seu melhor. — Ela virou-se e viu Tsunami revirar os olhos pelas suas costas. Fez uma careta. — Estão sim.

— Sol, você sempre acha que todo mundo tá dando seu melhor — comentou Tsunami.

A pequena asareia soltou um pouco de fogo.

— E daí? Todos estão! Por que não?

— Claro, querida — disse Tsunami, carinhosa.

— Turubooooooooom? — interrompeu uma voz. Um cometa rosa atravessou as folhas e acertou o chão ao lado dos dragonetes. Glória pulou e eriçou o colarinho para Jambu enquanto ele se curvava para todos, sorrindo.

— O que *você* tá fazendo aqui? — perguntou ela.

— Eu soube o que vocês estão tramando e me pareceu divertido — respondeu ele, alegre. — Então tirei o dia de folga pra ajudar. Irmão e irmã, trabalhando juntinhos! Massa, né? — Ele virou o pescoço para ver o buraco na pedra atrás dela. — Uau, que *esquisito*! Tá explicado por que os lados de cá dão essa sensação tão estranha! A maioria dos asachuva nem pensa em passar perto dessa lagoa, mas ninguém nunca avisou de um buraco misterioso antes, eu acho. Então, qual o plano?

— O plano sou eu entrando ali — explicou Glória. — E o resto esperando aqui.

Bom, ninguém gostou do plano. Tsunami queria ir primeiro, Lamur queria ir junto; Estelar ainda era a favor de ninguém ir. Até Jambu choramingou porque não queria ser deixado para trás.

Glória colocou a cauda em cima das patas e os esperou calar a boca. Sol se aproximou dela.

— Talvez a gente possa chegar num acordo — sugeriu, baixinho. — Talvez você possa levar alguém com você. Alguém que tenha fogo, que possa te ajudar com a escuridão lá dentro.

Infelizmente, ela tinha razão. Glória não amava a ideia de invadir o escuro sozinha, e se ela estivesse certa, e fosse um túnel, não tinha como saber até onde ele poderia chegar, o quanto ela poderia se perder.

— Tipo, talvez… — Sol começou a falar.

— Tá certo! — gritou Glória, silenciando os outros. — Tá certo, ótimo, novo plano. Lamur e eu vamos primeiro pra ver o que tem lá dentro.

Sol parecia desapontada. Glória não tinha certeza da razão; ela estava fazendo exatamente o que a asareia tinha sugerido.

— E eu? — perguntou Tsunami, beligerante.

— Você segura a outra ponta dos cipós — determinou Lamur. — Se puxarmos três vezes, quer dizer que estamos com problemas, então ou você nos puxa para fora ou, se não conseguir, você entra e nos busca.

Glória também não amava a ideia de ter um cipó amarrado nos ombros, mas perdeu na votação. Enquanto Estelar apertava os nós, ela soltava sua preguiça e a entregava para Sol.

— Tome — disse ela. — Dá uma olhada na Pratinha enquanto eu estiver fora?

— Owhn — soltou Sol, iluminando o rosto. — Que nominho fofo.

Glória não pretendia ter dito em voz alta. Não queria que os outros notassem que estava começando a gostar do pequeno mamífero.

— Bom, chame do que quiser — corrigiu ela.

— Hrrrrgu — discordou a preguiça, mas se jogou nas costas de Sol com uma expressão alegre.

Ela deve gostar do calor asareia das escamas dela, pensou Glória. *E se ela não quiser voltar pra mim?* Balançou as asas. *Então é problema da Sol, eu acho.*

— Bora pegar um monstro — ela chamou Lamur.

— Lembre, três puxões — repetiu ele para Tsunami.

Ele endireitou os ombros e marchou para a pedra ao lado de Glória. Ela sabia que o asabarro também deveria estar lembrando dos sons horríveis da criatura sombria da noite anterior. Estava aliviada por Lamur ter seguido sua deixa de não contar para os outros. Estelar não precisava de outra razão para impedi-la de entrar no buraco.

— Deixa eu entrar primeiro — sussurrou ele. — Pra eu iluminar o caminho.

Glória concordou, relutante, e ele foi na frente. Ela o seguiu de perto, quase pisando em sua cauda.

Lamur jogou uma nesga de fogo e eles viram o túnel de pedra estreitar em frente aos dois, então virar para a direita.

— Isso é impossível — sussurrou ele. — Esse túnel é muito mais longo do que a pedra. E não está indo pra baixo da terra…

— Algum tipo de magia? — supôs Glória. — Talvez magia anima?

Glória não conseguia pensar em nada além disso que poderia ter feito um túnel desses. A não ser que houvesse criaturas misteriosas com poderes similares aos dragões anima.

Quando tinha quatro anos, ela teve uma fase em que lia todas as histórias de dragões anima e sonhava em ser uma, para que pudesse encantar o jantar de Duna e fazê-lo comer seu guardião. É claro, nenhum poder se manifestou, e provavelmente foi por sorte que não, tendo em vista o que tinham aprendido sobre esse tipo de magia com a irmã de Tsunami, Actínia, no Reino dos Mares.

Por um lado, a habilidade de manipular e encantar qualquer objeto físico, pensou Glória. *Do outro, diga adeus a sua alma.*

Ela se apertou para passar de Lamur e continuar o caminho do túnel. Ele ficou perto o suficiente para encostar o focinho em suas asas.

— Achei que os pergaminhos diziam que não teve um dragão anima em gerações — comentou Lamur, coçando a cabeça. — Mas entre as filhas da rainha Coral e essa coisa aqui, eu acho que tô lembrando errado.

— Não, é exatamente isso que dizem os pergaminhos, mas lembre, isso estava nas histórias escritas pelos asanoite — ressaltou Glória. — Os asanoite não suportam os anima porque o poder deles é muito mais legal, e os asanoite iam achar bem melhor serem os únicos dragões mágicos e poderosos aqui. Então talvez seja mentira.

— Ou então não sabiam que tá no sangue da família real asamar — ponderou Lamur. — Ou talvez os dragões que realmente têm poder anima se escondam pra que não sejam forçados a usar, tipo, pra guerra e tal. — Soltou outra pluma de fogo, e eles viram a curva mais alguns passos à frente deles.

— Esse túnel também pode não ser anima — constatou Glória. — Talvez tenha algum outro tipo de criatura que consiga fazer esse tipo de magia.

Lamur não respondeu, mas sentiu o arrepio que percorreu suas asas.

Na curva, Glória se inclinou para dar uma olhada além da esquina. Mesmo antes de Lamur usar seu fogo, ela viu uma luz — luz suficiente para perceber que o túnel virava mais uma vez para a esquerda, e era de lá que vinha a iluminação.

Eles se arrastaram até a próxima esquina e espiaram.

Outro túnel longo se esticava em frente e, no fim, havia uma silhueta brilhante de luz do sol — fulgurando demais para a floresta tropical.

Lamur e Glória trocaram olhares.

— A gente perdeu alguma coisa? — sussurrou ela. — Eu achei que esse túnel seria muito mais longo. E também que teria, você sabe, um monstro aqui.

— Talvez tenha vindo dali de fora — sugeriu Lamur, apontando para o círculo de luz.

Deslizaram pelo túnel, atentos a entradas escondidas, mas pelo que Glória conseguia ver, não havia. Só as longas paredes de pedra lisa levando àquele clarão, que ficava cada vez mais ofuscante à medida em que se aproximavam.

Ela parou no portal, piscando, e percebeu que havia areia empilhada do lado de fora, tão alta quanto seus ombros, quase bloqueando a saída. Ela cavou, jogando areia para o lado até que houvesse um buraco grande o suficiente para que pudesse rastejar, então colocou a cabeça para fora.

O sol castigou suas escamas, mas não da mesma forma que aconteceu nas copas da floresta tropical ou nas Garras das Montanhas Névoa. Ali o calor era tão seco quanto ossos ancestrais, roubando toda a umidade de suas escamas e sem brisa para sentir.

Grãos de areia dançavam entre suas patas. Enquanto seus olhos se acostumavam, ela percebeu que a areia se alongava, infinita e pálida, até o horizonte em frente. Não havia árvores. O céu estava azul e ferozmente sem nuvens. Um cheiro incômodo de morte espalhava-se pelo ar. Não havia nada além de deserto até onde a vista alcançava.

Lamur se apertou para caber ao lado dela e pôs o nariz para o calor escaldante.

— Ai — gemeu ele.

As orelhas de Glória se contraíram. No céu, um par de pequenas figuras escuras apareceram, aproximando-se rápido.

— Esconda-se — ordenou Glória, empurrando Lamur de volta para o túnel. Jogando a corda de cipó fora, ela se contorceu para fora do buraco. Estendeu as patas na areia e focou em suas escamas, vendo-as desfocar nos marrons, dourados e brancos pálidos. Camuflada, encarou os dragões que se aproximavam.

Eram asareia, mergulhando cada vez mais baixo à medida que se aproximavam. Por um momento infeliz, Glória pensou que pudessem tê-la visto, mas passaram por eles sem sequer olhar para baixo, e foi quando percebeu que miravam em algo atrás e para além dela.

Movendo-se com cuidado, Glória deu alguns passos e virou-se para trás.

Daquele lado, o buraco estava escondido em uma duna cercada por um semicírculo de cactos verdes e opacos. Cada cacto tinha a metade do tamanho de um dragão maduro, com pequenos espinhos tão afiados quanto presas. Algumas flores brancas empoeiradas marcavam presença entre os ferrões.

Para além dos cactos sentinelas, as dunas se inclinavam para uma estrutura enorme. Os dois asareia desceram ali, desaparecendo atrás das muralhas grossas de arenito. Não havia janelas que Glória pudesse ver. Havia apenas um bloco retangular e sólido, como um tijolo monstruoso jogado na areia.

Espera aí, pensou ela. Havia *alguma coisa* pontilhando o topo das paredes — pequenas formas escuras em intervalos regulares, balançando de quando em quando nos pequenos sopros do vento.

Ela apertou os olhos, tentando processar o que via. Pareciam… mas não podia ser…

Ela fechou os olhos de repente e apertou o estômago. Era. Lembrou-se do pergaminho onde lera a descrição daquele lugar.

As formas escuras eram cabeças de dragão. As cabeças dos dragões que foram executados e colocadas onde todos pudessem ver, para lembrar aos outros da desobediência. De acordo com o pergaminho, você podia sentir aquele cheiro por quilômetros em todas as direções.

Glória já sabia onde estava.

Ela estava no Reino de Areia, perto da fortaleza de Flama.

PARTE DOIS

AREIA, GELO & FUMAÇA

CAPÍTULO 11

A FORTALEZA DE FLAMA TINHA SIDO O PALÁCIO original dos asareia. Todo o problema havia começado lá. Glória deitou-se na areia e encarou o lugar, lembrando da história que Cascata ensinara.

Havia dezoito anos, a rainha Oásis comandava os asareia dali. Suas três filhas, Flama, Fervor e Fulgor eram dragões menores, rodapés nos pergaminhos do tempo. Oásis era antiga, feroz e astuta, com um tesouro impressionante e vasto. Ninguém esperaria que fosse desafiada pelos próximos muitos anos.

E certamente ninguém esperaria que um minúsculo caçador de tesouros sucateiro a matasse, mas foi precisamente o que se passou.

O tesouro desapareceu, e as três irmãs arrastaram todas as outras nações para sua briga por poder. Dezoito anos de sangue.

Glória balançou a cauda, concentrando-se nas cores da areia.

Flama havia expulsado as outras duas e mantido o palácio para si própria — ou, dependendo de quais pergaminhos você lesse, Fervor e Fulgor tinham fugido antes que fossem mortas. Elas iniciaram uma busca por aliados, sabendo que nenhuma das duas sozinha conseguiria vencer Flama.

O palácio não era daquele jeito durante o reino da rainha Oásis. Flama adicionara as paredes grossas… e, é claro, as cabeças de dragão no topo.

Glória se perguntou se Flama estava ali em sua fortaleza naquele momento. Ou estava no Reino dos Céus, tentando manter sua aliança depois do que Glória fizera com a rainha Rubra?

As perguntas de verdade eram: ela sabia sobre a passagem? E ela teria algo a ver com os asachuva desaparecidos?

— Glória? — sibilou Lamur, do buraco escuro na duna. — O que tá rolando?

Glória desceu para encará-lo.

— Estamos no Reino de Areia — anunciou ela. — Não sei como ou por quê.

— O que é aquilo ali? — perguntou Lamur, apontando para o norte.

Glória virou-se e viu uma ala de dragões voando alto no céu. Suas escamas brilhavam na luz do sol, então mesmo daquela distância ela supôs se tratar de asagelo, brancos e azul-pálidos como diamantes. A julgar por seu ângulo de voo, deviam estar voltando do Reino dos Céus para sua casa na península congelada ao norte.

— Asagelo — constatou Glória. — Não estamos tão longe do Reino de Gelo aqui.

Era difícil de imaginar naquele calor incandescente, mas ela lembrava do mapa na parede da caverna subterrânea onde viviam.

— Oh — exclamou Lamur, animado. — Então a gente pode encontrar Fulgor.

— Eba — soltou Glória. Ela sabia que os outros esperavam que Fulgor fosse uma boa candidata a rainha, então a escolheriam em vez de Flama ou Fervor, mas as esperanças de Glória não eram tão grandes assim, considerando o que havia lido sobre Fulgor.

Talvez Fulgor ou os asagelo tivessem a ver com esse caminho para a floresta tropical?

Mas o que tinham ouvido no meio da noite — e aonde tinha ido?

— Tá bom. Bora contar pros outros — propôs ela.

— Mas isso é totalmente inconcebível — repetiu Estelar pela milionésima vez. — O Reino de Areia fica literalmente a meio mundo de distância, no outro lado das *montanhas*, pelo amor das luas. Não dá pra *andar* até lá em um túnel na floresta tropical.

— Então vá lá ver — brigou Glória. — É real. Alguém construiu uma passagem secreta entre aqui e o território asareia.

Ela colocou a ponta da cauda na água, feliz de ter voltado para o ar fresco da floresta. Suas escamas pareciam ter passado por uma fogueira. Pratinha sentou em uma das patas de Glória, pôs uma pata na água e encostou na perna dela.

— Mas por quê? — perguntou Tsunami. — Qual a razão?

Aquilo Glória não conseguiria responder. Para que se esgueirassem e comessem uma preguiça aqui ou ali? Aquilo não fazia sentido. E o que fazia menos sentido era sequestrar os asachuva.

— Vocês acham que os asareia estão vindo aqui para atacar os asabarro? — perguntou Sol, hesitante. — Talvez tenha sido um asareia que matou esses soldados.

— É o jeito mais complicado de fazer isso — observou Tsunami. — Se os asareia têm um anima, eles podiam só criar uma passagem direto pro território asabarro ou alguma coisa mais útil.

— Ainda acho que essa passagem tem a ver com os asachuva desaparecidos — insistiu Glória. — Eu só não entendo o quê. Se entrassem por acidente, só voltariam como a gente fez. Se foram pegos… o que os asareia ou asagelo iriam querer com os asachuva?

— Flama gosta de colecionar coisas — lembrou Estelar.

— Mas você viu a cara dela quando a rainha Rubra me exibiu no Reino dos Céus — relembrou Glória. — Flama parecia nunca ter visto uma asachuva antes. E ela não gosta de coisas bonitas, só de coisas horríveis e estranhas. Vocês têm sorte de não terem visto o que a rainha Rubra deu de presente quando Flama foi visitar. Era um crocodilo empalhado com asas de morcego costuradas nas costas, então meio que parecia um dragão. — Glória estremeceu. — Horrendo, mas Flama amou.

— E você não sabe nada sobre essa passagem — disse Tsunami para Jambu.

O irmão de Glória levantou suas asas coloridas, perplexo.

— Eu sei que os asachuva não colocaram isso lá — respondeu ele. — Por que a gente ia querer um caminho pra fora da floresta? A vida é perfeita aqui.

— A não ser que você cometa o erro de desaparecer: aí boa sorte, porque ninguém vai te procurar — comentou Glória.

— É, talvez — concedeu Jambu como se aquele problema fosse o mais normal do mundo para uma nação dracônica. — Mas é massa pro resto de nós.

Glória se perguntou qual cor veria nas escamas dele se o mordesse.

— Vocês têm algum dragão anima? — perguntou Estelar.

— E isso é o quê? — disse Jambu.

— Deixa pra lá — interrompeu Glória. — Vocês recebem visitas dos asareia? Ou você já viu algum na floresta?

Jambu balançou a cabeça.

— Acho que não. Eu nem sei como é um asareia — declarou ele.

— Eu — apresentou-se Sol. — Ou quase.

— Mas vocês já os viram em pergaminhos, né? — perguntou Estelar.

— Pergaminhos — repetiu Jambu. — Hum. E isso seria…?

Estelar fez uma careta como se alguém tivesse acabado de perguntar se respirar era mesmo necessário.

— Vocês não têm nenhum *pergaminho*? — perguntou ele, exasperado. — Vocês não leem? Vocês realmente não leem? Nada?

Jambu deu de ombros, como se pedisse desculpas.

— Eu não sei do que você tá falando — respondeu ele.

Estelar precisou sentar e colocar as asas por sobre a cabeça por um momento.

Glória enrolou a cauda enquanto Lamur explicava os asareia para Jambu. Cada coisa nova que aprendia sobre os asachuva fazia tudo ficar pior. Uma nação sem pergaminhos, que não ligava para o que acontecia para além de suas fronteiras? Por que não tinham a menor curiosidade sobre o resto do mundo? Ela tinha vontade de dar um peteleco em todos eles.

— Não, nunca ouvi falar — negou Jambu. — Tenho quase certeza de que os únicos visitantes de outras nações que já tivemos pareciam com ele. — Apontou para Lamur. — E normalmente eles estão perdidos e só querem sair daqui o mais rápido possível.

— Talvez a gente devesse destruir — sugeriu Sol, do nada. Todos viraram-se para olhá-la. Ela trocou o peso nas patas. — A passagem, no caso. Ela não deve estar aqui pra nada bom, né? Eu mesma não gosto da ideia de Flama aparecendo lá de repente. E se está fazendo os asachuva desaparecerem… bom, quem se importa com a razão? Vamos destruir aquela pedra ou encher o túnel de árvores e botar fogo nelas, sei lá.

Glória piscou.

Fazia um pouco de sentido. Realmente tinha alguma coisa de errado com aquele buraco que alguém abriu através do espaço. Talvez destruir resolvesse o problema — mas Glória queria as respostas também. Deveria haver uma *razão*.

Tsunami falou primeiro.

— Eu não acho que isso funcione. Se tem alguém, ou *alguma coisa*, por trás disso, então quebrar a passagem secreta não vai impedi-los. Pelo menos assim temos vantagem, porque é algo que sabemos.

— E se os asachuva perdidos estiverem vivos do outro lado? — perguntou Lamur. — E se houver uma chance de salvá-los?

— Oh — disse Sol. — Isso é verdade.

— *Eu* não vou pro palácio de Flama — declarou Estelar, imediatamente. — De jeito nenhum.

Um macaco nas árvores acima deixou cair uma castanha, e Estelar saltou para o lado, nervoso, enquanto ela acertava o chão perto dele.

— Eu vou se for necessário — voluntariou-se Glória.

Ela que deveria ser quem estava pensando em salvar os asachuva. Se estivessem vivos, é claro que deveria ajudá-los a voltar para casa, mesmo que achasse que a nação inteira não tivesse nada na cabeça.

— Mas não sabemos ainda se Flama está envolvida — apontou Estelar. — Poderia também ser os asagelo. Precisamos de muito mais tempo juntando informações. Talvez espiando a fortaleza e o Reino de Gelo, estudando seus movimentos, o túnel…

De repente, algo muito maior que uma castanha saiu da árvore atrás de Estelar. O asanoite gritou e saltou para fora do caminho enquanto um dragão verde-brilhante galopou por ele e rumou para dentro do buraco na pedra.

— Ei! — gritou Glória.

— Era Mangal — disse Jambu. — O que ele tá fazendo?

— Ele vai atrás de Orquídea. — Glória pôs Pratinha na árvore mais perto. — Espere aqui — falou para a preguiça. Ela guardou as asas e correu para o túnel atrás de Mangal.

— Mangal! — chamou, vendo a cauda dele sumir na primeira esquina. — Volte aqui! A gente tá fazendo um plano! Ô, dragão imbecil — acrescentou, baixinho. Até o asachuva de que gostava era um palerma.

Ela virou a última curva a tempo de vê-lo desaparecer no sol brilhante do deserto. No momento em que saiu do túnel atrás dele e seus olhos ajustaram-se à luz, ele já havia se tornado uma marca verde no céu, voando para longe tão rápido quanto era possível. Um momento depois, suas escamas mudaram de cor, e ele desapareceu no azul do céu.

Glória bateu as asas, frustrada, e sentou-se com um suspiro.

Um por um, seus amigos surgiram do túnel.

— Ai, luas do *céu* — praguejou Tsunami, quando o calor acertou suas escamas. — Que lugarzeco mais *horrível*.

Sol abriu as asas e virou o rosto para o sol.

— Uau — sussurrou.

Estelar piscou e olhou ao redor.

— Você tá certa — disse para Glória. — Não dá pra acreditar. Aqui realmente é o Reino de Areia.

Jambu tropeçou atrás deles.

— Cadê Mangal? — perguntou.

— Ele foi pra fortaleza da Flama? — indagou Estelar, protegendo os olhos para olhar na direção do palácio distante.

Glória balançou a cabeça e apontou para o norte.

— Não — disse. — Eu acho que ele nem notou o palácio. Parece que estamos indo pro Reino de Gelo.

CAPÍTULO 12

— Isso não é nada seguro! — gritou Estelar. — É o oposto de seguro. Antes nos entregarmos logo para a rainha Glacial.

— Tô bem do seu ladinho — disse Glória, e sorriu quando Estelar tomou um susto e precisou bater mais forte as asas para conseguir acompanhar. Não só era engraçado, mas também era ótimo saber que sua camuflagem estava funcionando tão bem.

Seu irmão também parecia estar arrasando. Ela olhou ao redor, no vazio azulado que os cercava enquanto voavam em direção ao norte.

— Jambu? — perguntou ela.

— Presente — respondeu um pedaço de céu à sua esquerda.

— É sério, não precisa vir com a gente — repetiu.

O semicírculo de cactos já estava a um meio dia de voo atrás deles, mas Jambu ainda podia voltar antes de escurecer

— Que nada — respondeu. — Isso é melhor que a hora do sol! Eu me sinto como se tivesse rolado na luz da manhã e enchido o bucho de banana. Aposto que o resto da nação ia amar atravessar aquele túnel e passar um tempo aqui na areia.

Glória imaginou uma centena de asachuva de repente espalhados no deserto, roncando, a alguns quilômetros da fortaleza de Flama. Ela estremeceu.

— Isso seria um plano muito, mas muito ruim — disse ela. — Aqui não é seguro pra nenhum dragão.

— É o que estou tentando dizer! — gritou Estelar, do outro lado.

— Nem pros asachuva? — perguntou Jambu, alegre. — Ninguém liga pro que a gente faz.

— O mundo ainda tá em guerra — ressaltou Glória. — E algumas rainhas não merecem confiança. Eu não sei o que fariam com vocês, mas com certeza não seria legal.

— Por que não? — perguntou Jambu.

Porque você é tão pateta que tá pedindo.

— Porque a maioria dos dragões são naturalmente desagradáveis — disse ela. — Morder e lutar é o que nascemos pra fazer.

— Sério? — perguntou Jambu. — Não *a gente*. — Houve uma ondulação no ar quando ele balançou a cauda.

— Bom, deveriam — recomendou Glória. — Algum dia alguma outra nação pode chegar em vocês e vocês terão que se defender. Me prometa que vai tomar cuidado quando chegarmos aos asagelo. Não deixe eles saberem o que você é.

— Tá bom, tá bom — concordou ele. — Eu acho que é muito fofo minha irmã ficar toda preocupadinha comigo por nada.

Glória revirou os olhos. Por que ela *ligava*? Se seu povo quisesse fazer coisas idiotas, isso realmente a afetava?

Bom, sim, se ela planejasse ficar na floresta tropical.

Mas aquele era seu plano? Os asachuva estavam longe de serem a família que ela esperava.

Mas se não ficasse com os asachuva, aonde iria? Ficar com os outros dragonetes, para cumprir uma profecia na qual nem deveria estar? E quando a profecia se cumprisse? Lamur tinha irmãos e irmãs com os asabarro. Tsunami amou o Reino dos Mares, apesar de sua mãe maluca — talvez ela voltasse e a desafiasse para o trono um dia. Os asanoite, claro, aceitariam Estelar de asas abertas.

Glória observou Sol. A pequena asareia voava de um jeito cansado e desajeitado, mas sua mandíbula tinha linhas de determinação. *Ela* teria algum lugar para se encaixar? Era uma asareia tão estranha, sem a cauda com ferrão venenoso que o resto de sua nação tinha. Alguém a quereria, se os dragonetes conseguissem cumprir a profecia e terminar a guerra?

Bom, supostamente qualquer rainha que escolhessem para os asareia ficaria muito agradecida. Certamente aceitaria Sol... além disso, todo mundo gostava dela.

Glória balançou a cabeça e esticou as patas. Ela estava se precipitando demais. *Primeiro encontramos Mangal e o levamos para casa. Então eu vou atrás dos asachuva desaparecidos e de quem quer, ou o que quer, que esteja pegando ou matando eles. Aí os grandes dragonetes do destino descobrem como parar a guerra, e talvez eu vá junto com eles. Aí a gente vê o que rola.*

— Eu não me importaria de parar pra uma sonequinha. — A voz de Jambu veio de repente.

— Não temos tempo pra isso — asseverou Glória, mas aí, Mangal era um asachuva, então talvez ele *parasse* no meio de seu resgate desmiolado para dormir, mas não podiam contar com isso. — E também, Jambu, não vai ficar assim o caminho todo. Vai fazer bastante frio essa noite, e amanhã estaremos no Reino de Gelo, que vai estar congelante.

— Tudo vai ficar de boa — concordou Jambu, tranquilo.

Já estava mais frio que na entrada do túnel, e a areia do deserto abaixo mudou para colinas rochosas e sem árvores, lentamente subindo, à medida que voavam para o norte. Glória viu o momento em que Sol deu uma olhada melancólica para o deserto atrás deles.

Estelar estava certo; aquilo não era lá muito seguro. Glória e Jambu estavam camuflados, mas não havia como explicar um asabarro, uma asamar, um asanoite e uma asareia voando juntos — principalmente indo em direção ao território asagelo. Concordaram em parar de dizer aos outros que eram os dragonetes da profecia, mas chegar desse jeito era quase como se carregassem uma faixa dizendo CHEGAMOS, PODEM NOS ENJAULAR! Glória queria que seus amigos a tivessem deixado vir sozinha. Tinha certeza de que conseguiria salvar Mangal por conta própria.

Tiveram sorte de não achar nenhuma patrulha asagelo — Sol ouviu uma se aproximar, o que lhes deu tempo de se esconder no terreno rochoso — e pousaram, um tempo depois de escurecer, em um solo que craquelou de maneira ameaçadora debaixo das garras de Glória.

— Isso é neve? — perguntou Lamur, cutucando a terra.

— Não — disse Estelar naquela sua voz de sabe-tudo. — É só barro congelado. Vamos sentir muito frio essa noite.

Escolheram um lugar na base de um penhasco curto, que deveria bloquear o vento, mas Glória já conseguia sentir o frio se infiltrar por entre suas garras e escamas.

— E não vamos usar fogo — determinou Tsunami, mandona. — Não podemos arriscar sermos vistos.

— Vou dormir perto de Sol, pedi primeiro — declarou Lamur. Ele sorriu para ela, e ela retribuiu. Suas escamas aquecidas seriam a única fonte de calor que teriam. Até Glória aceitaria contato físico se quisesse passar a noite sem congelar.

Glória sabia que Lamur estava brincando — era mais fácil que ele usasse seu próprio corpo como um escudo para manter o vento longe do resto deles — mas ela olhou Estelar e viu a expressão desanimada em seu rosto.

Ai, Estelar. Talvez você realmente devesse fazer alguma coisa quanto a essa sua quedinha por ela. Ele nunca admitiria, mas Glória tinha quase certeza de que ele estivera perdidamente apaixonado por Sol a vida inteira. Ela também tinha quase certeza de que Sol não tinha a mínima ideia e, do modo como as coisas iam, talvez nunca descobrisse.

Tô nem aí, relembrou, mas assim que se prepararam para dormir, ela se virou para que Estelar conseguisse ficar perto das asas de Sol, com Lamur atrás dos dois. Ela se enrolou o mais apertado que conseguiu e achou um lugar perto da cauda de Lamur. Jambu imediatamente deitou-se quase em cima dela.

— Ai — sussurrou Glória. — Um pouquinho de espaço pessoal, por gentileza.

— Sei nem o que é isso — sussurrou Jambu de volta. — Mas eu tô com *frio pra caramba*, você não?

Glória suspirou. Ela estava. E Jambu era quentinho. E ele *era* seu irmão.

Ela se enrolou em sua segunda noite desconfortável de sono.

ASAS DE FOGO: O REINO ESCONDIDO

Glória levantou-se pouco antes do nascer do sol, que era uma linha fina e pálida de luz no horizonte, e o céu roxo-escuro ainda brilhava de estrelas. Ela conseguia ver sua respiração no ar, feixes de fumaça como se conseguisse cuspir fogo como os outros.

Ela se espremeu para sair de debaixo de Jambu, que dormiu de boca aberta e asas flácidas. Pelo menos ele não estava rosa. Ela percebeu que dava para levá-lo mais a sério quando estava cinza e marrom como as pedras abaixo deles.

Observou suas próprias escamas para garantir que também combinassem com o terreno. Ela gostou de ver que havia até aquele brilho sutil nelas, como a camada congelada que cobria o chão.

Tsunami virou-se em seu sono, rosnando de leve. Glória viu que Estelar já estava acordado; ele piscou para ela detrás de Sol, parecendo exausto. Ela balançou a cauda e sinalizou para que voltasse a dormir, então abriu as asas e saltou para o topo do pequeno penhasco para ver como era a terra à frente.

Era bem parecida com a que haviam deixado para trás e com essa na qual estavam, ao que parecia. Só que... aquilo era neve ao longe? Glória deu um tempo para suas escamas se transformarem e então subiu aos céus.

Não puderam ver no escuro na noite anterior, mas definitivamente havia neve nas colinas mais altas à frente, e mais neve além delas. Glória se arrepiou. Ficaria mais frio dali para a frente, e estava quase insuportável. Isso com certeza era pesado para Sol e Lamur. Talvez os outros pudessem ficar ali enquanto ela prosseguia. Na verdade, talvez devesse prosseguir naquele momento sem eles, então ninguém mais correria riscos.

Apesar de saber muito bem que seus amigos idiotas a seguiriam e acabariam em uma confusão maior sem ela para ajudar. Se quisesse continuar sem eles, deveria convencê-los a serem espertos, ouvirem-na e ficarem para trás.

Havia algo grande nas colinas cobertas de neve — algum tipo de construção, mas não poderia ser o palácio da rainha Glacial; Glória sabia que era mais distante ao norte, na ponta mais fria da península, onde nenhum outro dragão gostaria de ir. Essa construção era ao sul demais para os asagelo.

Glória voou para mais perto e viu fumaça subindo de uma das poucas chaminés.

Onde há fumaça, há fogo, pensou, *o que quer dizer nada de asagelo.* Ela fez um círculo no ar e observou por mais algum tempo.

Tinha que ser Fulgor e seus asareia. Glória se perguntara como tinham sobrevivido no Reino de Gelo. Aparentemente a resposta era "não indo muito longe".

De repente, um movimento abaixo chamou sua atenção. Ela congelou, pairando no ar e esperando que sua camuflagem fosse perfeita.

Havia um dragão em meio às rochas, não muito longe de onde seus amigos dormiam, mas não perto o suficiente para que os visse. Ele batia as patas e as asas como se quisesse se esquentar.

Mangal?, pensou, esperançosa, planando para mais perto. Ele não estava camuflado, na verdade, mas era preto como um asanoite... talvez ele pensara que isso o esconderia bem.

E então o dragão abaixo deixou escapar uma nesga de fogo, esquentando o chão debaixo dele antes de se enrolar.

Então não era um asachuva. Era um asanoite de verdade, sozinho no território dos asagelo.

Bem, isso não deve ser coisa boa.

CAPÍTULO 13

Por que havia um asanoite logo ali? Glória planou silenciosamente para longe e pousou com delicadeza fora de sua visão. A curiosidade dela era forte demais para resistir, então precisava de um disfarce. Os únicos dragões em sã consciência que deveriam estar batendo perna por ali seriam os asagelo e talvez alguns de seus aliados asareia.

Ela fechou os olhos e lembrou-se do asagelo que lutara com Lamur na arena. Fiorde. O primeiro dragão que matara com seu veneno. Ela não tivera escolha; ele estava a segundos de matar Lamur. Além disso, ela não tinha ideia do que seu veneno faria. Só sabia por instinto que podia fazer alguma coisa, que precisava fazer alguma coisa — que tinha uma arma da qual nunca soubera.

Estelar pensava que talvez ela não pudesse usar seu veneno sob a montanha de qualquer forma. Ele dizia que podia ter sido ativado quando finalmente ela se expôs ao sol, do jeito que as escamas à prova de fogo que Lamur tinha alcançaram sua força total depois que ele encontrara lama pela primeira vez.

Glória não conseguia parar de se perguntar o quanto sua vida seria diferente se pudesse ter tratado os guardiões do jeito que tratavam a ela.

Foco. Fiorde.

Suas escamas daquele azul-pálido, a cor do céu cheio de neve. Seus olhos azul-escuros. Ela sentiu as mudanças se espalharem por suas escamas. A parte mais difícil eram os chifres extras que os asagelo tinham ao redor de suas cabeças. Ela se concentrou em tentar fazer seu colarinho parecer um amontoado de pingentes de gelo e esperava que funcionasse. Também não conseguia fazer suas garras ficarem iguais às de um asagelo, assim como sua cauda também não tinha a ponta tão fina quanto um chicote.

Talvez seja uma péssima ideia. Talvez não dê pra me safar com essa.

Mas estava bem escuro... e ela realmente queria saber o que um asanoite estava fazendo por ali.

Bom, pensou, cruel, *se ele me descobrir, é só matá-lo.*

Mas aquilo não soou tão engraçado quanto ela planejava.

Saltou no ar e voou de volta para o lugar onde vira o dragão estranho. Por um momento, temeu tê-lo perdido, antes de perceber que ele estava deitado, suas escamas negras quase escondidas pelas sombras longas.

Confiança, disse a si mesma. *A questão* é atitude.

— Ei! — gritou, pousando com um baque ao lado dele. — Quem é você, e o que está fazendo em nosso território?

O asanoite pulou, surpreso e a encarou. Ele era bem mais jovem e menor que Porvir, ágil e gracioso em seus movimentos, mesmo assustado. As escamas prata que brilhavam na parte de baixo de suas asas refletiam a luz matinal como estrelas presas.

— Luas do céu. De onde você veio? — perguntou ele e olhou para o céu com uma expressão confusa.

— De onde você acha? — indagou ela. — E eu que faço as perguntas aqui. O que você está fazendo no Reino de Gelo?

— Tecnicamente aqui não é o Reino de Gelo ainda — disse ele. — Ou você não sabia disso?

Não? pensou ela. O mapa que memorizara não tinha as fronteiras desenhadas, na verdade, não que elas tivessem sido de grande ajuda, no fim das contas.

— Você está perto o suficiente — rosnou. — Explique-se.

Ela gostaria de estar com uma lança ou com algo com que pudesse cutucá-lo.

— *Vai* ser o Reino de Gelo um dia — disse o asanoite. — Se Fulgor ganhar a guerra, no caso. Ela prometeu à rainha Glacial toda a terra que dá pra ver daqui até o horizonte sul. Basicamente, é onde o deserto começa. — Ele apontou, mas Glória se impediu de olhar e manteve os olhos nele.

O asanoite sorriu.

— Mas acho que você já sabe disso — acrescentou ele. — Mesmo assim é interessante, não é? É um monte de terra que Fulgor está disposta a dar, mas não é muito útil para nenhuma das nações, então o que a rainha Glacial deve querer com isso? Você acha que há tesouros debaixo dessas pedras? Eu acho que é isso. Uma mina de diamantes, talvez. Você deve saber. Talvez todos os asagelo saibam e devem estar ocultando, muito sabiamente, de Fulgor e seus asareia.

Ele fez uma expressão astuta e ágil como se tivesse acabado de abrir a mente e espalhar o conteúdo nas pedras para que admirassem juntos.

Uma sensação terrível tomou Glória. Ela se esquecera de que os asanoite podiam ler mentes. *Alguns* asanoite, no caso. Com certeza não Estelar. E ela achava isso de Porvir também, considerando sua falta de reação a todos os pensamentos horríveis que já tivera sobre ele. Talvez esse dragão conseguisse ver o futuro.

Ainda assim, ela expulsou todos os pensamentos de sua mente, exceto o de *o que você está fazendo aqui?*

— Responda a minhas perguntas, asanoite — comandou ela. — Ou te levarei à rainha Glacial e você se explicará para ela.

— Isso seria uma péssima ideia — insinuou ele. — Tenho certeza de que você não quer que o resto do meu povo venha me procurar.

— E *você* não quer sentar em uma masmorra feita de gelo esperando eles aparecerem, que seria mais ou menos *depois* que você congelasse até a morte — destacou. — Então me diga o que está fazendo aqui, e talvez eu te deixe ir. Todo mundo sai ganhando.

Ele virou a cabeça, parecendo entretido.

— Certo — disse, depois de um tempo. — Estou esperando por alguém. Bom, por *alguéns*.

— Quem? — perguntou ela.

— Não posso te contar — respondeu ele. — Coisas de asanoite, receio. Estou em uma missão.

— Eu não sabia que os asanoite tinham "coisas" — ironizou Glória.
— Achei que vocês só ficavam perdendo tempo em seu lugarzinho secreto dando os parabéns uns aos outros por saberem tudo e não fazerem nada.

O asanoite começou a rir.

— Ninguém fala assim com a gente! — começou ele. — Onde está seu senso de deslumbre? Seu pavor de nossos poderes? — Ele abriu as asas de maneira majestosa, mas seus olhos expressavam divertimento.

— Se seus poderes fossem assim tão impressionantes, vocês fariam alguma coisa para parar essa guerra — disparou ela. — Além do mais, eu que tenho um... é... bafo congelante mortal. — Ela quase falou "veneno"... mas, de qualquer forma, era verdade; os poderes asanoite não eram nada espetaculares quando se tratava de uma batalha real. Os de Estelar chegavam a ser patéticos.

— Talvez paremos algum dia — comentou ele. — Talvez ainda não tenhamos escolhido um lado, como os dragonetes da profecia.

Glória manteve a expressão entediada e calma.

— Essa velharia — desdenhou ela. — Eu não acredito em profecias. Foi mal, eu sei que são uma especialidade asanoite, mas sério? Se vocês realmente pudessem ver o futuro, porque seriam tão misteriosos assim? Por que não dão uma profecia do tipo "ah, e querem saber? Fulgor vai ganhar a guerra, então já deixem a coroa com ela e nem percam tempo lutando". Sabe? Pular toda essa morte e banhos de sangue. E deixar os pobres dragonetes fora disso.

O asanoite riu novamente.

— Você se importa com os dragonetes — observou ele. — Que interessante. Eu vi muito disso por Pyria, na verdade. Todo mundo espera tanto deles, mas também acham que é um peso muito grande para cinco dragonetes tão jovens. Será que eles ficariam surpresos com toda essa simpatia? — Ele ficou pensativo por um momento, então bocejou. — Você não os viu por aí, não é? Estão fofocando que a próxima parada deles é o Reino do Gelo.

— Sério? — disse Glória, inabalável. — Por quê?

— Para conhecer Fulgor, eu acho — ponderou ele. — Então... eles estão por aqui? Nas masmorras da rainha Glacial, talvez?

— Não — respondeu Glória. — Nenhum sinal deles. Nenhunzinho. — Ela pensou em tempestades de neve e lâminas de gelo, bloqueando o caminho até seus pensamentos.

Ele a observou por um momento.

— Certo — soltou. — Bom. Eles não poderiam chegar aqui tão rápido, de qualquer forma. É muito longe do Reino dos Mares.

— Como você sabe que eles estavam lá? — perguntou Glória. — Ah, espera, eu esqueci. Os asanoite são inteligentões, atentões e brilhantões, né?

— Não esqueça de maravilhosões e bonitões — acrescentou ele.

Ela bufou para esconder o riso.

— E como alguém saberia disso, já que vocês se escondem que nem tartarugas? — ironizou ela. — Sério, que tal dar um rolê com dragões no mundo real algum dia?

— É um convite? — perguntou ele. — Eu acho que tenho um dia ou dois antes de… antes de meu trabalho começar. Eu não me importaria de conhecer uma taverna asagelo, se você estivesse lá.

Glória sentiu um arrepio de perigo em suas escamas.

— Então deixa eu entender — começou ela. — Você não está me dizendo nada sobre suas razões de estar aqui, mas espera que eu te leve para nosso reino e compre uma bebida pra você. Os asanoite se acham, não é?

— E se *eu* te pagasse essa bebida? — ofereceu ele.

— Ah, aí sim a rainha Glacial ia entender, sem problema — retrucou Glória. — Ela ama dragões estranhos em seu território. É sua coisa favorita.

O asanoite sorriu um tanto melancólico.

— Tá certo — disse ele. — Deixa pra lá, mas talvez você pudesse voltar e me ver alguma hora. Vou ficar por aqui pelos próximos dias, eu acho, e é bem chato ficar sentado aqui.

— Esperando por seus alguéns misteriosos — concluiu Glória. — E você não vai me contar nada sobre eles.

Ele afastou as asas.

— Desculpa. Adoraria poder. Aposto que meu trabalho te deixaria bem impressionada.

— Não me impressiono assim tão fácil — rebateu Glória e se surpreendeu com a risada dele. — Bom… boa sorte com sua missão, eu acho.

— Qual o seu nome? — perguntou ele quando ela deu um passo para trás.

— Foi mal, não posso contar — respondeu, divertida. — Coisa de asagelo.

— Quem diria que sarcasmo poderia florescer em um lugar tão frio — disse ele com um sorriso. — Você vai me dizer seu nome se eu disser o meu?

— Eu não — disparou ela. — Francamente, não estou tão interessada. — Deu as costas e abriu as asas.

— Vou dizer assim mesmo — continuou ele quando ela alçou voo. — Se você voltar para me ver! Você vai?

— Talvez — respondeu Glória. — Sou muito ocupada.

— Meu nome... — começou. Ela diminuiu a velocidade para ouvir, mas não olhou para trás. — Meu nome é Mortalha.

CAPÍTULO 14

M*ORTALHA.*
Esperando por alguém. Por alguéns.
Você não os viu por aí, não é?

A cabeça de Glória girava enquanto ela voava para longe. O asanoite estava esperando por *eles*?

Mortalha. Sério?

A única dragoa que ela sabia que os asanoite queriam morta era ela. Assim que Porvir pôs os olhos nela, quando ainda estavam sob a montanha, ele decidiu que ela bagunçaria a profecia. Então ordenou que os guardiões a matassem, o que foi a razão pela qual ela e os outros fugiram. Ele teria mandado Mortalha para terminar o trabalho? Por que gastar toda aquela energia caçando-a?

Mas Mortalha parecia estar esperando por mais do que apenas ela. Ela se perguntou se aquilo queria dizer que os outros dragonetes também estariam em perigo. Certamente, os asanoite não matariam nenhum deles. *Isso* bagunçaria a profecia muito mais do que Glória conseguiria.

Ela pousou ao lado de seus amigos e quase causou um ataque cardíaco em Estelar.

— Asagelo! — gritou ele, fugindo. Tsunami levantou-se num salto, mostrando os dentes. — Cuidado! É... ah. — Estelar respirou profundamente enquanto as escamas de Glória voltaram para o marrom e cinza. — Glória! Por que você faz isso comigo?

— Porque é engraçado — disse ela. — E cala a boca. — Ela achou que estivessem longe o suficiente de Mortalha, mas não tinha tanta certeza de até onde o som iria em um ar tão frio e seco.

— Você estava bem brilhante — observou Sol com sono.

— Eu quase meti minha cauda na sua fuça — disparou Tsunami, severa.

— E eu quase mordi seu focinho porque você não parava de roncar — retrucou Glória. — Então, parabéns para nosso autocontrole. Jambu, levanta. — Ela cutucou seu irmão, que foi o único que continuou dormindo depois do grito de Estelar.

— Muito frio — murmurou ele, botando uma asa acima da cabeça.

— Que pena — disse ela e o cutucou de novo. — Se você levantar e se mexer, vai ficar mais quente.

— Dormir mais — insistiu ele, colocando a outra asa por cima da cabeça.

Glória suspirou e o deixou em paz.

— Estelar — chamou. — Até que ponto é literal o nome de um asanoite? Tipo, sempre é um sinal sobre o que eles fazem?

Os outros dragonetes começaram a se levantar e a se alongar. Estelar coçou a cabeça.

— Bom, tem Porvir — começou ele. — Ele pode ver o futuro e fazer profecias, então ele sempre vê o que está "por" "vir".

— Ah, sim, muito obrigada — disse Glória. — Essa eu tinha imaginado.

— Mas eles sabiam que ele seria um profeta quando deram o nome? — perguntou Sol com curiosidade. — Nem todos os asanoite são. Então como eles saberiam?

— Talvez outro profeta profetizou — sugeriu Tsunami, provocando.

Estelar cutucou o chão congelado com uma garra.

— Eu não sei nada além disso — falou ele. — Porvir não me contou nenhum segredo dos asanoite. E vocês leram todos os pergaminhos que eu li.

— Verdade — disse Glória. — Um monte de baboseira épica sobre os asanoite. Todos eles têm esses nomes esquisitos e palavrudos. Eu acho que nas histórias os nomes combinam com as habilidades, se eu me lembro direito.

— Por que a pergunta? — Estelar virou a cabeça.

— Porque acabei de conhecer um — explicou Glória. — E eu aaaaaaaacho que ele tá aqui pra matar a gente. Bom, pelo menos eu.

Aquilo chamou a atenção deles com eficácia. Ela contou sobre Mortalha e tudo que ele tinha dito. Quase tudo, na verdade. Ela não queria que percebessem que tinha achado ele bonitinho. No caso, antes de ela perceber que ele estava ali para matá-la.

— Vamos sair daqui — propôs Estelar quando ela terminou. — Vamos voar para o sul nesse momento e voltar para a floresta tropical o mais rápido possível.

Jambu apareceu esperançoso.

— Eu gosto desse plano — disse ele.

— Realmente parece um plano mais quentinho, mas e Mangal? — perguntou Lamur com um arrepio.

— Eu vi outra coisa — acrescentou Glória. — Eu acho que é onde Fulgor e seu exército estão acampando. — Ela descreveu a construção que tinha visto. Estelar e Tsunami menearam a cabeça.

— Faz sentido pra mim — declarou Tsunami. — Fulgor precisaria de um lugar só pra ela. Não conseguiria sobreviver um único dia no palácio de Glacial.

— Isso. O palácio é feito de gelo, então ela não poderia usar seu fogo lá — completou Estelar.

— Eu tô pensando no seguinte — começou Glória. — Tenho certeza de que Mangal viu esse lugar também. Ele vai direto pra lá; provavelmente vai se camuflar e entrar procurando por Orquídea. Então eu vou atrás dele e o trago de volta, enquanto vocês se escondem em um lugar que Mortalha não possa encontrar, e então voltamos pro sul o mais rápido possível.

— Espera, sozinha? — perguntou Lamur. — Não dá pra um de nós ir com você?

— Quem? — perguntou Glória. — Quem mais consegue se disfarçar de asagelo?

Seus amigos viraram-se para Jambu, que piscava, sonolento.

— Eu consigo ajudar — prontificou-se Jambu com um bocejo. — Certeza que eu sou melhor encontrando os asachuva camuflados que você.

Glória hesitou. Aquilo realmente ajudaria. Ela não tinha certeza de como pretendia encontrar Mangal sozinha.

— Você consegue? — perguntou ela.

— É uma brincadeira que fazemos desde que somos dragonetes — disse Jambu. — Alguém se camufla e quem encontrar primeiro, ganha. Não garanto nada, mas tenho mais prática que você.

Ela pensou por um momento e balançou a cabeça.

— É muito perigoso. Eu consigo me cuidar, e não preciso de ajuda.

— Glória — disse Lamur, em uma ameaça amigável. — Ou você leva ele, ou todos nós vamos com você.

Glória notou nas expressões deles que isso era verdade. Eram um bando de idiotas heroicos com aquela atitude de "somos um time".

— Tá, tá, tanto faz. Vamos entrar camuflados, mas eu quero ter certeza de que você consegue imitar um asagelo também. Tente fazer o que eu fizer. — Ela fez suas escamas voltarem ao disfarce de asagelo.

Lamur estremeceu, e ela supôs que ele reconheceu qual dragão tinha usado de modelo. Ver Fiorde morrer na frente dele não devia ter sido nada fácil.

— Agora faça suas escamas ficarem um pouco mais brancas — disse Glória para Jambu. — Copia; só não faz igual. E mexa nos chifres de gelo. — Ela deu um passo para trás e o observou. — Acho que vai funcionar. Você consegue lembrar disso se precisarmos virar asagelo?

— Claro — prometeu ele, abrindo as asas e olhando-as. — Essa cor é bem da hora. Vou lembrar dela quando voltarmos pra casa.

— Também precisamos de nomes asagelo. Você vai ser Pinguim; eu sou Tempestade. São fáceis de lembrar.

— Eu ainda acho que você tinha que levar um de nós — interrompeu Tsunami.

— Os asabarro e os asamar são inimigos aqui — apontou Glória. — E, sem ofensa, galera, mas Estelar e Sol não ajudariam muito.

— *Sem* ofensa? — guinchou Sol. — Como não vou me ofender? — Ela chicoteou a cauda e fez uma careta.

— A gente entra e sai mais rápido se mantiver as nossas escamas escondidas — assegurou Glória. — Não se preocupem. Voltamos hoje ainda.

— E se vocês acharem os asachuva perdidos? — perguntou Lamur.

Glória bateu a cauda, fazendo suas escamas voltarem para as cores das pedras.

— Libertamos eles e saímos com um grupo invisível. Que tal?

Lamur e Tsunami concordaram meio relutantes.

— Bora, Jambu — chamou Glória. — Vocês fiquem escondidos. Tô falando sério.

Ela foi embora com seu irmão ao lado e deixou as escamas se ajustarem ao céu em volta deles. Enquanto iam para o norte, olhou para trás e viu Sol os observando enquanto Tsunami se despedia balançando a pata.

— Ainda tá frio — reclamou Jambu. — Mesmo batendo as asas. Eu acho que tá *mais* frio.

— Bom, estamos voando, né? — explicou Glória. — E o vento não tá ajudando, mas vai acabar logo, não se preocupe. — Ela apontou para a construção em frente a eles. — Só pra te avisar, vai ter neve, mas com sorte os asareia deixam o interior mais quente com fogo.

— Neve! — disse Jambu. — E fogo! Sabia que eu nunca vi nenhum deles?

— Eu também nunca vi neve de perto — admitiu Glória.

— Parece fofinha.

Não era fofinha. Era molhada e congelava as patas quando pousaram do lado de fora das paredes. Jambu deixou escapar um grito de dor e Glória quase dá uma ombrada para fazê-lo se calar.

— Quem tá aí? — chamou uma voz de cima.

Eles paralisaram, suas escamas brancas como o chão abaixo deles.

Um asareia colocou a cabeça para fora de uma janela.

— Você ouviu isso? — perguntou ele.

Outra cabeça de asareia apareceu ao lado da primeira.

— Não. E eu não tô vendo nada. Você tá é vendo aparição de novo.

— Quando o exército de Flama aparecer pra matar a gente... — rosnou o primeiro dragão.

— A gente vai perceber a um mundaréu de distância — disse o segundo. — E eles vão estar congelados e bambos por causa do frio, e vamos ter a cobertura dos asagelo na hora que se achegarem. Para de interromper o jogo.

O segundo guarda voltou para a sala. O primeiro olhou ao redor, suspeitando. Seus olhos varreram a neve onde Glória e Jambu se agachavam. Finalmente bufou e voltou para dentro.

Glória enrolou a cauda nas patas de Jambu e foi na frente, deslizando ao redor das paredes grossas de pedra até encontrar uma porta do tamanho de um dragão. Trancada, é claro. Olhou para cima, mas já tinha visto do alto que não havia pátio interno ou aberturas de qualquer tipo no teto, além de chaminés, que pareciam pequenas demais. As janelas eram mais estreitas que o corpo de um dragão. Aquela era uma fortaleza de verdade. Ela se perguntou se a teriam construído no começo da guerra, quando Fulgor tinha vindo até a rainha Glacial atrás de proteção e de uma aliança.

Foi um presente bastante generoso da parte de Glacial — uma fortaleza inteira bem no território asagelo. As palavras de Mortalha voltaram... Fulgor prometera toda aquela terra a Glacial se ganhasse a guerra.

Glória pensou nas outras duas irmãs asareia. Ela imaginou o que Flama prometera aos asacéu e aos asabarro. E se Fervor havia prometido algo aos asamar, ou se apenas manipulou a rainha Coral para que o ajudasse.

— Não tô vendo como entrar aqui — sussurrou Glória. — Alguma ideia?

Ela sentiu Jambu dar de ombros.

— Foi mal — disse ele. — Eu nunca fiz nada assim.

Tentaram dar a volta nas paredes outra vez, mas só havia aquela porta. Glória não conseguia ver nenhuma falha nas defesas da fortaleza. A única opção era esperar a porta se abrir e tentar entrar... mas quem sabia quanto tempo isso levaria?

O sol começava a levantar no azul pálido do céu, refletindo na neve brilhante. Glória não queria ficar parada ali o dia todo. Talvez Jambu congelasse até a morte. Ela também não gostava do frio, mas ele nunca estivera em outro lugar que não um ambiente tropical.

Assim como Mangal, ela pensou. Na verdade, como *ele* poderia ter entrado na fortaleza? Talvez nem estivesse ali. Talvez estivesse jogado em um monte de neve em algum lugar, lentamente desaparecendo no gelo.

Glória balançou a cabeça. Mangal não era do tipo que desistia fácil, se ela o lera corretamente. Nem ela.

— Temos que entrar como asagelo — disse Glória. — Só me segue.

A cabeça de Jambu apareceu, concordando, enquanto suas escamas foram mudando de cor. Glória deixou as suas mudarem também, então rodou para se observar o melhor que podia. Não era um disfarce perfeito, de modo algum, mas a esperança era que os asareia não fizessem uma análise muito profunda. E entre suas escamas camufladas e seu veneno, ela sentia que tinha uma ótima chance de escapar mesmo que os pegassem.

Ela marchou para a porta e bateu.

— Tente parecer um soldado — sibilou para Jambu, que se curvava e coçava o pescoço atrás dela.

— Eu não sei o que é isso — ele sussurrou de volta, logo antes de a porta abrir.

Um asareia de armadura com garras quebradas em uma das patas olhou para eles.

— Ahm? — murmurou.

— Temos uma mensagem importante para a rainha Fulgor — anunciou Glória. — Nos leve para onde possamos esperar até que retorne.

Certamente, assim como suas irmãs, Fulgor estaria liderando a batalha em algum lugar. Assim que estivessem em uma sala de espera, poderiam voltar a se camuflar e procurar por Mangal na fortaleza sem serem vistos.

— Ahm? Até ela voltar? — O asareia a encarou como se estivesse louca. — Fulgor tá aqui. Ela sempre tá aqui. Eu posso te levar até ela.

CAPÍTULO 15

Vixe, pensou Glória.

— É melhor que sejam boas notícias — disse o asareia, marchando para dentro da fortaleza. — Ela odeia ouvir más notícias, e a gente também não gosta que ela escute. A rainha Glacial tem que entender isso logo e parar de mandar esses relatórios absurdos.

Glória e Jambu trocaram olhares e correram atrás dele. A porta se fechou com um baque e outro guarda asareia os seguiu de perto. Escapar não ia ser fácil.

A fortaleza de Fulgor não era tão gloriosa e extravagante quanto os palácios da rainha Rubra ou da rainha Coral. Os corredores eram estreitos e nada se abria para o céu. Havia lareiras acesas em cada quarto pelo qual passavam, então o calor quase sufocava. Mesmo assim, ventos gelados ainda entravam pelas janelas pequenas. Não havia tesouros adornando as paredes, nem ouro ou pérolas incrustadas no piso.

Em vez disso, nas paredes de pedra se viam tapeçarias grossas. Cada uma tinha um sol amarelo brilhante queimando no centro, cercado de padrões do deserto — lagartos sinuosos, cactos espinhosos, palmeiras, camelos. Branco e verde e azul cobriam as paredes cinza de ponta a ponta.

Eles sentem falta de casa, percebeu Glória, e chocou ao notar-se triste pelos asareia. Tinham vindo para dar apoio a Fulgor — provavelmente fugiram ao lado dela quando Flama tentou tomar o trono — e agora estavam presos naquele mundo gelado que em nada se parecia ao seu lar.

Quase como crescer em uma caverna em vez de numa floresta.

— Que da hora — disse Jambu. Ele apontou para a tapeçaria coberta de lagartos verdes revoltados. — Esse é bem selvagem. Eu gostei.

Os soldados asareia os encararam.

— Sério? — indagou o que estava na frente. — Nossos visitantes asagelo sempre deixam bem claro que acham nossas decorações… como eles dizem?… extravagantes e espalhafatosas.

— É, elas não são nosso estilo — atalhou Glória, pisando na pata de Jambu. — Mas conseguimos apreciar a arte.

— Hum — soltou o primeiro asareia. — Nunca ouvi essa de um asagelo. — Ele se virou e continuou andando. Glória deu uma olhada em Jambu e ele franziu o focinho.

Alcançaram o centro da fortaleza — ou era o que Glória achava ser o centro, já que não havia janelas ali — e pararam em uma pequena antecâmara com um par de portas gigantes de madeira. Um dos asareia bateu duas vezes e eles esperaram.

Enquanto o silêncio se estendia, Glória notou alguma coisa amontoada em um dos cantos da sala. Parecia uma pilha de pelagem de caça, mas quando observou mais cuidadosamente, percebeu que havia dois sucateiros ali. Eles se encostaram na parede, abraçando-se e tremendo.

— O que são essas coisas? — sussurrou Jambu para ela, vendo-os na mesma hora.

— Você é um desses asagelo que nunca saíram do palácio da rainha, né? — adivinhou o segundo soldado, escutando a conversa. — Eu soube que vocês dificilmente veem sucateiros tão longe assim no norte. — Ele cutucou as criaturas com uma garra afiada, e os dois sucateiros deixaram escapar ganidos baixos e trágicos. — Encontramos uma dessas tocas secretas deles perto das montanhas e pegamos tudo que conseguimos. Eles são mais rápidos do que parecem. Só pegamos seis, quando deveriam ter sido uns vinte. — Ele balançou a cabeça. — Esses daí foram os que restaram.

— Vocês vão comê-los? — perguntou Jambu. *Não fique tão chocado*, Glória pensou, batendo a cauda, mas ela conseguia entender o sentimento dele. Com aqueles olhos grandes e braços esquisitos ao redor um do outro, os dois sucateiros pareciam preguiças maiores e menos fofinhas. Ela não se via comendo-os também. O mero pensamento a deixava inesperadamente enjoada.

E não ajudava que um deles a encarasse com o mesmo olhar de Pratinha quando não queria que Glória a deixasse para trás.

— Claro — respondeu o guarda. — A gente acaba com qualquer toca de sucateiro que encontrarmos e comemos o máximo deles que conseguirmos. São ordens de Glacial. Ela acha que um dia vamos achar onde enterraram nosso tesouro.

— Se ainda existir. Vai saber o que sucateiros fazem com tesouros — murmurou o outro guarda. Ele bateu de novo, e foi quando a porta abriu atrás de sua pata.

A sala do outro lado era maior que qualquer outra que tinham visto até aquele momento. O chão de pedra lisa estava coberto de areia, e as tapeçarias ali eram mais intrincadas, com imagens de dragões, coroas e joias circulando os sois amarelos.

Travesseiros gigantes vermelho-escuros e carpetes de pelo de camelo estavam empilhados em um ninho bagunçado no meio da sala e, esparramada em cima disso, estava uma asareia surpreendentemente bela.

Ela apoiava o queixo em uma pata e encarava, apática, um espelho na areia em sua frente. Sua cauda estava enrolada graciosamente entre os travesseiros, com o ferrão venenoso tocando o chão. Suas asas estavam recolhidas, e suas escamas brilhavam como ouro branco contra o fundo vermelho.

Fulgor levantou os olhos escuros e viu Glória e Jambu na porta. Forçou um sorriso e estendeu as patas dianteiras para eles em um gesto de boas-vindas.

— Ah, maravilhoso — exclamou ela. — Não recebemos visitantes há tanto tempo. Esperava que a rainha Glacial mandasse notícias.

Glória se curvou e Jambu a imitou.

— Se for um momento inoportuno, Vossa Majestade, podemos aguardar até mais tarde…

— Não, não, por favor entrem — clamou Fulgor. — Ocotillo, por favor nos traga chá. Ah, e aqueles lagartos secos se estiver sobrado algum.

— É claro, Vossa Majestade — disse o primeiro guarda, curvando-se com respeito. Os dois soldados asareia saíram da sala, deixando Glória e Jambu sozinhos com Fulgor.

Eu acho que não seria tão fácil assim ter uma audiência particular com Flama ou Fervor, pensou Glória. Fulgor não era tão cuidadosa ou paranoica quanto as irmãs, mas ela não teria razão para suspeitar de dois asagelo.

— Isso é sobre a rainha Rubra? — perguntou Fulgor, inclinando-se para a frente. — Já descobrimos se ela está morta? Os asacéu ainda estão seguindo Flama? Sabe, se Glacial me deixasse ir até o Reino dos Céus, tenho certeza de que conseguiria convencer os asacéu a se aliarem. Eu consigo ser muito convincente. Todo mundo gosta de mim.

Ou então podiam te jogar na prisão, pensou Glória. *Ou te entregar pra Flama.*

— Eu sei o que vocês vão dizer — continuou Fulgor, inquieta. — O que Glacial sempre diz. Esperar e deixar ela resolver as coisas. Eu sei que todas essas questões militares são confusas para mim, mas acho que posso ser útil com as conversas. Outros dragões gostam de me ouvir falar.

— Tenho certeza de que é verdade, Vossa Majestade — falou Glória, de forma educada.

— E então? — perguntou Fulgor. Seus olhos, de um preto profundo, eram similares demais aos de Flama e Fervor; davam arrepios em Glória, mesmo que soubesse que era um cérebro completamente diferente por trás deles. — Qual é a mensagem importante?

Opção um: inventar uma mentira.

Opção dois: correr.

Opção três: ... contar uma parte da verdade.

Glória inspirou profundamente.

— Os dragonetes da profecia gostariam de te conhecer.

Fulgor sentou-se, apressada.

— *Os* dragonetes? — gritou. — Glacial os encontrou?

— Eles estão procurando a senhora — declarou Glória, esquivando-se.

— Bom, tragam-nos aqui, tragam-nos aqui! — implorou Fulgor. — Podemos ter um banquete! Ou uma festa! *Nunca mais* tivemos uma dessas, porque, vocês sabem, a rainha Glacial desaprova esse tipo de coisa, mas para algo assim, tenho certeza de que poderíamos! Oh, definitivamente precisamos de mais lagartos secos. E ainda temos um par de sucateiros que poderíamos dividir! Talvez assar um camelo. Um deles é um asabarro, não é? Ele iria gostar. Não temos nada para a asamar... talvez a rainha Glacial pudesse mandar peixes, ou um pinguim, ou você acha que ela gostaria de uma morsa?

— Um momento — pediu Glória. Um banquete era tentador. E ela sabia que Lamur morreria de felicidade se oferecessem um camelo assado, mas não ia colocar seus amigos de novo nas garras de uma rainha. — Tem uma questão. Eles não estão dispostos a se arriscar vindo aqui. Eles precisam que a senhora vá encontrá-los.

Fulgor se jogou nos carpetes novamente, chateada.

— Mas e a minha *festa*? — insistiu ela. — E eu *odeio* ir lá fora. É *muito* frio e minhas escamas ficam secas e horrorosas.

— Eles não estão muito longe — explicou Glória. Jambu estremecia de um jeito estranho e que a distraía. Ela o cutucou com a cauda. — E não vai valer a pena se os dragonetes acabarem escolhendo a senhora para ser a próxima rainha asareia?

Fulgor cutucou os dentes com a garra, pensativa.

Jambu cutucou Glória de volta e indicou o canto da sala com os olhos. Glória se esforçou, mas só conseguiu ver areia, paredes de pedra e tapeçaria.

Mas então... a areia se moveu e, por um momento muito breve, um par de olhos piscou, então sumiu novamente.

Mangal está aqui.

— Eu deveria esperar pela rainha Glacial — hesitou Fulgor. — Ela não gostaria que eu saísse sozinha. Estou certa de que ela quer conhecer os dragonetes também.

Glória já não gostava da rainha asagelo. Ela apostaria que Glacial era o tipo de dragoa que amaria prender os cinco dragonetes.

— Na verdade — começou Glória. — Ela nos enviou para dizer que é uma boa ideia. A senhora deveria ir conhecê-los, e pode contar a ela depois. Não há nada a temer com os dragonetes, e além disso, eu e, hum, Pinguim vamos estar aqui para protegê-la.

— Ah — soltou Fulgor. — Isso é reconfortante.

Ela olhou preocupada para Jambu, e ele conseguiu parar de estremecer por um momento.

— Vocês acham que eles vão realmente me escolher? — perguntou Fulgor, esperançosa, virando-se para Glória. — Ai, quem estou tentando enganar? Eu tenho certeza de que vão, depois de me conhecerem! Certo, eu vou sim.

— Ótimo! — explodiu Jambu. — Vamos!

— Mas *agora*? — perguntou Fulgor. — Já?

Glória tampouco estava certa se aquela era uma boa ideia. Seus amigos não estavam esperando que Fulgor aparecesse, e seria difícil se esconder de Mortalha com uma asareia desfilando com eles.

Ainda assim, era isso que eles queriam… uma chance para conhecer a terceira candidata a rainha sem correr o risco de serem presos.

— Isso. Agora — confirmou Glória. Ela olhou para o canto de Mangal, esperando que ele fosse inteligente o suficiente para segui-los até a saída.

Fulgor pegou o espelho e checou suas escamas em diversos ângulos. Enfim, pegou uma das cobertas de pelo de camelo do chão e a jogou ao redor de seus ombros como se fosse uma capa, então dirigiu-se até a porta.

Jambu correu para o canto, pegou um monte de areia, que mostrou-se ser o cotovelo de Mangal, e o puxou para que fosse com eles.

Fulgor começou a virar-se, mas Glória estava ali para distraí-la.

— Me conte sobre essa tapeçaria — pediu, apontando para a que tinha dois asareia voando por um fundo azul. — Eu não lembro de tê-la visto antes.

— Ah, essa foi ideia minha — explicou Fulgor. — É a história trágica e romântica de como meu irmão se apaixonou por uma dragoa que nossa mãe nunca aprovaria, então ele a manteve escondida de nós, mas foi quando ela fugiu e partiu seu coração, embora tenhamos nos perguntado se foi isso mesmo, claro, por que é possível que nossa mãe tenha descoberto e a tenha matado, que é algo que ela faria com certeza…

Fulgor continuou tagarelando sobre a tapeçaria enquanto deslizavam pela antecâmara.

Glória viu os sucateiros de soslaio. O com os olhos de Pratinha dormira e parecia ainda mais patético.

Fulgor estava muitos passos à frente, sem prestar atenção a nada, a não ser ao som de sua própria voz. Glória pegou o sucateiro adormecido e o colocou em suas costas. Ele não cheirava nada bem. Não era surpresa que os asachuva preferissem frutas; bananas nunca cheirariam tão mal assim. Ela o cobriu com as asas, escondendo-o da melhor forma que podia.

Jambu viu o que Glória fazia e pegou o outro sucateiro. Mesmo que estivesse acordado, mal resistiu enquanto Jambu o colocava debaixo de uma asa.

Eles correram atrás de Fulgor, seguindo-a pelos corredores até a porta principal. Passaram por alguns guardas asareia; Fulgor se dirigiu a eles pelos nomes, e os guardas a saudaram, mas ela não disse aonde ia e nenhum pareceu ter suspeitas ou curiosidade. Não prestaram atenção a Glória ou Jambu, ou a seu saque tão mal escondido.

Quase todo asareia pelo qual passavam estava ferido de alguma forma. Fulgor não tinha um arranhão, mas todos os seus soldados mostravam cicatrizes cortando escamas, garras perdidas, caudas machucadas. Glória pensou em Duna, o guardião asareia tão ferido pela guerra que nunca poderia voar novamente. Nunca passara por sua cabeça perguntar a ele por qual lado lutara antes de se juntar aos Garras da Paz.

Um sopro de ar frio os golpeou nos focinhos quando pisaram no lado de fora. Fulgor se enrolou ainda mais com o cobertor. Levantou as garras da neve com delicadeza e choramingou:

— Vocês têm *certeza* de que os dragonetes não querem entrar?

Glória olhou para Jambu. Uma ondulação no ar ao lado dele era tudo que conseguia ver de Mangal, mas estava aliviada de saber que ele estava ali.

— Por aqui, Vossa Majestade — convidou, apontando para o sul.

Fulgor soltou um suspiro, abriu as asas, e saltou no ar.

Rapidamente Glória se virou e arrancou o sucateiro de suas costas. Ela o colocou no chão coberto de neve e o acordou com um grito. Jambu deixou o outro próximo ao primeiro.

— Vão, corram por suas vidas sem-graça — ordenou Glória, cutucando seu sucateiro com o focinho. Ele tropeçou para trás, então segurou o braço do outro e saíram correndo pela neve.

— Você acha que eles vão ficar bem? — perguntou Jambu, quando ele e Glória voaram atrás de Fulgor. — Tá tão frio aqui fora.

— Eu aposto que aquela pelagem serve pra isso — ponderou Glória. — De qualquer forma, eu preferiria morrer congelada a ser comida por um asareia.

— Eca — disse Jambu. — Comedores de carne. Eu não consigo entender.

Alcançaram Fulgor e se dirigiram ao lugar onde seus amigos estavam esperando. Enquanto voavam, Glória observou o chão abaixo deles, buscando por qualquer sinal de Mortalha. O sol estava alto no céu, mesmo que parecesse distante e atrás de um teto de gelo. Os pontos de congelamento brilhavam no solo e então Glória começou a ver manchas de grama marrom e arbustos retorcidos. Um lobo cinza trotava pelas rochas, mas era o único sinal de vida que ela conseguia notar. Onde quer que Mortalha ficasse pela manhã, se escondia muito bem.

Seus amigos também tinham feito um ótimo trabalho; várias pedras grandes tinham sido amontoadas abaixo do penhasco para simularem uma pilha caída de rochas, e Glória quase passou direto. Ela fez um círculo para pousar com Jambu e Fulgor logo atrás dela.

Sol foi a primeira a sair.

— Vocês conseguiram! — gritou. — Vocês acharam... ele... espera. — Ela apertou os olhos para Fulgor. — Ah, Glória? Essa é uma asareia de verdade.

— Eu sei. Não se preocupe, Mangal tá aqui também — disse Glória, batendo a cauda. — Pode aparecer agora.

O asachuva lentamente se materializou com um verde sem-graça, tristonho. Ele abaixou a cabeça e não a encarou nos olhos.

— Eita! — gritou Fulgor, saltando para longe dele. — Como isso aconteceu? De onde ele veio? — Ela olhou ao redor, assustada, como se esperasse que outros dragões de repente surgissem do nada.

— O que a senhora sabe sobre os asachuva, Vossa Majestade? — perguntou Glória. Ela observou com muita atenção a expressão de Fulgor, perguntando-se se a asareia sabia alguma coisa sobre os asachuva desaparecidos, e se ela demonstraria na expressão.

Mas a rainha em potencial estava tão mistificada quanto antes.

— Ouvi falar que são lindos — respondeu ela, jogando a cabeça. — Mas nunca vi um.

— Já viu, sim — corrigiu Glória. Ela abriu as asas e deu-lhes uma cor roxa suave e amigável. No mesmo momento, as escamas de Jambu voltaram a seu tom rosa, só que mais pálido e frio que o habitual.

— Ooooooh — soltou Fulgor, com inveja. Ela se aproximou e pegou uma das asas de Jambu com a pata, inspecionando as escamas como se fosse uma tapeçaria inanimada, ao invés de um dragão. Jambu piscou para Glória, mas não se afastou.

— Uau, eu queria fazer isso — disse Fulgor. — Eu mudaria de cor a cada minuto! — Ela virou a asa de Jambu de modo que ele teve de se contorcer em uma posição esquisita.

Ela não pareceu assustada ou irritada por ter sido enganada com seus disfarces de asagelo. Glória não sabia se admirava sua coragem ou se revirava os olhos para sua falta de cuidado.

— Vocês acham que a camuflagem ainda funcionaria se eu pedisse a alguém para fazer, tipo, um casaco de escamas de asachuva para mim? — perguntou Fulgor. — Isso ia ficar lindo.

Ela olhou para as escamas de Jambu como se pensasse em uma forma de arrancá-las. Mangal finalmente olhou para cima e encarou Glória com uma expressão preocupada.

Naquele momento Lamur, Tsunami e Estelar saíram da pilha de pedras também. Estelar apontou para Fulgor com os olhos arregalados.

— Glória! — gritou. — Essa… essa é… você achou…

— Eu sei — disse Glória. — Galera, essa é Fulgor. Fulgor, esses são… — Ela odiava a frase, mas era como todo mundo os chamava. — Esses são os dragonetes do destino.

CAPÍTULO 16

— UAU, É TÃO, *TÃO* LEGAL CONHECER vocês — disse Fulgor, alegre. — Onde está o asacéu?

Glória conseguiu manter seu rosto e suas escamas sem expressão. *O asacéu tá morto*, ela quis gritar. *Eu sou sua única opção agora. Lide com isso.*

— Glória é nossa quinta dragonete — explicou Lamur. Ele meneou a cabeça para ela.

— Ah — começou Fulgor, observando Glória com uma expressão cética. — Mas... ela é uma asachuva, e a profecia pede um asacéu. Não é?

— Que profecia? — perguntou Jambu. — O que é um dragonete do destino?

— É sério? — perguntou Glória. — Você sabe *alguma coisa* do que tá acontecendo aqui fora?

— É muito complicado explicar — interveio Estelar, batendo a cauda.

— Tem uma guerra rolando — informou Lamur, com paciência. — E uma profecia que diz que cinco dragonetes vão pará-la, e esses somos nós.

— Ah — disse Jambu. — Massa.

— É, muito complicado — Tsunami ironizou a fala de Estelar. O dragonete preto fez uma careta.

— É um pouco mais específico que isso — apontou Fulgor. — Ela também diz que duas das irmãs asareia vão morrer. Com sorte, não sou eu! E também diz que os cinco dragonetes são um asabarro, um asamar, um asanoite, um asareia e um asacéu.

— Nós temos uma asachuva — disse Tsunami. — E pra gente tá tudo bem.

— E também tem eu — acrescentou Sol, de repente. — Eu sou a asareia, mesmo sendo meio esquisita.

Fulgor desceu os olhos para Sol.

— Minha nossa. Você é esquisita! O que aconteceu com sua cauda? E por que suas escamas têm a cor errada?

— Não sei — respondeu Sol, abrindo as asas. — Mas ainda assim eu sou a asareia da profecia.

— Tem certeza? — perguntou Fulgor, dando a volta ao redor de Sol, inspecionando-a. — Uau. Você não é nada do que eu esperava. Pra começar, você é muito pequena. E eu achava que você fosse, não sei, mais bonita. — Ela parou em Glória. — Expliquem a asachuva de novo? E também os outros dois. Por que eles estão aqui?

— Volte pra casa — Glória comandou a Jambu. Ela olhou para Mangal, que tremia e apertava as asas ao redor do corpo. — Leve Mangal. Vocês dois vão congelar se ficarem aqui por mais tempo.

— Me perdoe — começou Mangal para ela. — Eu achei…

— Eu sei. Vamos encontrá-la, mas não aqui. — Glória apontou para o sul. — Vão, vocês dois. A gente se encontra logo.

Jambu não discutiu. Ele também tremia das asas às patas, e parecia muito feliz de ter uma desculpa para se afastar de Fulgor.

— Aonde eles estão indo? — perguntou Fulgor, quando os dois asachuva alçaram voo. — A floresta tropical não é meio longe daqui?

— Sabe, na verdade, nós temos umas perguntas para a *senhora* — interrompeu Estelar. — Por exemplo, pode nos dizer por que a senhora deveria ser rainha e não suas irmãs?

— Porque eu sou mais bonita, mais legal e mais amigável que elas? — listou Fulgor. — Obviamente? — Ela sorriu e deu uma volta, segurando o cobertor para que balançasse tal qual uma bandeira. — Vocês não as conheceram? Elas não são terríveis?

— São — concordou Lamur, pesaroso.

— Bom… — começou Estelar, então viu a expressão de Tsunami. — Eu acho que sim.

— Mas você sobreviveria a um desafio? — perguntou Tsunami. — Se virasse rainha, quanto tempo duraria antes que alguém tentasse pegar o trono?

— Ai — gemeu Fulgor. — Isso é meio grosseiro, não é? Eu sou uma dragoa muito mais velha que você. Já estive em batalhas. Mais ou menos. — Ela bateu a cauda venenosa para a frente e para trás. — E eu tenho esse brinquedinho mortal.

— Assim como todos os asareia — disparou Tsunami, nada impressionada.

— Ei, como se cura uma ferida de cauda de asareia? — perguntou Sol. — Assim, no caso de um acidente. — Ela fez um ótimo trabalho fingindo curiosidade, mas Glória sabia que ela falava de Cascata.

— Tem esse suco de cacto que cura nosso veneno — disse Fulgor, balançando a pata de maneira displicente. — Você encontra por todo o deserto.

Mais uma vez, pensou Glória, *ela não suspeita de nada. E nem se importa em manter os segredos dos asareia, ao que parece.*

— Enfim — insistiu Fulgor com Tsunami. — Eu tenho a rainha Glacial para me ajudar se alguma coisa der errado.

Tsunami bufou.

— Glacial não pode lutar por você em um desafio ao trono — destacou Estelar.

— Não? — indagou Fulgor, como se fosse uma novidade. — Hum. Bom, ainda assim ela pode descer e matar quem me desafiar. Ela não se importaria.

— Mas isso não seria justo! — exclamou Sol. — Isso quebraria todas as regras dos desafios! Não é, Estelar?

Ele concordou, mas Fulgor já falava por cima deles.

— E quem liga? — desdenhou ela. — Nem se preocupem. Eu serei uma rainha tão boa que ninguém vai *querer* me desafiar. Aí, um ótimo plano. Então, como essa profecia funciona? Vocês vão matar minhas irmãs? Isso deixaria minha vida muito mais fácil.

Glória bateu a cauda. Não pensara nisso. Matar Flama e Fervor — sem dúvida era uma forma de cumprir a profecia. *Se* conseguissem, o que parecia improvável, considerando os exércitos de dragões que vinham tentando matá-las por dezoito anos.

Sol pareceu surpresa também.

— Não somos mercenários — corrigiu ela. — Estávamos pensando que iríamos contar pra todo mundo quem escolhemos e que eles nos ouviriam e parariam de brigar.

— Oh — disse Fulgor. — Isso é... fofo. O que é o "poder das asas de fogo"? Como eu consigo isso?

Todas eram perguntas que Glória tivera sobre a profecia durante a vida inteira, e ainda assim ela se irritava ao ouvi-las vindas de Fulgor. Como se os dragonetes tivessem todas as respostas!

Ao mesmo tempo, ela se perguntou por que Fervor — a irmã mais inteligente — não havia questionado aquelas mesmas coisas. Talvez já tivesse as respostas... ou talvez quisesse que pensassem assim.

— Estamos trabalhando nisso — respondeu Lamur.

— Não é como se tivéssemos escolhido — acrescentou Glória. — Nós meio que fomos jogados nesse negócio de "destino".

— *Você* não — interrompeu Fulgor, sua voz leve e intrigada. — Não tem nenhum asachuva na profecia. Por que você só não vai para casa?

No silêncio incômodo que se seguiu, Glória imaginou que todos os outros dragões estavam pensando a mesma coisa. *Por que* ela só não ia para casa, onde poderia sentar-se em segurança na floresta tropical, ficar longe da guerra e dormir o dia inteiro?

Talvez eu devesse, ela pensou. *Quer dizer, isso vale a pena? Lutar por uma dessas três asareia horríveis? Não seria mais fácil desistir e aceitar que eu fui feita pra ser uma asachuva preguiçosa?*

Foi quase um alívio ser distraída por um asanoite assassino pousando no topo da pilha de pedras ao lado deles.

Os outros viraram-se para encará-lo, chicoteando as caudas. Fulgor apertou os olhos, intrigada.

— Ah, olá. Ele está na profecia? — perguntou ela. — Ele é bonito. Mais bonito que esse aí. — Ela balançou a pata na direção de um Estelar ofendido.

— Olá, pessoal — começou Mortalha. — Que coincidência. Passei a manhã toda falando de vocês. — Ele virou-se para Glória e encarou suas escamas roxas. — Dragoa misteriosa! Hmmm. Tem alguma coisa diferente em você. Você fez as pontas das garras?

— Engraçadinho — retrucou ela, mostrando os dentes.

— Você podia ter me dito que era uma das dragonetes — ironizou Mortalha. — Eu teria pedido um autógrafo. Agora vejo que é uma asa-chuva, então... Glória, né?

Aquilo foi estranho, ele saber seu nome. Mesmo gostando de ouvi-lo dizer, mas aquilo confirmava sua teoria sobre ele; se não, por que se importaria em aprendê-lo?

— Isso. Aquela que mandaram você matar — retrucou Glória. — Eu acho que se eu tivesse dito, teríamos começado com a pata esquerda.

— Eu não estou aqui necessariamente pra te matar — discordou Mortalha. — E, mesmo que estivesse... essa parece ser uma oportunidade muito melhor de matar *ela*.

De repente ele abriu suas patas dianteiras, revelando um par de discos afiados. Suas bordas brilharam como facas quando os jogou, um após o outro, contra Fulgor.

A asareia gritou e caiu para trás, derrubando o cobertor, mas não se moveu rápido o suficiente. Um disco se prendeu em seu pescoço longo, arrancando um jorro de sangue vermelho que manchou Sol, parada ao seu lado.

O segundo disco cortou a borda de uma das asas de Tsunami quando ela se jogou na frente de Fulgor. Ele ricocheteou em uma das pedras com um som agudo. Tsunami caiu, segurando a asa ferida.

Sol gritou, olhou para suas escamas ensanguentadas e gritou de novo.

Lamur saltou para a frente e colocou as duas patas no corte no pescoço de Fulgor.

— Me dê o cobertor! — gritou para Estelar. O asanoite devolveu o olhar congelado pelo pavor.

Glória agarrou o cobertor e o jogou para Lamur, que enrolou o pescoço de Fulgor.

Mas então Mortalha estava ali, pousando nas costas de Fulgor e jogando Lamur para o lado como se o asabarro não pesasse mais que uma salamandra. Mais dois discos apareceram nas garras de Mortalha.

Glória se jogou contra o assassino e o derrubou para longe de Fulgor. Eles rolaram no chão congelado, suas asas pretas se enroscando nas dela. Ele era muito forte e assustadoramente rápido. Uma bolsa preta ao redor de seu pescoço atingiu o peito dela; Glória supôs que as armas dele estivessem lá dentro. Ela a agarrou entre as garras assim que ele a prendeu no chão, suas patas contra as asas dele.

— Matar Fulgor era sua missão? — perguntou ela.

— Não, mas eu gosto de pensar fora da caixinha — respondeu ele. — E, se eu matá-la, imagino que não vou ter problemas por não matar você...

— Você pode *tentar* me matar — rosnou ela. — Mas eu duvido que vá ser tão fácil quanto você pensa.

Ela rasgou a bolsa e pegou um dos discos prateados quando caíram em sua pata. Alguns se espalharam pelo chão ao seu redor, mas um era mais que o suficiente. Ela o pressionou contra o pescoço de Mortalha antes que ele pudesse fugir.

— Você errou a artéria no pescoço de Fulgor — zombou ela. — E se eu me lembro da anatomia dracônica corretamente, é bem aqui. — Ela pôs um pouco mais de pressão e Mortalha se encolheu quando o disco deixou um fiapo de sangue escorrer em suas escamas. Ele tirou as patas de seus ombros e cuidadosamente recuou.

Glória levantou-se, mantendo a arma no pescoço dele, e olhou por cima do ombro de Mortalha. Lamur tinha prendido o cobertor no pescoço de Fulgor, mas o sangue já penetrava pelo tecido de camelo. A rainha asareia se encostava nele, parecendo fraca. Tsunami já estava de pé e examinava o corte em sua asa com uma careta. Estelar não se mexera; Sol ainda encarava o sangue em suas patas e asas.

— Eu cheguei a comentar que na verdade não quero matar você, não é? — perguntou Mortalha, olhos fixos em Glória e no disco que ela segurava com uma expressão levemente divertida. — Tenho quase certeza que deixei escapar.

— Ah, claro — disse Glória. — Eu vou só confiar em você, então, que tal?

— Se você me deixar matá-la, podem ir embora — prometeu ele.
— Isso deve dar uma vantagem pra vocês antes de eu mandar alguém, já que ninguém sabe aonde vão.

— "Vocês"? — perguntou Glória. — Você tá aqui pra matar todos nós?

— Não — respondeu ele, ainda sorrindo. — Só alguns.

— Ah, sim, isso faz eu me sentir melhor. Tira essa cara de satisfeito. — Ela cutucou sua garganta e ele tentou, mas não conseguiu, parecer sério.

— Quais *alguns*? — perguntou Sol.

— Quem são eles? — perguntou Tsunami na mesma hora. — Quem mandou você?

— Os asanoite — interveio Estelar com tristeza. — É isso, não é? Pelo que aconteceu no Reino dos Mares. Porque não escolhemos Fervor.

— Os *asanoite* queriam que escolhêssemos Fervor? — indagou Glória enquanto Tsunami voltou-se para encarar Estelar. — E por que eles *se importam* com isso?

— Não sei — disse Estelar. — Foi só o que Porvir me falou. Que tínhamos que escolher Fervor, e eu deveria convencê-los a concordar.

— Que grosseria! — interrompeu Fulgor, abrindo os olhos e parecendo mais viva. — Por que os asanoite querem decidir? Eles nunca nem me conheceram! Eu sou ótima!

— Ah, então *por isso* você estava agindo todo esquisitão perto de Fervor — disse Lamur para Estelar.

Mortalha de repente jogou-se para a frente, mais rápido que uma cobra dando bote, e agarrou as patas dianteiras de Glória. Ela acertou sua cabeça o mais forte que conseguiu com as asas e chutou seu ventre.

— Ai! Para! — choramingou. — Até parece que você *quer* que eu te mate!

Foi só então que o som de bater de asas os alcançou. Glória e Mortalha congelaram e olharam para cima.

— Rainha Glacial. — Fulgor deu um suspiro aliviado. — Eu sabia que ela viria me salvar.

O brilho de asas diamantinas aproximando-se pelo norte era inconfundível. Os asagelo estavam chegando.

CAPÍTULO 17

Entre a rainha asagelo e o asanoite assassino, Glória não tinha certeza de que preferia a rainha asagelo. A prisão no Reino dos Céus e no Palácio de Verão da rainha Coral já tinha sido o suficiente — se terminassem nas masmorras de Glacial, provavelmente morreriam congelados no fim do dia.

— Me deixe ir embora *agora* — disse para Mortalha.

Para sua surpresa, ele deixou. O asanoite deu um passo para trás, suas patas levantadas, e ainda ousou sorrir para ela.

— Hora de ir — ordenou Tsunami. — Eles devem chegar em dois minutos.

— Ah, não, esperem — disse Fulgor. Ela abriu as asas e acenou para os dragões de gelo que chegavam. — Vocês têm que conhecer Glacial. Vocês vão adorá-la.

— Não podemos deixar Fulgor aqui com ele — destacou Lamur, apontando para Mortalha.

— É verdade — concordou Glória. Ela semicerrou os olhos para o assassino. — Você tem dez segundos pra ir embora, ou a gente vai te desacordar e te deixar pra lidar com os asagelo.

— Não devíamos fazer isso mesmo? — perguntou Fulgor. — Assim, ele *realmente* tentou me matar. A rainha Glacial vai ficar *tão* chateada. Teve essa vez que um asacéu voou até aqui e quase me pegou quando eu estava no meu banho de sol, e Glacial literalmente arrancou as asas dele antes de matá-lo. Foi bastante nojento, mas também muito fofo, sabe, ela realmente se importa comigo.

Ou então ela se importa com toda a terra que vai ganhar se você virar rainha, pensou Glória.

Sol pareceu muito enjoada.

— Adivinhem o que eu não quero ver — começou ela. — Um dragão arrancando as asas de outro. Nunquinha, obrigada.

— Certo, estou convencido — assentiu Mortalha, afastando-se. — Mas vocês realmente deveriam me deixar matá-la. — Ele parou com as asas abertas e deu um sorriso atrevido para Glória. — Então, quando posso te ver de novo?

— Vaza daqui — comandou Glória, feliz que Jambu não estava ali para interpretar as cores que tentaram aparecer com aquela boca enorme.

Mortalha se lançou no céu. Fulgor o seguiu com os olhos por um momento, então perdeu o interesse. Virou-se para Lamur e Tsunami com um sorriso vitorioso.

— Por favor, não vão — pediu Fulgor. — A rainha Glacial vai ficar muito agradecida por vocês terem salvado a minha vida. Agora podemos ter aquela festa que eu comentei!

— Foi mal — desculpou-se Tsunami. — Não vamos ficar pra sermos presos de novo.

— A gente, hm... Vai avisando, qualquer coisa — disse Lamur. — Continue fazendo pressão nisso até um curandeiro dar uma olhada.

Fulgor se esforçou para levantar e cumprimentá-los com a cabeça.

— Foi encantador conhecê-los — começou ela. — Mesmo que estejam sem nenhum asacéu. E que alguns tenham a cara engraçada. Prometo que vou ficar satisfeita se me escolherem. — Ela apontou para o deserto com uma asa fraca. — Eu posso oferecer qualquer terra que quiserem. Cada um pode ter terra suficiente para um palácio próprio!

— Pare de dar seu território — reclamou Glória. — Eu sei que o Reino de Areia é grande, mas a vida no deserto é difícil, e seus súditos precisam de cada oásis. E se você se tornar rainha, você precisa reconstruir sua tesouraria de algum jeito, então lembre-se disso também.

— Conselhos reais vindos de uma asachuva. — Fulgor riu como se a ferida no pescoço estivesse deixando-a biruta. — Agora escutei de tudo.

Glória fez uma careta para ela, mas a asareia não percebeu.

— Vamos — Lamur chamou Sol, carinhosamente, fazendo-a se levantar.

Sol levantou as patas ensanguentadas, e Estelar prontamente saltou para segurá-las entre as suas.

— Você vai se sentir melhor quando chegarmos no deserto — prometeu ele.

— Não deixe eles seguirem a gente — pediu Tsunami para Fulgor quando os outros levantaram voo.

— Eles estarão muito ocupados me resgatando — respondeu, deitando-se em uma pose graciosa e melodramática.

Glória e Tsunami trocaram olhos revirados e saltaram no ar. Os asagelo estavam quase acima deles; tiveram de voar o mais rápido que puderam.

Tsunami vacilou por um momento enquanto subia.

— Tá doendo? — perguntou Glória, voando perto dela. — Vai dar pra chegar na passagem?

— Vou ficar ótima — respondeu Tsunami com dentes fechados. — É só um cortezinho. — Depois de um momento, acrescentou: — Mas sim, tá doendo.

Glória ficou ao lado dela enquanto enfrentavam o céu frio e pálido. Olhou para trás diversas vezes, mas não viu nenhum asagelo perseguindo-os. Nenhum sinal de um asanoite por perto.

— Glória — chamou Tsunami, depois de um momento. — Posso te perguntar um negócio? Por que você não usou seu veneno naquele assassino?

Glória sentiu uma pitada de rosa tímido se arrastando por suas escamas e lutou contra suas cores até que estivesse combinando com o céu.

— Isso não foi um convite pra você desaparecer — insistiu Tsunami.

— Eu só não senti vontade de matá-lo — respondeu Glória. — Não quero matar ninguém que eu não precise.

— Mas ele literalmente está numa missão pra matar *você* — enfatizou Tsunami. — Matar ele primeiro é meio que a definição de autodefesa.

— Talvez — retrucou Glória. — Eu só... não pareceu que ele estava tentando me matar.

Tsunami balançou a cabeça.

— Tá bom, mas só pra você saber, de onde eu estava, pareceu *muito* que ele estava.

— Tanto faz — desdenhou Glória. — A gente provavelmente nunca mais vai vê-lo. A pergunta real é por que os asanoite estão se envolvendo tanto. Primeiro tentam nos fazer escolher Fervor. Aí mandam um assassino pra nos matar? Eles não querem que a gente cumpra a profecia?

— Talvez, como todo mundo, eles só querem que ela seja cumprida do jeito *deles* — resmungou Tsunami.

— E qual é o jeito deles? — Glória se perguntou. — Que diferença faz pra eles quem vira a rainha dos asareia?

— Não faço a menor ideia — admitiu Tsunami.

— Bom, se eles têm alguma coisa a dizer sobre essa guerra — começou Glória. — Eles que venham e lutem nela ao invés de se esconderem e fazerem previsões por anos.

— E mandarem assassinos — acrescentou Tsunami. — Covardes.

Não era tão comum Tsunami e Glória concordarem sobre alguma coisa. Glória não se lembrava da última vez que tiveram uma conversa tão longa sem brigar. Não é que ela desgostasse de Tsunami — nem se importava com o jeito mandão dela, mas sentia que *alguém* tinha que responder sempre que Tsunami agia como se fosse a chefa de todo mundo, só para garantir que seu ego não ficasse maior do que o resto do corpo.

Por outro lado, Tsunami tinha melhorado bastante desde que haviam escapado do Reino dos Mares. Glória podia ver que ela tentava incluir mais os outros, ao invés de só dizer o que todo mundo deveria fazer. E Tsunami nunca mais falou sobre seu futuro como rainha, sendo que este costumava ser seu tópico favorito das conversas. Talvez realmente acreditasse quando falara que não pertencia ao Reino dos Mares. Talvez realmente tivesse desistido de liderar sua nação um dia.

Já era noite quando viram a fortaleza de Flama no horizonte e o semicírculo de cactos pelo qual buscavam. Glória e Tsunami desceram para o chão e encontraram Estelar cavando desesperadamente a areia.

— O buraco sumiu! — choramingou. — Desapareceu!

Uma carga de pânico verde atingiu as escamas de Glória. Presos entre os asagelo e Flama, com um assassino caçando-os, não era como planejaram sua noite.

— Não sumiu — declarou Lamur, confiante. — Deixa eu cavar.

Ele empurrou Estelar para o lado, olhou para os cactos, e começou a cavar em um ponto diferente.

— O que você tá fazendo? — perguntou Tsunami para Sol, que parecia dançar com um cacto na colina.

— Vocês ouviram o que Fulgor disse. — Sol ofegou. — Se levarmos isso de volta, talvez a gente consiga curar Cascata. Ai! — Ela se afastou dos espinhos, balançando as patas dianteiras.

— A gente não precisa do cacto inteiro — ressaltou Tsunami, entretida. — Quebre um desses braços e traga.

— É o que eu tô *tentando* fazer — explicou Sol, chateada.

Tsunami subiu a colina arenosa para ajudá-la. Glória percebeu que Sol usara areia para limpar um pouco das manchas de sangue, mas ainda havia um vermelho seco preso entre suas escamas e garras.

— Aqui — anunciou Lamur. — Achei. — Ele varreu mais areia pra longe da entrada do túnel.

Estelar soltou o ar.

— Ah — exclamou ele. — Deve ser por isso que ninguém encontrou antes. O vento cobre com novas camadas de areia todos os dias. — Ele se aproximou do túnel. — Então… podemos ir?

Glória observou o céu mais uma vez enquanto Sol e Tsunami se aproximavam novamente com um pedaço do cacto. Não havia nenhum dragão onde podia ver. Ela acenou para o túnel e Estelar correu para dentro, agradecido. Os outros seguiram, um por um. Glória entrou por último, juntando o máximo de areia que podia atrás de si.

Ao sair do túnel para dentro da floresta, uma bola de pelo explodiu na árvore acima dela e pousou em seu pescoço. A preguiça enroscou os braços e pernas ao redor de Glória e começou a balbuciar furiosamente.

— Eu acho que tão brigando comigo — comentou Glória para Lamur. Ela se esticou e fez um cafuné no pelo de Pratinha.

— ERRRRB — disse Pratinha, chateada, aconchegando se ainda mais perto.

Sol mergulhou na água acima da cachoeira, lavando de suas escamas o sangue de Fulgor. Glória percebeu que Jambu tinha sumido, mas Mangal ainda estava sentado ao lado da lagoa. Suas asas estavam caídas enquanto ele observava a água.

— Imagino que você não tenha visto nenhum sinal dos asachuva perdidos lá — perguntou Glória para ele.

Ele balançou a cabeça.

— Nada em nenhum lugar daquele forte. Eu invadi quando uma patrulha de asareia saiu. Procurei por todo o lugar. — Ele chutou um aglomerado de juncos. — Maldita perda de tempo.

— Talvez — disse Glória. — Mas pelo menos agora a gente sabe.

— Como vamos achar Orquídea? — perguntou ele.

Glória encarou o buraco na pedra. No escuro, com apenas uma nesga de luz da lua passando por entre as árvores, parecia uma boca, com mandíbulas abertas para engolir dragões inteiros.

— Ouvimos uma coisa aqui algumas noites atrás — contou ela. — Talvez, se esperar, a gente consiga pegar novamente. — Virou-se e encarou Tsunami. — Tudo que a gente precisa é de alguém que enxergue no escuro.

CAPÍTULO 18

Glória se mexeu em seu galho e suspirou. A noite prendia em suas asas como teias quentes e grudentas. Uma vinha de flores cor de lua preenchia o ar com um cheiro de rato-almiscarado rolando em limões. Não era gostoso.

— Você não precisava ficar — sussurrou Tsunami.

— Precisava sim — retrucou Glória. — Eu te conheço. Não importa o que você veja, você vai pular dessa árvore e atacar se estiver sozinha.

— Eu... — Tsunami parou. — Bom. Talvez eu faça isso mesmo.

— Então pelo menos eu vou estar aqui pra ajudar — disse Glória, sorrindo no escuro.

Elas ficaram assim por um tempo, ouvindo os rangidos e resmungos da floresta tropical à noite. Algum tipo de inseto estava anunciando em desespero o fim do mundo, com um gemido estridente no topo da árvore delas. Se Glória fosse capaz de vê-lo, o teria comido sem pensar duas vezes, só para calá-lo.

Passaram o resto da noite anterior e daquele dia no vilarejo asachuva, recuperando-se do voo longo. Sol aplicara o suco de cacto nas feridas de Cascata e reportara, alegre, que achava estar funcionando.

Os outros permaneceram por lá pela noite; Glória pensou que seria improvável pegarem o monstro misterioso na primeira noite de guarda, e eles pareciam bem cansados. Também fizera Mangal prometer não os seguir mais, e deixara Pratinha com Sol, porque a única coisa que sabiam com certeza era que o monstro comia preguiças.

— O que você achou de Fulgor? — perguntou Tsunami com um sussurro. — Deveríamos escolhê-la?

— Não sei — Glória sussurrou de volta. — Eu não gostei muito dela, na verdade. E você?

— Ela deveria ter calado a boca sobre os asacéu — opinou Tsunami. Glória não podia concordar mais, mas ficou feliz por ter sido Tsunami a dizer.

— Ela é bem menos assustadora que Flama ou Fervor — ponderou Glória. — Mas muito incompetente. Seria justo dar aos asareia uma rainha totalmente inútil como aquela? E com certeza ela não ganharia a guerra só porque dissemos que deveria.

— Verdade — concordou Tsunami. — Ela nunca sobreviveria em um combate real, principalmente contra as irmãs.

— De qualquer forma — continuou Glória. — Não sou eu quem decido. Façam o que quiserem. No caso, já que eu não tô na profecia, eu não tenho opinião.

— Para de falar assim ou eu vou te dar um *murro* — ameaçou Tsunami com um sibilar alto. Glória pôde sentir seu olhar penetrante mesmo no escuro, e ela se sentiu satisfeita de uma maneira sombria.

— Shhh — disse Glória, batendo sua cauda nas asas de Tsunami. — O que foi isso?

Quebra.

As duas dragoas congelaram com a cabeça levantada. As orelhas de Glória estremeceram.

Quebra. Desliiiiiiiiiiiiza.

— É isso — sussurrou Glória.

Seu coração martelava novamente. Tentou apertar os olhos através da escuridão na pedra, mas não conseguia ver nada se mexendo. Os sons de algo imenso farfalharam pela vegetação rasteira. Respirava pesado, fungando para dentro e para fora como um rinoceronte congestionado.

— Isso não saiu do buraco — sussurrou Tsunami. — Tá do outro lado do riacho, perto da outra árvore, mas eu não consigo… eu não tenho certeza… — Ela se inclinou para a frente, tentando ver por debaixo dos galhos.

De repente outro som as alcançou, como se de muito longe.

Parecia um… *assovio.*

Glória se inclinou para a frente, ouvindo com atenção. Era a música dos dragonetes — a que ouvira da última vez quando os prisioneiros cantaram na arena asacéu.

"Os dragonetes estão vindo...
Estão vindo para nos salvar...
Estão vindo para lutar... pois sabem que vão ganhar...
Os dragonetes..."

Alguém assobiava a música deles.

— *Isso* tá vindo do buraco — sussurrou Tsunami. Ela se agachou para observar através das folhas.

Uma forma escura apareceu na abertura da pedra. No mesmo momento, as dragoas ouviram pisadas e estalidos enquanto a criatura misteriosa fugiu de volta para a floresta.

Glória xingou baixinho e levantou-se.

— A gente vai atrás daquilo?

Mas Tsunami já tinha se jogado da árvore e disparado para a pedra. Ela colidiu com a figura ali e os dois gritaram de dor, rolando e segurando-se no chão.

Glória correu atrás dela e agarrou a cauda do novo dragão. Os três lutaram até Glória e Tsunami segurarem-no contra o chão e Glória sentar-se em seu peito.

Ela não estava de todo surpresa ao descobrir que se tratava de Mortalha. O asanoite tinha areia entre suas garras e uma expressão nada arrependida em seu rosto, pelo que ela podia notar pelas gotas de luz da lua que conseguiam atravessar as folhas acima.

— Que tipo de assassino caça sua presa e *assobia* ao mesmo tempo? — perguntou Glória.

— A gente deveria matar ele agora — sibilou Tsunami.

— Você assustou nosso monstro — acusou Glória, cutucando o focinho dele. — Agora estamos *muito* chateadas com você.

— É, isso e o fato dele estar tentando nos matar — acrescentou Tsunami.

— Que monstro? — indagou Mortalha, um pouco inocente demais. Glória o encarou, suspeitando cada vez mais. Ele sabia de alguma coisa?

— Você nos seguiu pelo túnel? — perguntou ela. — Ou já sabia dele?

— Como eu saberia desse túnel? — perguntou ele.

— É isso que eu adoraria saber — respondeu ela.

— Vamos levá-lo pro vilarejo pra interrogá-lo — disse Tsunami.

— Eu acho que não é seguro — emendou Glória. — Digo, pros asachuva. Ou pros outros. Vamos mantê-lo o mais longe possível dos outros.

Tsunami franziu o focinho, pensativa.

— Ou voltamos ao plano A — insistiu. — Matá-lo agora.

— Tsunami, eu acho que você não quer fazer isso tanto quanto eu — declarou Glória.

Isso a fez calar-se. Glória percebeu Tsunami ficando mais incomodada quanto a matar outros dragões depois de suas experiências na arena asacéu. Autodefesa era uma coisa, mas Mortalha estava debaixo de suas patas.

— Tá bom — concordou Tsunami, finalmente, depois de uma longa pausa. — Você tá certa. Eu não quero, mas eu achava que *ele* fosse acreditar que nós queríamos, então bom trabalho me ajudando.

— Desculpa por não ter conseguido ler sua mente que nem um asanoite idiota — ironizou Glória. — Falando nisso, você é um asanoite do tipo que lê mentes? — Ela apertou os olhos para ele. — O que eu tô pensando?

— Que sou charmoso, esperto e bonitão demais pra morrer? — Adivinhou ele.

Aquilo na verdade era mais perto do correto do que Glória gostaria. Ela eriçou o colarinho e cutucou seu focinho mais uma vez.

— Errado — retrucou ela. — Estou pensando que você tá começando a ser um problema grande demais. Decidiu me matar, então?

O sorriso devasso sumiu do rosto de Mortalha. Ele a observou como se estivesse pensando seriamente na questão.

— Não estou gostando dessa demora — declarou Glória.

— Eu estava pensando se tem alguma alternativa — disse Mortalha. — Mas não sou eu quem decide.

— Quem é? — exigiu Tsunami. — A rainha asanoite?

Mortalha fez uma expressão peculiar que Glória não soube interpretar.

— Não posso dizer.

— Eu não consigo entender por que um asanoite iria me querer morta — afirmou Glória.

— Isso se tornou ainda mais misterioso para mim também — confessou Mortalha, de um jeito que soou tanto galante quanto verdadeiro.

— Então você está confuso — cortou Glória. — Mas provavelmente vai continuar fazendo.

— Eu não diria *provavelmente* — corrigiu Mortalha. — Eu diria *talvez*.

— Eu não chamaria isso de *reconfortante* — devolveu Glória. — Eu chamaria de *o oposto de reconfortante*.

Ele sorriu para ela outra vez. Ela gostaria que ele parasse com aquilo. Distraía muito.

— Então o que a gente faz com isso? — perguntou Tsunami. — Não podemos deixá-lo ir. E não podemos levá-lo para o vilarejo asachuva.

— Podíamos amarrá-lo, deixá-lo na floresta e esperar que o monstro coma ele — sugeriu Glória. Ela semicerrou os olhos para a expressão de Mortalha. Ele não parecia nem um pouco preocupado. — Já falamos sobre o monstro? — perguntou. — Ele tá sequestrando ou comendo os asachuva por aqui. Eu aposto que ele ficaria muito feliz de te encontrar amarrado.

— Ah, não — lamentou Mortalha. — Por favor não me deixe sozinho onde um monstro pode me pegar.

Glória abriu e fechou a boca. Tinha acabado de ter uma ideia possivelmente brilhante e perfeitamente terrível. Uma que teria de pensar por pelo menos um minuto. Ela cutucou o focinho de Mortalha mais uma vez.

— Isso foi *sarcástico*? — perguntou ela. — Tsunami, isso pareceu sarcasmo pra você?

— Como se ele não acreditasse em monstros — disse Tsunami. — O que eu também não sei se acredito, só a título de informação.

Ou então ele está ajudando, pensou Glória. *Ou ao menos ele sabe o que é e não tem medo*. Ela decidiu não falar em voz alta. O entusiasmo de Tsunami com interrogatórios talvez surgisse novamente, e Glória tinha quase certeza de que seria uma perda de tempo. Não iriam tirar nada de Mortalha com olhadas cortantes e perguntas grosseiras.

Além disso, já que um plano se formava em sua cabeça, ela estava disposta a tentar. O que queria dizer que precisava se livrar de Tsunami.

— Vamos arrastá-lo para longe do túnel e amarrá-lo — propôs ela. — Então você chama os outros, aí podemos vigiá-lo por turnos até ele decidir nos contar quem quer nos matar e por quê.

— E quais de nós — sugeriu Tsunami. — Ele disse que mandaram ele matar alguns de nós, não só você.

— E também, você sabe, como evitar isso — acrescentou Glória.

— Vocês vão ter que esperar um pouquinho — disse Mortalha. — Não tenho permissão pra contar nada.

Tsunami e Glória ignoraram. Arrancaram cipós das árvores e amarraram os mais fortes ao redor de suas asas. Tsunami prendeu suas patas para que não pudesse correr, deslizou uma corda ao redor de seu pescoço e o empurrou à frente delas para dentro da floresta. Depois de uma caminhada curta, encontraram uma árvore que Tsunami aprovou e amarraram-no com os nós mais fortes que conseguiram.

— Ele vai queimar esses cipós na hora que formos embora — apontou Tsunami.

— Então não vamos embora — declarou Glória. — Vá dizer aos outros. Vou ficar aqui com minha arma secreta e extremamente mortal apontada para ele.

— E o que seria isso? — perguntou Mortalha. — Espere, deixa eu adivinhar. Sua argúcia afiada?

— Tente escapar e descubra do jeito difícil — ameaçou Glória.

Ele encostou na árvore, perfeitamente confortável e muito desinteressado em escapar. *Que dragão mais peculiar*, pensou.

— Manda Lamur primeiro — sugeriu Glória para Tsunami. — Ele pode ficar no próximo turno.

— Eu espero que você saiba como está sendo mandona — disse Tsunami. — Eu vou deixar passar dessa vez, mas vou lembrar disso.

— Ah, sai daqui. — Glória bateu as asas até a asamar alçar voo na escuridão.

Ao que as batidas de asa iam sumindo, os sons da floresta ressurgiam. Uma orquestra de insetos gorjeava e chilreava enquanto as árvores farfalhavam, pássaros noturnos chamavam e sapos murmuravam ao fundo como uma audiência descontente.

— É tão barulhento aqui — comentou Mortalha depois de um momento. — Tão vivo.

— Não é como o lugar de onde você veio? — perguntou Glória.

— É muito mais silencioso no Reino de Gelo — apontou ele. — E no Reino de Areia. — Ele não falou nada sobre o lar dos asanoite, mas ela não esperava que falasse.

Ela observou as árvores, pensando bastante. Assim que Lamur chegasse pra tomar seu lugar, ela poderia escapar. Ninguém notaria se sumisse por um tempo. Poderia sair e procurar o monstro por conta própria, o que era a melhor maneira de fazer qualquer coisa, se quisessem saber.

— Não faz isso — disse Mortalha, de repente.

— Melhor você não ler minha mente — reclamou.

— Eu nem preciso — retrucou ele. — Você tá com a cara de "vou fazer alguma coisa idiota".

— Não é idiota — corrigiu ela. — É bem inteligente. E pode ser o único jeito de pegar o monstro.

— Talvez você devesse largar esse monstro — sugeriu ele. — Esqueça isso. Volte pro negócio de cumprir profecias.

Aquilo a parou por um momento. A profecia — acabar com a guerra — era importante. Encontrar alguns asachuva não chegava nem perto, mas ela prometera.

— Eu nem tô nessa profecia ridícula — respondeu.

— Eu sei — disse ele. — Mas aposto que você seria fabulosa fazendo-a se tornar realidade.

— Isso não faz o menor sentido. E os asachuva são meu povo. Eles precisam da minha ajuda. — Ela sentiu uma explosão de certeza tomar seu peito. — E eu preciso fazer isso sozinha.

— Espere — recomeçou Mortalha, com tons gratificantes de preocupação na voz. — Por quê? Você tem amigos. Deixe-os ajudar.

Glória balançou a cabeça.

— Eles não podem ajudar com isso. O monstro, ou o que quer que esteja por aí, não vai se aproximar de um grupo de dragonetes. Ele só ataca os asachuva que estão sozinhos na floresta.

— Então você...

Glória sorriu para Mortalha.

— Eu vou me usar de isca.

CAPÍTULO 19

— Fique de olho nele — reclamou Glória para Lamur. — Não deixe ele falar.

— Mmmmmmmf — reclamou Mortalha por entre os cipós que Glória amarrara ao redor de seu focinho.

Ela não o queria fofocando com Lamur antes que pudesse ir para a floresta. Além disso, se cansara dele tagarelando a noite toda tentando fazê-la desistir do plano. Desse jeito ela conseguira assistir o nascer do sol em paz e silêncio, pouco depois de Lamur aparecer.

— Fique de boa — tranquilizou Lamur. — Vou ficar aqui sendo assustador como sempre. — Ele jogou os ombros para trás e tentou fazer uma careta.

— Muito assustador — garantiu Glória.

Mortalha conseguiu mostrar que não estava nada impressionado apesar dos cipós que cobriam a maior parte de seu rosto.

— Eu vou mandar alguém logo pra pegar o próximo turno — assegurou ela, ao se afastar.

Mas primeiro vou pegar um monstro.

Não era um plano *tão* burro assim, não importava o que Mortalha dizia. Uma asachuva solitária era exatamente o tipo de alvo que o monstro perseguiria. E ela não podia arriscar colocar outro asachuva como isca — eles eram muito palermas para serem úteis, até Mangal.

Além disso, pelo que podia observar, ela era a única asachuva disposta a usar seu veneno em coisas vivas. Não era sua coisa *favorita*, mas ainda assim era uma arma — uma poderosa, que poucos dragões conheciam — e ela tinha certeza de que usaria para fugir de qualquer situação se fosse necessário.

Primeiro voltou para o túnel. Ainda tinha certeza de que tinha alguma conexão com os asachuva desaparecidos, apesar de não saber como.

Tudo começou com a pergunta: quem colocara o túnel ali? E então: qual era o plano — sequestrar um asachuva aqui ou ali? Por quê?

Glória deu uma espiada na floresta ao redor da abertura do túnel até encontrar uma clareira onde pudesse se sentar e pensar.

Flama era uma suspeita óbvia, já que sua fortaleza não ficava distante do túnel, mas Glória tinha visto a expressão no rosto dela enquanto o veneno queimava as escamas da rainha Rubra. Era puro choque e pavor. A asareia claramente nunca vira algo como o veneno de Glória antes. Se estivesse sequestrando os asachuva no último ano, certamente teria ouvido falar das sessões de treinamento e saberia tudo sobre aquilo.

Glória parou em um arbusto pequeno e o cobriu com seu veneno. Uma gosma preta se espalhou pelas folhas e quase imediatamente o arbusto murchou, enrugou-se e morreu. Glória virou a cabeça, sentindo-se culpada.

Talvez pudesse praticar sua mira enquanto esperava pelo ataque do monstro. Escolheu outro arbusto com folhas longas de cauda de dragão e tentou acertar só uma delas.

Metade do arbusto fez *fssssssssssst* e derreteu na grama.

— Hmmmm — disse Glória em voz alta. — Nada impressionante.

Ela tentou novamente. E de novo. A clareira estava começando a parecer desgastada.

Glória parou e se acertou com sua cauda.

Tente usar seu cérebro por um segundo, Glória.

Se *ela* fez uma bagunça como aquela com seu treinamento de veneno, então certamente os outros dragonetes também teriam. Então mesmo que Bromélia não mostrasse onde Jupará desaparecera, Glória poderia encontrar por conta própria.

Ela começou na queda d'água e se moveu a partir dali, andando para conseguir observar os arbustos enquanto passava por eles. Sapos gordos e espinhosos a encaravam, fazendo *croac-CROAC* com suas gargantas. Um casal de pássaros vermelhos e dourados com bicos longos a seguiram por um tempo, conversando alto com o que parecia uma língua distorcida dos dragões.

Mas não encontrou nada — nenhum sinal de veneno em lugar algum. Talvez as sessões de treinamento acontecessem em uma parte totalmente diferente da floresta; talvez o túnel secreto realmente não tivesse nada a ver com os sequestros.

Glória continuou procurando, teimosa. Que outra razão poderia haver para o túnel? Quem precisaria de passagem rápida entre o deserto e a floresta tropical? Ninguém… ninguém ia até a floresta tropical, e os asachuva certamente nunca saíam.

Mas a guerra está mais perto do que eles acham, pensou. *Bem do lado deles, pronta para invadir seu mundo pacífico.* Ela observou as copas das árvores enquanto a imagem da rainha Áurea aparecia atrás de seus olhos. *E o que aquela rainha inútil vai fazer quanto a isso?*

Fulgor não é melhor que Áurea. Se a escolhermos, deixaremos os asareia tão fracos e vulneráveis quanto os asachuva.

Ela olhou para as árvores novamente. Estava escurecendo? O sol aparecera havia poucas horas.

Uma gota gorda de chuva acertou seu focinho. As folhas acima dela balançaram como asas de dragão quando o vento passou, e mais chuva caiu. Glória puxou as asas para mais perto.

A chuva provavelmente lavou qualquer traço de treinamento de veneno há dias, percebeu, mas ela continuou andando, a vegetação rasteira encharcada abaixo das patas.

Ela encontrou um pequeno círculo onde as árvores acima se curvaram para formar um tipo de guarda-chuva, mantendo o solo abaixo praticamente seco. Parou ali, alongando-se e balançando as asas. *Que idiota*, disse a si mesmo. *Não vou achar nada e não vou ser pega por nada nesse clima horroroso. Que tipo de criatura caçaria na chuva?* Era melhor voltar para o vilarejo e se secar.

Mas assim que virou-se para voar, viu uma marca escura no arbusto de flores rosa ao lado dela. Glória parou, então se aproximou para observar.

Várias das folhas estavam murchas e secas, parecendo doentes, pretas e retorcidas. Um padrão brilhante de gotas escuras escurecera no chão abaixo do arbusto.

Alguém *estava treinando aqui*, pensou Glória. *Talvez Jupará. Talvez algum dos outros dragões desaparecidos*. Ela cutucou as pilhas de folhas que cobriam o chão e encontrou meia pegada de dragão marcada na terra — uma pequena, talvez até menor que a de Sol. Ela se inclinou para cheirar.

E foi quando alguma coisa acertou sua nuca.

Glória acordou com a sensação de movimento e de alguma coisa incômoda pressionando suas asas. Ela ficou parada por um momento com os olhos fechados, tentando entender o que estava acontecendo.

Parecia que estava sendo arrastada pelo chão. Seu lado esquerdo estava úmido e viscoso de uma forma desagradável, como se estivesse enrolada em algo que instantaneamente se encharcou na lama e grudou em suas escamas. A chuva ainda caía ao redor dela, o som abafado pelo que quer que a envolvia... um saco de algum tipo, achava.

Suas asas estavam amarradas, e um pano grosso envolvia suas garras. O mais perturbador era a corda ou cipó enrolado em seu focinho, prendendo sua boca.

O que significava que usar seu veneno estava fora de cogitação.

Também significava que o que quer que a tivesse pego não era só uma besta descerebrada misteriosa. Era inteligente o suficiente para amarrá-la. Provavelmente sabia sobre seu veneno — ou talvez só estivesse tomando cuidado com seus dentes.

Sua cauda acertou alguma coisa sólida e ela estremeceu. Abriu os olhos e viu apenas a escuridão. Não, espere — não era uma escuridão completa. Uma luz verde fraca passava pelo tecido grosso ao redor dela. O saco estava pressionado contra seu focinho; tinha cheiro de animais mortos, ovo podre e fogo, cobrindo o cheiro de folhas molhadas da floresta tropical do lado de fora.

Glória tentou escutar alguma pista, mas tudo que conseguia ouvir era um deslizar úmido, o que podia ser apenas o saco escorregando pelo chão da floresta. Então reconheceu o formigamento abaixo de suas escamas — era a sensação que tivera no buraco que levava até o Reino de Areia.

Eu estava certa, pensou ela. *Estão me levando para o túnel.*

De alguma forma, sem seu veneno, ela não se sentiu tão triunfante por estar certa quanto esperava.

Ouviu água espirrando e, um momento depois, água atravessando o saco ao ser arrastada através do riacho. Alguns resmungos foram ouvidos, e Glória sentiu-se ser carregada no ar, então jogada em pedra fria.

Alguma coisa empurrou sua cauda, e ela começou a deslizar para baixo como se houvesse gelo liso abaixo dela.

Espera, pensou em um solavanco nauseante. *O túnel pro deserto não desce. Onde eu tô?* Ela acertou uma parede e escorregou em uma curva, ganhando velocidade novamente. *Esse não é o buraco pro Reino de Areia, mas* parece *aquele buraco. Então é o mesmo tipo de passagem, aberta no mundo onde não deveria estar? E esse vai dar onde?*

Ela caiu em um espaço aberto e acertou uma pilha de pelagem fina, que não serviu muito para afofar o impacto das pedras abaixo.

Glória ficou ali por um momento, tentando não gemer. Cada osso em seu corpo doía; cada escama dava a sensação de ter sido arrancada. Ela tinha certeza de que mordera a língua ao pousar. Conseguia sentir o gosto de sangue na boca.

O cheiro de morte e fumaça estava mais forte, e não chovia mais, porém quase não havia luz atravessando o saco. Ali certamente não era o deserto; estava frio ao invés de escaldante, apesar do som de uma fogueira crepitando em algum lugar por perto. Glória ouvia um ronco distante como nuvens cheias de trovões, mas parecia vir de debaixo das rochas, não de cima.

Patas pesadas pisaram ao lado dela, e algo fungou alto por perto. A respiração era idêntica à do que quer que tivesse comido a preguiça morta na outra noite. Glória apertou as garras. Planejava comê-la? Porque aquilo teria uma surpresa se…

— Outro? — proferiu uma voz com desaprovação.

O fungar parou por um momento, como se surpreso, e então uma voz rouca ao lado de Glória respondeu:

— É. Foi facinho. Ela tava sozinha na floresta. Burra que nem todos os asachuva.

Dragões, pensou Glória. Veio alívio e veio a raiva. *Eles só são dragões. Nada misterioso e assustador. Além do horror misterioso básico de sequestrar outros dragões, no caso.*

Bom, eu consigo cuidar de dois dragões perturbados. Deixa só eles me tirarem desse saco. Alongou as garras, imaginando se conseguiria rasgar o tecido.

— Você não recebeu a mensagem? — perguntou o primeiro dragão.

— Sim — disse o que tinha a respiração prejudicada. — Mas eu gosto de caçar na floresta. E eu tava com fome. Aí essa dragoa ficou pedindo pra ser pega. E aquela mensagem foi bem idiota.

— Não é idiota se nos deixar seguro — suspirou o primeiro dragão.

— Jogue ela com os outros, mas a partir de agora, faça o que mandarem.

— Tá, tá — resmungou o segundo dragão. — Tá bom, já entendi. Nada de caçar ou pegar dragões na floresta até Mortalha permitir.

CAPÍTULO 20

GLÓRIA NUNCA ESTIVERA TÃO FELIZ POR SUAS escamas estarem escondidas. Não havia maneira de impedir as cores que se espalhavam por elas; não conseguia nem definir como estavam no momento.

Então Mortalha *sabia* quem estava sequestrando os asachuva. Tinha conexões com eles. E por alguma razão tinha dito a eles para pararem... até que ele "permitisse". O que isso significava? Até que terminasse de matar os dragonetes? Ou até Glória e seus amigos pararem de bisbilhotar o túnel?

E *como* ele tinha mandado essa mensagem para esses dragões? Glória o deixara no Reino de Gelo e então o pegou saindo do túnel do deserto para a floresta. Ele disse que seguiu os dragonetes até o buraco na areia, mas talvez soubesse dele antes. Talvez tivesse chegado antes, ido até esse lugar, avisado aos dragões, e então retornado para o túnel do deserto antes dos dragonetes voltarem para a floresta... mas...

Glória lembrou que Mortalha aparecera muito convenientemente para impedi-las de pegar a criatura no escuro.

Ele fez isso de propósito.

Ele estava avisando o outro dragão — esse com a respiração esquisita.

Mortalha sabia que íamos pegá-lo. Talvez ele quisesse *ser pego.*

Sua cauda enrolou. *E meus amigos estão sozinhos com Mortalha. Eu tenho que voltar. Eu tenho que voltar agora.*

Ela abriu as asas e bateu a cauda, atacando o saco com raiva.

— Eita! — gritou a voz rouca. — Dá uma ajudinha, na moral!

O coração de Glória gelou ao ouvir o som de pés e asas batendo. Havia bem mais que dois dragões ali. Ela chutou no escuro, lutando o máximo que podia, mas patas a agarraram de todos os lados, segurando-a no chão.

— Não vai dar pra levá-la desse jeito — constatou uma voz desesperada. — Você vai ter que derrubá-la de novo.

— Vai ser um prazer — disse a voz rouca.

E mais uma vez, algo acertou a cabeça de Glória, e então tudo foi escuridão.

— Ei!

Alguma coisa encostou nas costelas de Glória, e ela levantou com um gritinho de dor.

— Você tá acordada?

Garras minúsculas levantaram as pálpebras de Glória, e alguma coisa embaçada se aproximou demais de seu focinho para inspecioná-la.

— Mmmmf — gemeu Glória através da mordaça em sua boca. Ela tentou empurrar a coisa para longe, mas suas patas estavam pesadas e ela errou.

— Há, há, nem tente — avisou a vozinha. — Eu passei a vida inteirinha acordando dragões que preferiam dormir em vez de me treinar. Eu sou incrível me esquivando quando eles ficam bravos. — As patinhas cutucaram seu colarinho. — Como é que eu não te conheço?

— Mmmmf — repetiu Glória. Sua cabeça doía. Ela ficou no chão e piscou até o mundo voltar ao foco.

Um focinho com formato de diamante pairava a poucos centímetros do seu. Olhos escuros gigantes espiavam de escamas douradas e laranjas. A pequena dragonete não devia ter mais que três anos. Ela cutucou o colarinho de Glória novamente.

— Fique de boa, eu sei que você não pode falar. Eu sou a única sem uma mordaça. Eles decidiram que meu veneno não era forte o bastante ou que eu não conseguia jogar tão longe pra ser perigosa, ou sei lá o quê, eu acho. O que é meio injusto, porque se alguém tivesse me *treinado direito*, eu acho que seria super incrível nisso e aí esses dragões horrorosos ficariam super arrependidos de *me* colocar numa jaula. — Uma gota de escarlate furioso desceu por suas asas.

Glória sentou-se, relutante, para olhar ao redor. A dor em sua cabeça pulsava sem parar, e ela teve de fechar os olhos até que se tornasse um incômodo fraco.

Quando os abriu novamente, percebeu que o desfoque ao redor não era apenas seus olhos. O ar estava enevoado com fumaça. Um calor vinha em ondas até suas escamas, apesar de não estar vendo nenhum sinal de fogo. Ela olhou para cima e viu paredes irregulares de pedras se fechando por sobre elas duas. Parecia que o calor vinha das próprias pedras.

De volta a uma caverna, pensou. *Massa.*

O saco tinha sumido, mas as travas em suas asas e garras continuavam ali. Sua boca ainda estava presa, mas a sensação era diferente — o que quer que prendesse seu focinho estava mais pesado que os cipós de antes. Ela ficou vesga tentando ver o que era.

— É um anel de metal — explicou a pequena dragonete, virando a cabeça com simpatia. — Tipo esse ao redor do meu pescoço. É pra impedir você de usar seu veneno, mas também pra gente não se camuflar e desaparecer; eles vão ficar vendo o anel de metal. — Ela apontou para a trava grossa em seu próprio pescoço. — Inteligente, mas um porre, né? — Ela parou. — Tipo eu! Há, há! Meu nome é Jupará, falando nisso, caso queira saber.

Então aqui está uma das asachuva desaparecidas, pensou Glória. *Onde estão os outros?* A pequena caverna só tinha ela e a dragonete. Uma meia-luz noturna brilhava na entrada, não muito longe. Glória tentou dar um passo em direção a ela, então outro quando nada aconteceu. Nada caiu do teto; nada a atacou; nenhum alarme ressoou. Que tipo de prisão era essa?

Jupará a seguiu, ainda tagarelando.

— Eu sei o que você tá pensando — disse ela. — Eu sou muito boa nisso, principalmente hoje em dia que sou a única que pode falar e tem que imaginar o outro lado da conversa de todas as que eu tenho. Telepatia deve ser contagiosa, ou sei lá o quê, mas tanto faz. Você tá pensando que pode sair dessa caverna, e confia, mas não dá. Você tem que ver por si mesma, porque todo mundo faz isso, eu acho, ao invés de me ouvir.

Glória alcançou a entrada e parou.

Jupará estava certa. Não tinha como fugir.

Um rio largo e preguiçoso de lava passava do lado de fora da caverna. Brilhava com tons dourados e alaranjados, a única fonte de cor em um terreno árido e preto. Com suas asas presas, Glória nunca conseguiria atravessar.

Ela se inclinou para ver onde o rio começava. Uma montanha escura e enorme preenchia o céu, meio escondida pela fumaça subindo do topo. Pequenos riachos de lava salpicavam a encosta, e um brilho vermelho saía de alguns buracos nas pedras. Era difícil definir se era dia ou noite; a luz era tão estranha, e o céu estava encoberto de nuvens negras. Glória achava que tinha ficado desacordada por algumas horas, no mínimo. O cheiro de ovo podre se espalhava no ar.

— Sinistrão, né? — comentou Jupará em seu ouvido, e Glória tomou um susto. — Quem iria querer viver aqui? Eu não consigo entender.

E quem vive *aqui?*, perguntou-se Glória. *Os Garras da Paz? É aqui que eles se escondem?*

Ela então percebeu que algumas partes do terreno se moviam, e não eram rochas… eram dragões. Dragões pretos, com escamas prateadas brilhando abaixo de suas asas. Ela conseguia ver umas centenas deles espalhados pela montanha e vários outros voando acima.

Glória respirou fundo e se arrependeu quando o enxofre invadiu seu nariz.

Eu sei onde estamos.

Aqui é o lar secreto dos asanoite.

CAPÍTULO 21

G LÓRIA VIROU PARA A DRAGONETE E BALANÇOU as patas presas para a mordaça ao redor de sua boca.

— Misericórdia — disse Jupará, olhando para as escamas de Glória que mudavam de cor. — Você tá feliz com alguma coisa. O que será? Oooooh, e curiosa. Claro, é claro que você tá. Você deve ter um montão de perguntas. Eu também tinha um monte de perguntas quando cheguei. Opa, agora você tá… frustrada! Superfrustrada! E ficando chateada! Uau, por que você tá tão…

Enfurecida, Glória empurrou a dragonete para o lado e voltou para a caverna.

— Ah, você tá chateada *comigo* — disse Jupará, trotando ao lado dela. — Tô acostumada.

A caverna não era muito grande, terminando abruptamente em uma queda íngreme nos fundos. Glória encarou o abismo negro. Sem fogo e sem habilidade de ver no escuro, nenhum asachuva se aproximaria daquilo. Mesmo que suas asas estivessem livres, Glória não ousaria chegar perto.

— É assim que eu visito os outros prisioneiros — explicou Jupará. — Todas as cavernas, e a minha, têm essa abertura.

Glória olhou para a dragonete com mais respeito. As asas de Jupará não estavam presas, mas eram pequenas; a maioria dos dragões de três anos não conseguiam voar por muito tempo sem parar para descansar. Ela não saberia quanto tempo precisaria voar na primeira vez que pulou para o escuro, buscando outros prisioneiros. Aquele era um tipo especial de coragem. E de loucura.

Jupará virou a cabeça.

— Não faço a menor ideia do que significa essa cor — confessou ela. — Nossa, você é diferentona mesmo. — Ela se esticou para mexer nas cordas ao redor de Glória. — Mas aqui é igual. — Suspirou. — Eu não posso arrancá-las. Foi mal. É um tipo impossível de nó.

Glória levantou suas garras. Uma lona grossa as cobria, amarradas com outra corda ao redor de cada antebraço.

— Aqui também — acrescentou Jupará, apontando para o nó. — Tá vendo como é apertado? — Glória semicerrou os olhos. Não sabia muito sobre nós. Ela apontou para as patas de Jupará, e a pequena dragonete balançou a cabeça. — Minhas garras não são afiadas o suficiente pra cortar as cordas. Eu tentei. — Jupará passou uma garra pequena pela corda, mas não fez um único corte.

Glória bateu a cauda.

— É *muito* frustrante — concordou Jupará. — Asanoite burros, mas se tentássemos escapar, eles leriam nossas mentes ou fariam alguma previsão e nos parariam, né?

Glória descobriu que podia rosnar.

— Quer dizer que você quer tentar? — perguntou Jupará, levantando-se. O colarinho se eriçou ao redor de seu rosto. — Porque ninguém mais quer tentar escapar, mas eu tô *super* a fim, porque, misericórdia, você nem viu como a comida daqui é *horrorosa*. Eles não param de trazer umas coisas *mortas* nojentas. Sabe? Coisas que morreram há *semanas*, eu acho. É um *nojo* e deixa a gente enjoada quando come. Não tem nenhuma fruta. Tapir só ficou com fome até morrer... é tão horrível! Eu tento comer o mínimo possível.

Como eu vou conseguir pensar num plano de fuga com uma dragonete que não cala a boca?, pensou Glória. *Quando eu não posso fazer nenhuma pergunta?*

Por exemplo: o que os asanoite queriam com os asachuva?

Por que estavam sequestrando-os e mantendo-os prisioneiros?

O que Mortalha tinha a ver com esse plano? E por que ele os tinha mandado parar?

— Confusa! — adivinhou Jupará, apontando para as escamas de Glória. — E... frustrada de novo!

Eu queria uma cor pra JÁ CHEGA, pensou Glória.

Alguma coisa bateu as asas do lado de fora da caverna. Jupará se virou para o som, então estremeceu e fechou os olhos.

Glória a empurrou e espiou.

Três asanoite voaram por cima do rio de lava e desapareceram dentro de outra caverna não muito longe da de Glória. Alguns momentos depois, reapareceram, carregando um asachuva manco com eles.

As escamas do asachuva eram de um cinza pesado, como nuvens carregadas; era uma cor de tristeza que Glória nunca vira antes. Ele estava consciente, mas nem resistiu e nem ajudou os asanoite. Ele só pendeu entre eles como se tivesse desistido. Glória pensou nas cores vibrantes e alegres de Jambu e sentiu uma pontada de ódio — aos asanoite, por arrancarem dragões inocentes de suas casas, e aos outros asachuva, por deixarem isso acontecer com seus amigos sem nem perceber e nem se importar que tinham sumido.

Os dragões pretos carregaram o asachuva pelo rio e o levaram montanha acima, deixando sua cauda acertar as rochas abaixo. Glória assistiu até que desapareceram em um tipo de fortaleza a meio caminho do topo da montanha. Parecia uma pilha confusa de pedras, então ela não percebera antes que se tratava de uma construção.

— Pobre Gibão — lamentou Jupará. — Eles o levam toda hora. Eu acho que o veneno dele é *muito* mais interessante que o meu, ou sei lá o quê.

Glória virou-se para encará-la.

— Isso aí — explicou Jupará. — Quando levarem você lá pra cima, tente fingir que seu veneno não funciona, ou alguma coisa assim. Eles só querem que a gente derreta coisas. É tão esquisito! Tipo, não dá pra eles mesmos derreterem as coisas? Até agora eu só derreti uma laranja e uma pilha de folhas. Me mandaram derreter essa coisa com garras de metal, também, mas é claro que isso é idiotice; nosso veneno não funciona em nada que não seja vivo. Aí me mandaram cuspir veneno numa cumbuca e sabe-se lá o que vão querer fazer com aquilo. Eu não entendi.

Estão estudando a gente, percebeu Glória. *Ou, pelo menos, estão estudando nosso veneno.* Ela virou-se e mediu o comprimento da caverna. *Eles tão querendo usá-lo? Como uma arma? Mas os asanoite não lutam. Eles ficam longe da guerra. Então pra quem querem dar essas armas?*

Eles estão planejando entrar na guerra agora?

Do lado de quem?

De Fervor, é claro, pensou imediatamente, batendo em sua própria cabeça com a cauda. *Por isso queriam que a escolhêssemos pra profecia.*

Mas por que entrar na guerra agora? E por que torturar os asachuva pelo veneno quando os asanoite têm tantos poderes especiais, como ficam falando sem parar?

— Pensar muito deve ser assim — disse Jupará, subindo em uma pedra e observando Glória com interesse. — Suas escamas estão com tantas cores. Eu nunca vi outra asachuva fazer isso. Ai, eu ia amar que você pudesse falar comigo.

Eu também, pensou Glória.

— Talvez a gente pudesse escapar, aí você ia ser minha professora — recomeçou Jupará. — Eu juro que não sou tão ruim quanto todo mundo fala, mas a gente teria que atravessar a lava, aí achar o túnel de volta pra floresta, aí passar dos guardas lá, aí tirar essas cordas de você, ou talvez a gente tivesse que fazer isso antes; é, faz mais sentido, porque aí você ia poder voar e lutar e tal, mas eu não faço a menor ideia de como fazer isso.

Ela parou, as asas caídas, e de repente pareceu muito jovem. Glória se perguntava por que Jupará não tinha fugido por conta própria, mas se não soubesse onde ficava o túnel, e se houvesse guardas para enfrentar no caminho… era pedir demais de uma dragoa tão pequena. Principalmente quando uma falha significaria que ela seria amarrada e amordaçada como os outros asachuva.

— Talvez eu consiga encontrar algo afiado o bastante pra cortar as cordas — ponderou Jupará, animando-se novamente. — Tipo uma pedra bem afiada, ou… bom, não tem muita coisa por aqui além de pedras. Oh! Ou então eu poderia meter as patas nessas coisas mortas bem fedorentas à procura de ossos afiados quando o jantar chegasse. Isso ia ser bem nojento. Talvez eu devesse fazer isso.

Glória bateu a cauda no chão para chamar a atenção de Jupará. Ela apontou para a boca, então para seu estômago, então para a boca novamente, e tentou colocar a cor de curiosidade em suas escamas.

— Você tá me fazendo uma pergunta! — exclamou Jupará com satisfação. — Espera, xô adivinhar. Você... tá com fome?

Glória fez uma careta e bateu na corda em sua boca, apontando para a abertura da caverna, bateu os braços como se fossem asas, apontou para o estômago, e apontou para a corda novamente.

Jupará franziu o cenho.

— Alguma coisa com os asanoite e comida... ah! Ah, já sei! Você quer saber se eles tiram o anel de metal quando nos alimentam. Acertei? Acertei? — Ela virou-se em direção à entrada da caverna quando Glória confirmou com a cabeça. — Eu acho que você já vai descobrir.

A pequena dragonete correu para o buraco e desapareceu em um dos espaços na parede mais distante. Glória podia ver seus olhos brilhando no escuro, ainda assistindo.

Quatro asanoite entraram na caverna, um após o outro, preenchendo o espaço apertado. Glória ficou parada e os encarou. Ao menos não tinha sinal de Porvir. Estava mais segura como uma prisioneira asachuva qualquer do que se descobrissem que ela era a dragonete que havia bagunçado a profecia — a que já tinham tentado matar mais de uma vez.

O último dragão que apareceu tinha uma cicatriz retorcida perturbadora atravessando o focinho. Bolhas estranhas de pele deformada se destacavam em sua mandíbula, e uma de suas narinas estava fechada, por isso respirava alto e fungava.

Quando falou, Glória reconheceu a voz rouca do dragão que a capturara.

Era ele quem estava na floresta, refletiu, ouvindo sua respiração peculiar. *A criatura no escuro — a que comeu a preguiça morta.*

— Ela parece bem normal pra mim — observou de maneira rude.

Uma dragoa o encarou com a expressão sarcástica.

— Muito pelo contrário — retrucou ela. — Claramente há algo de errado com essa daqui.

— O que você quer dizer? — perguntou um terceiro dragão.

— Observem as escamas. Cada um dos asachuva que pegamos instantaneamente se tornava verde. A cor que parece indicar medo, mas essa aqui... eu não sei o que indica, mas consigo ver tons de vermelho e laranja, talvez um pouco de preto aqui e aqui. — A asanoite usou um galho fino para apontar lugares nas asas de Glória com um desapego clínico. Ela poderia estar descrevendo um besouro levemente interessante com toda aquela emoção na voz.

— Então ela está combinando com seu ambiente — teorizou o terceiro dragão. — É algo que eles fazem, não é?

Glória estreitou os olhos e tornou-se um tom violento de roxo.

— Minha nossa — soltou a dragoa sem emoção. — Deveríamos levá-la para o laboratório imediatamente para mais estudos. Eu recomendo com muita seriedade que não a alimentem e que não toquem nesta mordaça até sabermos mais sobre ela.

— Que besteira — desdenhou o asanoite com a cicatriz. — Todos os asachuva são a mesma coisa. Podres e inúteis.

— Além do mais, a rainha Vitória não gosta de ter suas ordens questionadas — falou o quarto dragão. Ele se aproximou com algo peludo e de cheiro horrível em suas patas. — É hora de comer agora. Pode perguntar a ela se essa deveria ir para o laboratório em seguida.

— Eu vou — confirmou ela, ao se afastar. — Deixo registrada minha preocupação aqui. Façam o que desejarem. — A asanoite deslizou para fora da caverna e voou para longe.

Deixando apenas três pra eu enfrentar, pensou Glória. *Vocês podem ter estudado o veneno dos asachuva pacifistas, bem treinados e assombrados, mas nunca me estudaram.*

O dragão de cicatriz puxou uma lança longa de uma bainha em suas costas. O lado afiado tinha três pontas retorcidas que pareciam garras e brilhavam de maneira perversa na luz avermelhada. Ele a ergueu nas patas e mostrou a língua preta para Glória, como se esperasse que ela lhe desse uma desculpa para machucá-la.

Ele nos odeia, pensou ela, encontrando seus olhos. É algo pessoal pra ele. Observou sua cicatriz. *Ah. Isso pode ter sido feito por um ataque de veneno. Qual asachuva foi corajoso o bastante pra fazer uma coisa dessas?*

Com um arrepio, percebeu que ele era o primeiro dragão que ela vira sobreviver a um ataque de veneno. O que significava que era *possível* sobreviver a ele. O que significava que a rainha Rubra poderia ainda estar viva.

A pilha de pelos caiu às suas patas, e os outros dois guardas puxaram as próprias lanças longas. Glória encarou o jantar que ofereciam. Jupará não estava exagerando. Realmente tinha um cheiro horrível e um aspecto de ter morrido havia muito tempo. Nem conseguia identificar do que se tratava — um rato-almiscarado, talvez. Uma mordida horrível em um dos lados parecia bastante com aquela que havia na preguiça perto do rio, preta e infeccionada.

Um dos guardas se inclinou para frente e apontou a lança para seu rosto. Glória saltou para trás com um rosnado abafado.

— Fique quietinha se quiser comer — grunhiu o dragão com a cicatriz. — Ou então morra de fome. Tanto faz pra gente.

Glória apertou as garras e olhou para a lança enquanto se balançava para mais perto. Foi difícil ver o que o guarda fez, mas sentiu as pontas da lança agarrarem algum tipo de encaixe no anel de metal, então girar e puxar. A braçadeira escorregou, aberta e solta, e os asanoite pularam para trás com as lanças em riste.

Mas foram lentos demais.

CAPÍTULO 22

Glória saltou para a frente com suas presas à mostra e pegou a lança mais próxima com suas patas. Ela a puxou para si, tirando o equilíbrio do guarda, e disparou um jato de veneno que errou seu rosto, mas espirrou em suas asas e costas.

Ele soltou a lança e tropeçou indo em direção à entrada da caverna com um guincho de dor.

O dragão com a cicatriz derrubou sua arma. Correu para fora da caverna, empurrando seu colega enquanto fugia.

Glória pulou em direção ao último guarda e tentou virar a lança para ele, mas suas patas amarradas eram desajeitadas e a arma sambou. Ele dardejou na direção dela, tentando encontrar sua garganta com a ponta metálica. Glória cuspiu veneno em sua direção, mas para sua surpresa o guarda esquivou e rolou por baixo do esguicho. Em seguida, ele a derrubou e a prendeu no chão com o rosto para baixo, jogando seu focinho contra o solo rochoso e pressionando a ponta da lança contra seu pescoço.

— Boa tentativa, asachuva — rosnou ele. — Mas não é tão fácil enganar um... AAAAAAAAAAAAAAAAAI! — O peso do guarda desapareceu de suas costas enquanto seus uivos ecoavam nas paredes da caverna.

Glória saltou para ficar de pé e encontrou Jupará ao seu lado, com as patas dianteiras em frente ao focinho.

— Eu fiz isso mesmo? — gritou Jupará. — Minha nossa, olha pra ele!

O asanoite havia acertado as paredes, com as garras no pescoço. Jupará acertara apenas algumas gotas, mas esfumaçava com bolhas nas escamas. O guarda virou-se para as duas asachuva com uma raiva movida a dor desenhada nos olhos.

— Foi mal! — choramingou Jupará. — Ai, isso com certeza dói muito!

Glória arrancou a lança das garras do guarda e o empurrou contra a queda nos fundos da caverna. Ela pôde ouvi-lo batendo as asas e acertando as paredes no escuro, ainda uivando.

— Mas… — começou Jupará.

— Ele vai ficar ótimo quando lembrar que cospe fogo — interrompeu Glória. — Até lá já vamos ter escapado.

— Eu não sabia que você queria escapar *agora*. — ressaltou Jupará.
— No caso, tipo, *agora agora*. Isso é *maluquice*. Você é *louca*. — Sua voz estava nervosa, mas suas escamas brilhavam com um amarelo animado.

— Fala um pouquinho mais baixo, pode ser? — pediu Glória, olhando para as pequenas asas da dragonete. — Não precisamos avisar a montanha inteira que vamos fugir. Tente imitá-los. — Ela fez com que suas próprias escamas tivessem o mesmo tom escuro dos asanoite do lado de fora. — E meu nome é Glória, falando nisso.

— Saquei — disse Jupará, batendo a cauda. Um preto nanquim se espalhou por suas escamas como se alguém derramasse o céu noturno nela. — Mas como a gente atravessa o rio de lava?

Vixe. Glória esquecera deste detalhe. Ou melhor, não pensara tão longe assim; vira a oportunidade de usar seu veneno e se jogou. *Eu sou quem? Tsunami?* reclamou consigo mesma.

Pior ainda, ela sabia que o asanoite com a cicatriz voltaria a qualquer momento com reforços.

Ela usou os dentes na lona que cobria suas patas. Com um balançar violento de sua cabeça, rasgou o tecido até que se soltasse. Assim que suas garras estavam livres, pegou uma lança e a usou nas cordas amarradas ao redor de seu corpo.

— Os guardas tão vindo — anunciou Jupará, ansiosa.

— Finja que é uma dragonete asanoite e atrase eles — comandou Glória. Ela enfiou a ponta da lança em uma das cordas e acertou a si mesma na barriga. Com um sibilo, virou a arma e tentou novamente.

— Tá. Me liguei. Atrasar eles. De boa — assentiu Jupará. Ela correu até a entrada da caverna. O primeiro asanoite que Glória atacara estava deitado ao longo da abertura, gemendo baixo e tremendo como se tentasse arrancar a própria pele.

Jupará piscou para ele, então levantou uma de suas asas e a colocou atravessando seus ombros e costas, cobrindo o anel ao redor de seu pescoço. Ela se inclinou para fora da caverna e olhou para cima.

— Rápido! — gritou de repente, fazendo Glória saltar. — Ela nos atacou! E fugiu! Ela foi naquela direção! — Apontou para a montanha. — Rápido! Não parem! Ela estava voando super rápido! Não, não, eu cuido dele. Vão atrás dela! Ela tá fugindo!

O som das asas explodiu acima delas, jogando uma onda de ar quente para dentro da caverna. Ao mesmo tempo, Glória finalmente encaixou a lança em um nó da corda. Com uma torção, conseguiu serrar as fibras com as pontas afiadas até que partissem — mas, assim que a corda escorreu, ela percebeu que havia outros quatro nós ao redor dela.

Eu nunca vou arrancar isso antes que percebam que foi um truque e voltem, pensou. Tinha que haver outra forma de atravessar o rio. Talvez houvesse algo que pudessem usar como uma passagem.

Ela correu para a entrada e olhou para fora, buscando por pedras grandes. Jupará a olhava com confiança. Um esquadrão de cinco asanoite voava para longe, descendo a montanha, em direção a uma praia de areia preta e uma extensão de águas cinzas tempestuosas.

Só cinco asanoite pra me impedirem?, pensou Glória. Ela encarou a montanha, mas não havia sinal de um alarme ou de forças extras se mobilizando.

— Parece que eles não estão tão preocupados que eu fuja — observando, incomodada.

— Mas *eu* já tô ficando bem preocupada — disse Jupará.

— Ei — chamou Glória, cutucando o guarda ferido. — Você ainda consegue voar, não consegue?

Ele se arrastou para longe dela.

— Não dá — gemeu. — Tudo dói.

Nem parecia tão ruim assim. Ele fugira da pior parte do esguicho, e a maior parte do dano tinha sido em um dos lados de suas costas.

— E vai doer mais, a não ser que você me carregue por cima dessa lava — ameaçou Glória. — Ou que corte essas cordas. — Ela mostrou as presas para ele, e o guarda jogou as asas por sobre a cabeça, arrastando-se para dentro da caverna.

— Na verdade — disse uma nova voz. — Eu tenho uma oferta bem melhor.

Glória virou-se para ver um dragão preto descendo do céu, com um sorriso enorme.

— E aí, Glória — disse Mortalha.

CAPÍTULO 23

— Não me venha com essa cara de convencido — rebateu Glória.

— Isso não é a minha cara de convencido, é minha cara de te salvando — explicou Mortalha. — Engraçado, não é? Primeiro eu fui seu prisioneiro, e agora você é a minha.

— Talvez você não tenha se informado sobre o que eu faço com dragões que tentam me prender.

— Tá bom, já chega, vocês dois. — Lamur voou atrás de Mortalha e pousou ao lado de Glória.

— Lamur! — gritou Glória. — O que você tá fazendo aqui?

— Viemos te salvar — disse Lamur, cutucando sua asa com a dele. — Você não tá feliz?

— Eu estou no meio de um autossalvamento — retrucou Glória. Ela estava penando para conseguir manter as escamas pretas quando a visão de Lamur a tornou tão rosa quanto seu irmão ridículo. — Talvez mais tarde.

— Não escutem ela! — gritou Jupará. — A gente precisa muito de um resgate! Por favor nos resgatem!

— E como você chegou aqui? — perguntou Glória. — No caso, como você sabia que tinha que me procurar aqui?

Lamur apontou para Mortalha, que bateu a cauda e conseguiu parecer ainda *mais* presunçoso.

— Ele me convenceu. Depois de você não ter voltado, ele me disse que sabia onde você estava e que ele me ajudaria a te encontrar se eu soltasse ele.

— Parece muito um truque — disse Glória, olhando com suspeita para Mortalha. Por que ele se colocaria contra seus colegas asanoite? Era uma forma de jogar Lamur em suas garras também?

— Escapa primeiro, pergunta depois — insistiu Jupará, saltando no ar com as asas batendo.

— Dragonete esperta — concordou Mortalha. Ele olhou para Glória com uma expressão ilegível: provocativa, mas preocupada, e muito satisfeita, mas doce ao mesmo tempo. — Você pode jurar sua vida a mim mais tarde. Eu espero.

— Espere sentado, porque em pé vai cansar — devolveu Glória.

— Vamos subir — chamou Lamur. Ele esticou as asas para que ela pudesse subir em suas costas.

Ela hesitou por um momento. Uma parte sua dizia: "você consegue fazer isso sozinha. Você não precisa de ajuda. Solte suas asas e salve suas próprias escamas".

Mas não havia tempo, e mesmo que não pudesse confiar em Mortalha, não havia ninguém mais confiável que Lamur. Ela foi para as costas dele, ainda segurando a lança e tentando ajustar seu equilíbrio sem as asas.

Ele alçou voo quase antes que ela conseguisse colocar as patas ao redor de seu pescoço. Glória escorregou para o lado e quase o jogou dentro da lava. A cauda de Lamur encostou no rio escaldante abaixo e ele subiu com um sibilar de dor.

— Tá tudo bem — disse rápido. — Vai curar rápido, não se preocupe.

Escamas resistentes a fogo ajudariam muito aqui, pensou Glória olhando para baixo enquanto subiam. Ela viu várias outras cavernas ao longo do rio de lava, mas nenhum focinho aparecendo.

— A gente precisa salvar os outros asachuva — gritou no ouvido de Lamur. — A gente tem que soltá-los.

— Agora? — perguntou ele. — A gente vai dar sorte se conseguir sair daqui sem ser pegos.

— Eu não posso largar eles aqui — gritou ela. — Eu prometi a Mangal que eu encontraria Orquídea.

— E você encontrou — disse ele. — Agora que você sabe onde ela tá, a gente volta e salva ela. Com reforços. — Ele olhou por cima do ombro e acelerou. — Com muitos e muitos reforços.

Glória olhou para trás e viu um grupo de asanoite pousados em uma beirada rochosa no alto. Três deles apontavam para Lamur e gritavam para os outros. Cabeças de escamas negras viravam para o céu ao longo do vulcão.

Ela também viu Jupará batendo as asas como uma louca para tentar acompanhá-los. O que ela não viu foi um certo assassino cabeçudo perigoso.

— Mortalha não tá com a gente! — gritou ela.

— É claro que não — gritou Lamur de volta. Ele deu um rasante entre duas colunas curvas de pedra e virou a direita. — A nação dele não pode saber que ele nos ajudou.

Glória pensou no dragão que ferira, lá na caverna. Com certeza ele vira Mortalha e ouvira a conversa, mas aquele era um problema do asanoite assassino.

— E a missão dele? Aquela que era nos matar? Lembra?

— Talvez ele não queira mais — sugeriu Lamur, dando de ombros.

Suspeito, pensou Glória. *Ou como Jupará diria, super suspeito.*

E ainda assim ela sentiu uma falta esquisita, como se quisesse ter tido uma chance de se despedir. Glória se virou para olhar para trás novamente, mas ele não estava lá. *Ah, bom. Talvez depois quando ele aparecer pra me matar.*

Ela percebeu que Lamur voava rápido em direção à praia de areia preta que circundava a ilha na base do vulcão. Árvores retorcidas e sem folhas cresciam na encosta do vulcão, como ossos apontando para fora da terra. Para além da praia, o oceano rugia e crescia, cinza e nada amigável, pontilhado de espuma.

— Ah, Lamur? — chamou Glória. — A gente não vai voltar pra floresta tropical pelo mar, né?

— De jeito nenhum — disse Lamur. — Eu nem sei pra que lado fica o resto de Pyria, ou a que distância isso fica. Você sabe?

— Não faço ideia — respondeu Glória. — Mas faz sentido que os asanoite vivam em uma ilha. Uma que não está nos mapas... Mas eu achava que eles tinham escolhido uma melhorzinha. Esse lugar é assustador. — Ela tossiu, pensando se o fedor de ovo podre iria sumir de seu focinho algum dia.

Lamur desceu em direção a uma caverna a meio caminho de um penhasco rochoso em uma das pontas da praia.

— A passagem para a floresta é aqui — explicou ele. — Se preparem pra lutar.

— Sempre. Pronta — ofegou Jupará ao lado deles.

Glória abriu a boca e sentiu o gosto de fumaça. Não via nenhum guarda na praia abaixo.

— Você não lutou contra eles saindo do túnel? — perguntou ela.

— Não. Mortalha foi na frente e os distraiu, mas já devem ter voltado.

— Também — ofegou Jupará. — Companhia. Atrás.

Glória não precisou olhar; já tinha ouvido as asas batendo, e não queria saber quantos asanoite exatamente estavam na cola deles. Ergueu a lança em suas garras, imaginando Porvir na ponta dela.

A caverna abria sua boca em frente a eles. Lamur não diminuiu a velocidade enquanto se lançava entre as paredes rochosas. Glória piscou, seus olhos ajustando-se à escuridão, então viu a luz da fogueira em frente.

Quatro asanoite estavam agrupados ao redor do fogo, cada um carregando uma das lanças retorcidas. Uma sensação *errônea* emanava de um buraco perfeitamente circular na parede de pedra atrás deles. E com certeza eles não estavam dispostos a deixar ninguém chegar ali.

Temos que passar por eles rápido, pensou Glória. *Ou então também vamos ter que lidar com todos que estão atrás da gente.*

O primeiro guarda os viu chegando, saltou, e se jogou contra Lamur. Glória foi catapultada por cima de sua cabeça, derrubando a lança e errando por muito pouco a fogueira enquanto acertava um dos outros dragões. Patas agarraram sua cauda e suas asas, e mais patas se fecharam ao redor de seu focinho. *Não vai rolar*, pensou Glória. Ninguém amordaçaria sua arma novamente.

Ela abriu a mandíbula e girou o pescoço, esguichando veneno contra o guarda que tentava prendê-la ao chão. Gotas pretas se espalharam em seu peito. Gritando, ele saltou para trás e caiu no fogo, fugindo até a praia com fumaça subindo de suas escamas.

Os outros dois guardas acertaram Glória por trás, jogando-a no chão outra vez. Eram enormes, do tamanho de Porvir, com armadura de metal presa em seus ventres e com capacetes estranhos protegendo seus focinhos. O rosto de Glória estava sendo esmagado contra o chão. Ela chicoteou a cauda furiosamente, tentando acertá-los como Tsunami teria feito, mas um dos guardas pisou e a prendeu.

Glória lutava contra o peso dos dois dragões. Acima dela, Lamur lutava contra o primeiro asanoite. Suas garras se encontravam e jatos de fogo cortavam o ar.

Jupará, pensou Glória. Aonde ela tinha ido? Será que chegará ao túnel?

A pequena dragonete surgiu atrás dos guardas, segurando a lança que Glória derrubara. Ela girou com força e acertou a cabeça de um dos asanoite com o lado sem ponta. Ele tropeçou para o lado com um grito, então virou-se com um brilho assassino nos olhos.

— Jupará! — gritou Glória. — Use seu veneno!

— Mas... — disse Jupará, esquivando-se de um golpe das garras do asanoite. — Eu não...

— Ou a lança! A ponta dessa vez!

Jupará olhou para baixo com uma expressão surpresa. Ela virou a lança e a impulsionou contra o guarda quando ele se aproximou outra vez. O asanoite jogou a arma para longe e puxou sua própria lança contra ela. Jupará gritou e Glória viu uma linha de sangue cruzar seu pescoço.

Glória apertou as garras com ódio. Como ele *ousava*? Jupará era só uma dragonete minúscula. Não só isso, ela era uma asachuva, o que significava que nunca treinara para lutar.

Só havia um guarda segurando Glória naquele momento. Ela pensou nos truques de Sol nos treinamentos de batalha e parou de resistir. Em cima dela, o guarda sibilou satisfeito.

Glória deixou suas escamas se tornarem as pedras abaixo dela.

— Asachuva burra — praguejou ele. — Eu ainda posso te sentir. E consigo ver as travas nas suas asas.

Glória sabia disso, mas esperava que a estranheza de segurar algo que não via fosse deixá-lo mais lento. Respirando fundo, ela se contorceu em uma espiral pequena. As patas do asanoite escorregaram em suas escamas e ela conseguiu soltar a cauda — o bastante para balançá-la e acertá-lo no meio das costas.

Sol adorava aquele movimento, e no começo ninguém entendia o porquê. Se ela tivesse um ferrão venenoso em sua cauda como os outros asareia, seria assombroso — mas com uma cauda inofensiva, de que servia?

Então cada um teve sua experiência e descobriram que havia algo de perturbador naquilo. Parecia que tinham sido acertados por um raio no lugar errado. Era como se suas escamas soubessem que *poderia* ter se machucado feio — se houvesse veneno na ponta daquela cauda, teriam as colunas paralisadas e morreriam pouco tempo depois. Então era assustador, e uma distração eficiente no meio de uma luta.

Glória não fazia ideia se funcionaria quando uma asachuva acertava um asanoite, mas valia a tentativa.

O guarda enrijeceu como se tivesse acabado de ser atacado por uma das enguias elétricas na prisão da rainha Coral. Foi rápido, mas naquele momento Glória foi capaz de jogá-lo para longe e soltar seu focinho. Ela foi direto para o oponente de Jupará, disparando veneno em todas as escamas expostas que conseguia ver.

Ele gritou e se jogou contra as pedras. Glória viu outra ferida em um dos lados de Jupará. A pequena dragonete tremia, e suas escamas tinham traços de verde-pálido e branco.

Garras envolveram a cauda de Glória antes que chegasse em Jupará.

— Saia daqui! — gritou ela, apontando para o buraco. — Vai!

Jupará hesitou por um instante, olhando para o guarda asanoite atrás de Glória. Ela teve a certeza de que a dragonete desobedeceria e ficaria para ajudar na luta; mas então, sem discutir, Jupará correu para o túnel e sumiu na escuridão.

Ótimo, pensou Glória quando uma lança acertou-a na cabeça. *Finalmente alguém inteligente. Diferente dos meus amigos.* Ela tentou se virar, mas o asanoite a jogou contra a parede. Estrelas explodiram em sua visão. *Não desmaia. Não desmaia.* Se os asanoite a capturassem outra vez, nunca teria outra chance de usar seu veneno para fugir. Eles provavelmente a deixariam morrer de fome antes disso.

Confusa, viu Lamur cair, e seu coração foi parar na boca. Ele tinha se ferido? Ela tentou dar um passo em direção a ele, mas uma dor aguda em sua perna a segurou. O guarda a acertara com a lança.

Glória sibilou e saltou em direção à lança quando o guarda puxou a arma para trás. Ele a atacou de novo, violento e rápido, e ela sentiu o corte no ventre como uma picada de abelha.

No mesmo momento, Lamur caiu no meio do fogo. Chamas lamberam seu corpo e suas asas, e um cheiro de queimado se espalhou pela caverna. As escamas de Glória doeram só de olhar para ele. Mesmo que se curasse rápido, ela sabia que sua pele estava queimando naquele exato momento.

Travando a mandíbula, Lamur se agachou e pegou as brasas da fogueira com as patas. O asanoite acima dele não teve tempo de entender o que estava por vir. Lamur lançou as brasas bem no rosto do guarda e foi pegando mais e jogando-as enquanto o guarda botava as patas no próprio focinho.

— Lamur! — gritou Glória quando seu oponente a tirou do prumo. Glória caiu de costas e o asanoite foi para cima dela rapidamente, colocando suas patas fortes ao redor de seu focinho para fechá-lo.

Brasas incandescentes voaram. A maioria quicou na armadura do dragão, e uma ricocheteou dolorosamente contra as asas presas de Glória, mas algumas encontraram espaços na armadura e deslizaram para dentro. O guarda soltou Glória e tentou alcançar a própria armadura, uivando de dor.

Glória tinha acabado de se colocar de pé novamente quando alguém a agarrou pelos ombros. Virou-se sibilando e quase não conseguiu se impedir de disparar veneno contra o rosto de Lamur.

— Bora! — gritou ele, jogando-a em suas costas. Ela agarrou seu pescoço de novo e ele juntou as pernas, jogando-se por cima dos guardas em direção ao buraco. Um dos asanoite feridos saltou para segurar a cauda de Lamur, mas quando viu Glória abrindo a boca, ele se afastou.

Lamur mergulhou no túnel, que subia em uma espiral. Glória se agarrou, enfiando a cabeça nas escamas dele enquanto voavam.

Ela conseguiu ouvir a chuva caindo em frente.

Quase lá, pensou. *Quase em segurança. Por ora.*

CAPÍTULO 24

Surgiram em um banho de sol. A chuva pingava através das folhas, mas raios de luz salpicavam as árvores, refletindo nas gotas e jogando arco-íris nas teias de aranha e quedas d'água.

Lamur colocou Glória no chão e caiu na poça de lama mais próxima, respirando pesado.

Ela sentou-se, balançando-se, e olhou para o túnel que dava na ilha asanoite. Não havia sons de perseguição; nenhum bater de asas, nenhum focinho preto rastejando para fora a fim de continuar a batalha.

Levou um momento para perceber como estavam perto da outra passagem, da que terminava no deserto. O primeiro túnel era em uma pedra; esse estava logo na segunda árvore escura, do outro lado da correnteza.

Ela não veria o buraco no tronco da árvore se não estivesse procurando. Era acima do nível de seus olhos, esculpido em uma altura que a maioria dos dragões teria que levantar os olhos para ver. Era tão escuro quanto a própria árvore, desaparecendo na madeira, e pulsava com uma sensação tão grande de que não deveria estar ali que ela quis desviar os olhos no momento em que o viu.

— Um segundo túnel — disse ela para Lamur. — Isso é muito estranho. Você acha que tem outros?

— Me acorde quando você descobrir — gemeu Lamur. — Não, espera. Nunca me acorde de novo. Eu vou dormir só por uns duzentos anos. — Ele encheu as patas de lama e jogou em sua própria cabeça, fechando os olhos com um suspiro.

Jupará disparou das copas das árvores e se jogou contra Glória.

— Tô tão feliz que vocês estão bem! — gritou ela. — Eu não queria te largar, mas estava tão assustada…

— Você fez o certo — tranquilizou Glória, abaixando-se para se esquivar da lança que Jupará ainda balançava de um lado para o outro. — Me dê isso aqui. E fique de olho naquele buraco pra ver se tem alguém nos seguindo.

Jupará arregalou os olhos.

— Mas e se estiverem? Eu faço o quê?

— Mande eles de volta para aquela porcaria de ilha. — disse Glória, usando a lança para cutucar as travas. — Eu venho te ajudar assim que eu me soltar. E se eu descobrir como, vou usar essa coisa pra tirar o anel de seu pescoço também. — Ela apontou para o objeto em Jupará.

A pequena dragonete trocou o peso em suas patas.

— Mas… hm… olha só, eu… eu não sei se quero usar meu veneno de novo em outros dragões. Fez eu me sentir muito, muito horrível.

— Então só finja que você vai — recomendou Glória. Ela empurrou a dragonete em direção à árvore. — Sente na entrada do túnel com a boca aberta e tente parecer malvadona, tá bom?

Jupará se levantou.

— Claro, aposto que eu posso parecer malvadona! Supermalvadona! Saca só.

Ela bateu asas até o buraco, enrolou a cauda nas patas, abriu a boca e fez uma careta feroz para o túnel. Ela parecia mais um peso de porta decorativo do que uma guarda, mas teria que servir.

Glória manteve um olho nela enquanto trabalhava para soltar as asas. O fato de não terem ido atrás deles era um tanto incômodo. Talvez os asanoite achassem que haveria mais dragões esperando desse lado do túnel para lutarem contra eles.

Quanto tempo fazia que ela sumira? Ela apertou os olhos para o ângulo dos raios de sol e percebeu que deveria ser de manhã. A sensação era de ter ficado presa no Reino da Noite por um mês, mas tinha sido apenas um dia.

Ainda faltava uma corda para desamarrar quando escutou vozes se aproximando pela floresta.

— Essa ideia é terrível! Por que não podemos discutir como dragões racionais?

— Não temos tempo! Lamur e Glória foram sequestrados por aquele asanoite assassino! Eu tenho que salvá-los!

— Mas não *sabemos* se ele os pegou e não sabemos se ele atravessou o túnel, ou onde devem estar no Reino de Areia e...

— A gente tá aqui! — chamou Glória.

Houve uma pausa, seguida de um bater de asas ansioso. Estelar e Tsunami brotaram das árvores e deram um rasante no rio para pousar ao lado de Lamur. Algum tempo depois, Sol os alcançou. A preguiça de Glória sentava-se em sua cabeça, agarrada aos chifres de Sol com uma expressão assustada.

— Ai, eu sabia que vocês estavam bem — disse Sol, alegre. Ela hesitou, apertando os olhos na direção de Lamur e na da lama que pingava em seu focinho. Seus olhos pararam nos ferimentos rasgados ao longo das escamas de Glória. — Hum... vocês *estão* bem?

— É claro — respondeu Lamur, afundando ainda mais na poça de lama.

Pratinha saltou de Sol para o pescoço de Glória e começou a puxar suas orelhas, chilreando uma reclamação fofinha. Glória a agarrou com as patas e fez cafuné em sua cabeça.

— Foi mal — sussurrou ela. — Mas não seria seguro pra você.

— HRRRRRF — reclamou a preguiça.

— E onde vocês estavam? — gritou Tsunami. — Mortalha escapou! Ele podia estar em qualquer lugar! Ele podia saltar e tentar matar vocês a qualquer momento!

— Na verdade, ele tá ali — disse Glória, apontando para a árvore. Seus amigos torceram o pescoço para observarem o buraco.

— Outro túnel? — perguntou Sol. Ela olhou por cima do rio e estremeceu. — Quer dizer, eu senti a sensação estranha, mas achei que ainda tava vindo daquele ali.

— Aonde esse vai dar? — perguntou Estelar.

Glória virou a cabeça para ele.

— Vai pro Reino da Noite — disse.

Estelar respirou suavemente e olhou para a árvore. Glória notou a ansiedade e a curiosidade se espalhando por ele, como se suas escamas pudessem mudar de cor também. Sua nação ficava depois daquele túnel, o lar de onde viera. Ela tentou imaginar o que ele acharia da ilha — o cheiro, o ar queimado e pedras hostis, as nuvens de fumaça horrendas que cobriam tudo, e do fato de que os asanoite estavam sequestrando os asachuva por conta de seu veneno. Dito isso, ela preferia ter sua própria nação de dragões preguiçosos, porém *não* malvados.

— Olha — disse ela. — Acho que é melhor você sentar.

Decidiram deixar Tsunami e Lamur guardando o túnel.

— Não deixem *ninguém* passar por aqui! — disse Glória com raiva. — Se virem um dedo de focinho aparecer, enfie esse negócio o mais forte que conseguir. — Ela entregou a lança a Tsunami.

— Sem problema — disse Tsunami com prazer. Ela girou a lança nas patas.

— A gente volta logo. Com um exército de asachuva.

Tsunami e Estelar trocaram olhares, e Glória eriçou o colarinho.

— Eu sei o que vocês estão pensando — reclamou. — Então não falem.

— É só que… — começou Estelar. — Sabe? É uma boa ideia? Os asachuva não são muito… um exército. Os asanoite podem esmagá-los.

— Principalmente se um deles vir o futuro e souber que vocês estão indo — disse Sol.

— Eles não previram minha fuga — disse Glória. — Eles não são todo-poderosos. Podemos impedi-los e resgatar os outros.

— Talvez seja um mal-entendido — sugeriu Estelar, descansando as patas dianteiras na árvore. — Talvez se eu fosse para lá e falasse com eles…

— Aí talvez você acabasse em uma prisão de lava muito aconchegante também — respondeu Glória. — Ou morto. Não vamos esquecer de que você pode ser um dos dragões que Mortalha veio matar. — Ela abriu as asas, deixando que se pintassem das cores das teias de arco-íris. — Mas fique à vontade pra se preocupar com isso o dia todo. Eu vou voltar para salvar minha nação, com ou sem você. — Ela chamou Jupará com um aceno e saltou no ar.

Era um alívio poder usar as próprias asas novamente. Ela as esticou enquanto voavam para os galhos mais altos. Pratinha estava presa em seus ombros, fazendo sons engraçadinhos. Jupará tomou a liderança batendo a cauda com vontade. Glória descobrira como arrancar seu anel de metal com a lança asanoite; deixou um machucado doloroso no pescoço de Jupará, mas a pequena dragoa estava feliz demais para se importar. Manchas rosas e amarelas dançavam em suas escamas, ficando mais brilhantes à medida que se aproximavam do vilarejo.

— Eles me procuraram todos os dias? — perguntou a dragonete, dando voltas ao redor de Glória. — Bromélia quase teve um ataque do coração quando eu sumi? Dá pra imaginar a cara dela. — Jupará procurou seu focinho em uma imitação hilária de Bromélia. — Aquela dragonete foi pega de propósito! Ela sempre foi problema! — riu Jupará. — Eu espero que ela tenha ficado doidinha me procurando. Lagarta velha e rabugenta. Nossa, acho que todo mundo vai ficar animado quando eu aparecer!

— Hum — disse Glória. — Não fique chateada se não tiver uma festa de boas-vindas.

— Ali é Licuri! — gritou Jupará, vendo um pequeno dragão se balançando em uma rede nos limites do vilarejo. — Ah, olha só como ele tá cansado. Nós tivemos aulas juntos para aprender a planar o ano passado inteiro. Aposto que ele ajudou nas buscas. Licuri! Sou eu! Voltei! — Ela deu um rasante até a rede e o cutucou com a cauda até o dragão verde-esmeralda sentar-se, piscando.

— Hmmm? — disse ele. — O quê?

— Voltei! — repetiu Jupará, abraçando-o com as asas e quase derrubando-o da rede. — Eu tô bem! Consegui chegar em casa!

Licuri se afastou educadamente.

— Jupará? — Ele apertou os olhos para ela. — Você foi a algum lugar?

— Eu sumi tem umas três semanas — explicou Jupará. Seu sorriso foi desaparecendo enquanto o outro dragão balançou a cabeça. — Você não sentiu minha falta?

— Err... — hesitou ele. — Eu estive bem ocupado.

— Aposto — disse Glória, desgostosa. — Você, vá pra casa de Áurea em uma hora, e traga todos os asachuva que encontrar. Vamos ter uma reunião.

— Uma o quê? — perguntou Licuri.

— E se você não estiver lá, eu vou saber, e vou vir pessoalmente te amarrar nessa rede pra você ficar preso pra sempre — ameaçou Glória. — Vá chamar os outros. Anda!

Licuri saiu agitado da rede e voou para longe, parecendo confuso.

Glória guiou Jupará para o centro da vila. As asas da dragonete estavam caídas e manchadas de um azul-acinzentado.

— Desapontar dragoas jovens que estão contando com eles — disse Glória. — É a especialidade dos asachuva.

— *Alguém* deve ter me procurado — insistiu Jupará.

— Sim. Eu — apontou Glória.

Ela viu a casa da rainha em frente e voou para aquele lado. Estelar e Sol não tinham chegado ainda. Talvez estivessem ocupados conversando sobre como o plano de Glória falharia. Ou talvez estivessem verificando Cascata novamente, como se aquilo fosse tão importante quanto salvar os asachuva.

A fila para ver Áurea estava menor que o outro dia; só dois dragões sentavam-se na plataforma de espera, e nenhum parecia chateado. Glória passou por eles e mergulhou através da cortina de cipós, parando no chão de madeira.

A rainha asachuva pulou, e sua preguiça saltou para a cabeça dela, parecendo assustada.

— Eu os encontrei — anunciou Glória. Ela olhou para os dragões que se reuniam com Áurea: uma asachuva jovem cujas escamas azul-es-verdeadas parcciam tentar imitar as de Tsunami, inclusive com pontos brancos fazendo as vezes das pérolas, e um dragão velho encolhido com traços de prata em seu colarinho. — Eu encontrei os asachuva perdidos, Vossa Majestade.

— Me chame de Au — disse a rainha. — Quais asachuva desaparecidos?

— Aqueles que a senhora me mandou encontrar — respondeu Glória, impaciente. — Tipo Orquídea, e a rainha Esplendor. E Jupará aqui.

— Ah — soltou Áurea. Um brilho roxo-escuro apareceu em suas escamas. — Majestoso! Estou muito satisfeita. Vá contar a Mangal. Vai ser ótimo não precisar mais lidar com *essa* dor de cabeça. — Ela voltou-se para os outros asachuva.

— Não, não, me escuta — pediu Glória. — Eles foram sequestrados. Nós temos que salvá-los.

Áurea piscou para Jupará.

— Ela não — disse Glória. — Quer dizer, a gente já salvou ela, mas os outros ainda estão lá. Precisamos juntar a nação e organizar uma expedição para salvá-los.

— Uma expedição? — repetiu Áurea. Seus olhos foram até um lagarto que rastejava lentamente na janela.

— Salvá-los do quê? — perguntou o asachuva azul-esverdeado.

— Dos asanoite — respondeu Glória. — Eles estão sequestrando os asachuva e os tratando como prisioneiros — sibilou, lembrando da cauda do dragão cinza batendo tristemente no chão enquanto era levado pelos asanoite.

— Você quer que lutemos contra *outros dragões?* — perguntou a rainha. — E como faríamos isso?

Glória segurou a cabeça. Ela sabia que suas escamas vibravam com as cores raivosas do pôr do sol, mas ela precisava de toda a energia para discutir com a rainha.

— Com o veneno — começou, lentamente. — Com a camuflagem. Com as garras e os dentes. Com *qualquer coisa* que salve seus companheiros de nação.

— Nós não sabemos lutar — disse a rainha, como se estivesse explicando as três luas para uma dragonete muito jovem. — Os asachuva não nasceram para isso. Somos uma nação pacífica.

— Então qual é a sua sugestão? — devolveu Glória. — Pedir numa boa pros asanoite devolverem os dragões que roubaram? Porque sequestrar dragões, com certeza, é uma atitude de uma nação sensata. Muito aberta a negociações e tal.

A rainha Áurea examinou suas garras por um tempo, então pegou sua preguiça e coçou debaixo do queixo dela.

— Bom, vamos pensar nisso de maneira racional. Nós realmente precisamos trazê-los de volta?

Glória sentiu-se como se tivesse acabado de cair no vulcão dos asanoite.

— Você quer dizer... que ia *largar eles ali?*

— Eita — disse o dragão azul, olhando para as escamas de Glória. — Eu nunca vi ninguém ficar tão vermelha assim.

— Só são alguns dragões — retrucou a rainha, com um balançar de pata displicente. — Não é? Cinco ou seis?

— Catorze — corrigiu Jupará. — Sem contar os três que já morreram.

Nem Mangal sabia quantos já sumiram, pensou Glória. Ela sentiu outra onda de raiva. *Três morreram antes de alguém sequer procurá-los. Será que esperavam ser resgatados, ou sabiam que não havia esperança?*

— Viu? Só catorze — ressaltou Áurea. — Não faz tanta diferença, não é? Tem vários outros dragões aqui.

Por um momento Glória ficou sem palavras. Ela nunca, nunca, nem em um milhão de anos, imaginaria que pudesse haver uma rainha que deixaria seus súditos morrerem sem levantar uma garra para salvá-los. Se a rainha não ligava, que chance qualquer asachuva teria?

E não havia nada que Glória pudesse fazer. Ela não era parte da profecia, não era uma asachuva normal e não poderia salvar os asachuva sozinha, não importava quanto quisesse. Sem a rainha, sem um exército, ela era tão inútil quanto uma preguiça.

Queria gritar um milhão de coisas para a rainha: *o que tem de errado com vocês? Não existe lealdade aqui? Ou empatia?*

Alguém tem que se importar quando um dragão desaparece.

E então ela sabia exatamente o que queria dizer.

— Rainha Áurea, eu te desafio pelo trono dos asachuva.

PARTE TRÊS

UM TRONO NAS ÁRVORES

CAPÍTULO 25

— Quer dizer que você quer um turno sendo rainha? — disse Áurea, virando a cabeça, confusa. — Eu acho que dá para resolver isso, se você quer tanto assim. Eu vou falar com as outras e tentar te colocar entre Grandiosa e Preciosa no ano que vem.

— Não, eu preciso ser rainha agora — insistir Glória. Ela tentou não pensar em como Áurea era maior que ela, ou que idade deveria ter. *Mesmo assim, ela nunca deve ter treinado em batalha ou enfrentado as garras de uma asacéu todo dia por seis anos.* — Porque se você não vai salvar esses asachuva, eu vou, não importa o preço. Mesmo que signifique arrancar o seu trono.

— Eita, *misericórdia*. — Jupará prendeu a respiração.

— Eu não sei como você faria isso — disse a rainha Áurea. Ela desceu os olhos e começou a ajeitar um de seus colares de flores.

— Não é muito complicado — começou Glória. — A gente luta. Quem sobreviver vira rainha.

Os outros asachuva no entorno prenderam a respiração.

As escamas da rainha estremeceram em verde e branco. Ela encarou Glória.

— Você mataria outra dragoa só para virar rainha?

— É assim que fazem nas outras nações — explicou Glória.

— Não *aqui* — enfatizou Áurea. — Isso é tão *bárbaro*.

— Bárbaro é abandonar os dragões da sua nação quando você poderia salvá-los — respondeu Glória, com ferocidade.

A rainha balançou as patas dianteiras, despreocupada, e se dirigiu a Jupará e ao dragão azul-esverdeado.

— Com certeza nenhum asachuva seguiria uma rainha que roubou o trono com violência. Concordam?

O dragão azul deu de ombros, mas Jupará estufou o peito e encarou a rainha.

— Eu seguiria Glória pra qualquer lugar — disse ela.

— Não é o costume dos asachuva — protestou Áurea.

— Pelo que eu vi, o jeito dos asachuva é deitar o dia inteiro e não fazer nada — ralhou Glória. — Então por que você não vai lá fazer isso e eu vou ser rainha? Afinal, ninguém quer esse trabalho, né?

— Talvez eu não queira que *você* seja rainha — rosnou Áurea.

— Existe uma tradição antiga — interrompeu o dragão ancião, de repente. — Se alguém quiser ouvir. — O velho asachuva riu quando todos se viraram para ele. — Não me olhe assim, Au. É o justo a se fazer, e te dá as mesmas chances, se não mais, de manter o trono.

— O que é? — perguntou Glória.

— Um desafio — disse ele. — As lendas dizem que os dragões disputavam nosso trono como quaisquer outros; mas, com o passar do tempo, os asachuva desenvolveram um novo método que não terminava em morte. Se uma desafiante desejasse o trono, teria que derrotar a rainha atual em uma competição. E a rainha tinha o direito de escolher a natureza do desafio.

— Parece cansativo — comentou Áurea, irritada.

— Me parece justo — retrucou Glória. A loucura típica dos asachuva; mas, sério, virar rainha sem matar ninguém era ótimo. — Que tipo de desafios eles tinham?

O velho dragão apertou os olhos para o nada.

— Deixe-me pensar — disse, contando as garras. — Uma vez houve uma corrida de planagem nas copas das árvores. E quando eu era um dragonete muito jovem, eu vi um desafio de camuflagem. Uma se escondia enquanto a outra tentava encontrar, e vice-versa. A ganhadora era quem encontrasse a outra mais rápido.

— Um esconde-esconde pra virar rainha — observou Glória. — Por que não? — Ela esperava que ninguém conseguisse ver que tinha ficado um pouco abalada. Ela tinha certeza de que seria melhor lutando até a morte do que em uma corrida de planagem ou pegando flores ou o que quer que Áurea decidisse inventar, mas se quisesse se tornar rainha dos asachuva, teria que começar a agir como uma. Mantendo suas escamas igualmente vermelhas, virou-se para Áurea. — Ande logo e diga qual vai ser o desafio, Vossa Majestade.

Áurea estreitou os olhos.

— Eu quero um dia para pensar — pediu ela.

— Seguindo os costumes — concordou o dragão velho.

Glória bateu a cauda. Os asachuva sequestrados não *tinham* um dia. Quem saberia o que os asanoite fariam depois de terem sido descobertos? E se matassem todos os prisioneiros para esconder as evidências? E se estivessem juntando um exército e reforçando suas defesas naquele momento? Um ataque rápido, esmagador, antes que os asanoite pudessem se preparar — era o que Glória planejara.

Talvez eu conseguisse voltar essa noite, sozinha, pensou. *Talvez desse pra se esgueirar pelo túnel, libertá-los e derreter qualquer asanoite que tentasse me impedir e trazer todos para casa.*

Mas ela se lembrou da sensação das garras de asanoite empurrando-a contra a pedra, e o anel de metal frio ao redor de seu focinho. Se voltasse sozinha e fosse pega, não haveria tempo para ninguém buscá-la. Os asanoite a matariam na mesma hora. E então não haveria nenhuma esperança para os asachuva presos.

Não, ela não conseguiria salvar ninguém sem um exército, o que significava que precisava do poder do trono atrás dela e, para conseguir, precisava ganhar aquele desafio. E, com um dia, ao menos teria a chance de se preparar. Talvez Jambu pudesse lhe ensinar a planagem nas árvores, como prometera.

— Certo — disse ela, encarando o olhar da rainha. — No nascer do sol amanhã.

— No Arboreto — acrescentou Áurea com um sorriso astuto, como se soubesse perfeitamente bem que Glória não tinha a menor ideia de onde era aquilo.

Também tenho que memorizar todo o vilarejo asachuva, Glória fez uma nota mental para si mesma. *No caso de ela escolher, por exemplo, uma caça aos sucateiros.*

Áurea virou-se para o dragão velho.

— E seu nome, qual é mesmo?

— Vistoso — disse ele. Piscou para Glória. — Nossos nomes nem sempre combinam com a gente.

— Vistoso pode supervisionar a competição, já que essa ideia burra foi sua — determinou Áurea. — Se for tudo bem com você, pirralha.

— Me parece perfeito — concordou Glória. — Aproveite seu último dia como rainha.

Ela se abaixou antes de sair pela cortina de cipós e ficou parada na ponte por um momento, respirando fundo. O impacto do que fizera finalmente começava a acertá-la.

Eu tô maluca?

E eu lá QUERO ser a rainha dos asachuva? E ficar presa aqui para sempre? Tentando organizar esses dragões perdidos?

Ela já podia *imaginar* o que seus amigos diriam sobre isso.

Glória olhou para cima e viu mais ou menos uns vinte e cinco asachuva tomando a plataforma de espera, encarando-a. Um deles era Licuri. Aparentemente aquele era o máximo que tinha conseguido quando pedira que juntasse todo o vilarejo.

Mas a julgar pelas expressões, todos tinham ouvido a conversa de Glória com Áurea. E pelo que sabia sobre os asachuva, aquele era o tipo de notícia que se espalharia rápido — principalmente porque teriam alguma diversão no nascer do sol no dia seguinte.

Jupará saltou da casa atrás dela e também viu os dragões.

— Licuri! — gritou. — Você ouviu isso?

O outro dragonete passou uma garra na plataforma de madeira.

— Claro — disse ele.

— Finalmente vamos ter uma rainha de verdade — declarou Jupará, orgulhosa.

Alguns dos asachuva trocaram olhares, tornando-se um tom diferente de laranja com toques de roxo. Glória achou que significava confusão ou dúvida; não era uma cor que ela mostrasse — ou que se mostrasse — muito.

— Uma rainha de verdade? — repetiu outro asachuva. — É, hum… é algo de que a gente precisa?

— O que tem de errado com as que a gente já tem? — Foi outra pergunta.

— Vá perguntar isso pro Gibão! — devolveu Jupará. — Ou Orquídea. Ou Esplendor, ou pra Tualang ou Lóris!

Todos os dragões franziram o rosto; vários olharam ao redor, como se esperassem que Orquídea ou Esplendor aparecessem para responder as perguntas.

— Hmmmm, isso aí — disse Jupará. — Vocês não os veem já faz um tempo, né? É porque eles foram sequestrados, como eu fui. E eles ainda tão presos lá, a não ser Tapir, Brilho e Orangotango, que morreram de maneiras horríveis, sozinhos e longe de tudo e de todos que amavam. E a única dragoa disposta a fazer alguma coisa quanto a isso é Glória. É por isso que ela tem que ser nossa rainha.

Glória não gostou do silêncio perturbador que se seguiu. Alguns asachuva faziam caretas como se tentasse descobrir quem era essa tal de "Glória".

— Não deem ouvidos a ela. — Bromélia abriu caminho com os ombros e encarou Jupará. Ela veio mostrando a língua. — Essa dragonete é problema. Ela se escondeu na floresta por três semanas só pra me prejudicar, e agora inventou uma história ridícula só pra chamar atenção.

Um laranja violento explodiu nas asas de Jupará, e ela mostrou as presas para Bromélia com um sibilo.

— Fica na sua, Bromélia — comandou Glória, puxando Jupará para atrás dela. — É tudo verdade. Eu estava lá, também. — Virou-se para os outros dragões na plataforma, inclusive para os que se juntavam nas árvores para ouvir. — Me escutem. Seus amigos estão sofrendo. Eles estão sendo torturados e presos em cavernas, em um lugar horrível que tem cheiro de fumaça e morte. Não tem frutas. Não tem hora do sol.

Murmúrios horrorizados tomaram os galhos acima.

— Sem hora do *sol*? — alguém guinchou.

Glória deu um passo na ponte e vários dos asachuva se acovardaram.

— Isso podia ter acontecido... *ainda* pode acontecer a qualquer um de vocês. Se não vão salvá-los, quem vai? Eles vão estar perdidos para sempre. — Glória bateu a cauda. — Eu sei que vocês preferem dormir a lidar com os problemas, mas esses dragões são de sua nação, e eles precisam de vocês.

Ela olhou de volta para a casa de Áurea e levantou a voz.

— É por isso que eu vou tomar o trono amanhã. Não é porque quero a maior fruta ou a plataforma de sol mais alta. Estou fazendo isso pelos asachuva desaparecidos. E por vocês, pra que não passem o resto de suas vidas olhando por cima dos ombros e pensando "nossos amigos ainda estão sumidos... e poderíamos tê-los salvado".

CAPÍTULO 26

Glória respirou fundo e estudou sua audiência.

A maioria dos dragões parecia confusa, mas alguns tinham faixas roxas pintando as escamas — culpa e vergonha, morando muito perto do orgulho no espectro de cores.

Hmm, pensou Glória. *Acho que é só o que tenho de discurso motivacional.* Por alguma razão, sempre parecia melhor e menos estranho nos pergaminhos que ela lia. Os discursos emocionantes sempre aconteciam nos fins de capítulo — mas, naquele momento, um monte de dragões olhava para ela, e Glória não conseguia lembrar de nada nas histórias que ensinasse o que fazer depois de uma situação dessas, ou como escapar graciosamente.

— Toma — disse Jupará, dando a língua para Bromélia.

Glória tinha certeza de que ninguém tinha *tomado* nada.

— E agora a gente faz o quê? — perguntou Jupará com animação. O azul-acinzentado de suas escamas tinha ido embora e toda sua energia havia retornado. — Deixa pra lá, eu sei exatamente o que a gente vai fazer primeiro. Comer alguma coisa gostosa!

Glória deu as costas para sua audiência de olhos arregalados e focou em Jupará.

— Pode ir. Eu tenho que contar pros meus amigos o que acabou de acontecer. E também encontrar alguém que me ensine tudo sobre as habilidades asachuva até amanhã.

— Eu sei fazer isso! — voluntariou-se Jupará. — Depois que eu comer. Eu vou comer cada pedacinho de fruta nesta floresta. Eu te encontro onde?

— Me procure nas cabanas dos curandeiros — pediu Glória, com um suspiro. — Traga Mangal também.

Jupará disparou até as árvores. Glória virou a cabeça e confirmou que Pratinha ainda dormia em seu ombro. Ignorando a multidão, abriu as asas e voou para longe. Se lembrasse das indicações de Áurea, a casa dos curandeiros não estava longe.

Ela encontrou as amoras crescendo na varanda e desceu para uma casa na árvore cujo telhado de folhas era salpicado de buracos que permitiam a passagem da luz. Dentro, só duas camas estavam ocupadas: uma por Cascata, e a outra por um asachuva sonolento com uma bandagem no focinho, como se tivesse acertado uma árvore enquanto voava. Três asachuva em tons de branco e azul calmante estavam juntos em um canto, comendo bananas e conversando com a voz baixa.

Como havia previsto, Sol e Estelar estavam agachados ao lado de Cascata, observando-o ansiosos. Bom, Sol observava Cascata. Como sempre, Estelar observava Sol.

Cascata estava esparramado em um ninho feito de folhas com formato de aranhas debaixo do sol. Ele dormia, respirando pacificamente pela primeira vez desde que Fervor o atacara. Sol estava certa; o suco de cacto claramente *estava* funcionando. A ferida em sua cauda não tinha se curado por completo, mas as bordas pareciam muito menos feias e a cor escura diminuía, ao invés de se espalhar.

— Eu acho que você o salvou — observou Glória, ao se aproximar deles.

— Eu espero que sim — disse Sol. — Mas ele ainda está triste. Ele não para de murmurar enquanto dorme sobre como é culpa dele que os asacéu encontraram e destruíram o Palácio de Verão.

— Bom. E é — disse Glória.

— Que simpática — ironizou Estelar. — Pare com isso. Cascata não sabia que CaimãoCaimão o estava seguindo.

CaimãoCaimão — a última dragoa na qual Glória havia usado seu veneno antes do Reino da Noite. Teve um vislumbre do rosto aterrorizado da asabarro e o tirou da cabeça. Aquilo tinha sido autodefesa. Sempre era autodefesa. O tipo de autodefesa que os asachuva precisavam aprender.

Sol tocou o ombro de Glória com sua asa, e Glória pulou para trás.

— Você tem que cuidar de seus arranhões — disse Sol.

— Isso não é um arranhão — informou Glória, apontando para o corte ensanguentado de sua perna, que começava a pulsar de um jeito doloroso. — É um ferimento de guerra.

— Isso, você é bem forte e assustadora — disparou Sol. Ela acenou para os asachuva brancos e azuis enquanto Glória se perguntava se aquilo tinha sido sarcasmo. Vindo de Sol? Improvável. Ela se contorceu para ver os asachuva colocando um tipo de pasta em seus ferimentos.

— Cuidado — sibilou ela, mas depois de um momento a ardência sumiu, e tudo que conseguia sentir era uma dormência fria. Glória olhou para as feridas e cheirou a pasta, que parecia menta. — Hmmm — disse, então. — Uma dragonete chamada Jupará tá vindo aí. Ela precisa de um pouco disso também. — Viu o olhar intenso de Sol e meneou a cabeça para os curandeiros. — Valeu.

— Cadê seu exército? — perguntou Estelar, com leve perversão.

— Estou… cuidando disso — hesitou Glória. Sol se curvou por cima de Cascata, ajustando o curativo na ferida dele. — Então, falando nisso — continuou Glória. — Decidi que vou ser a rainha dos asachuva.

Sol tropeçou, e Cascata soltou um "ai" quando ela caiu sobre ele, mas não acordou. Estelar virou-se para encarar Glória com uma expressão incrédula.

— Mas por quê? Você nunca quis ser rainha — questionou ele.

— Você não sabe disso — respondeu Glória. Ela estava bastante consciente dos curandeiros ao alcance da sua voz, tentando parecer ocupados, mas claramente bisbilhotando. — Eu nunca falei porque estávamos muito ocupados ouvindo o quanto Tsunami queria ser rainha. Tanto faz, é o que eu preciso fazer se quiser liderá-los na batalha contra os asanoite.

— Batalha? — perguntou Estelar, ansioso.

— Eu acho que você vai ser uma rainha incrível — disse Sol, mexendo as asas douradas.

— Rrrrrbl — concordou a preguiça, acordando e se apoiando no pescoço de Glória.

—Talvez não precisemos lutar contra os asanoite — sugeriu Estelar com a voz lamuriosa. — Deixa eu falar com eles. Talvez eu consiga descobrir por que estão levando os asachuva.

— Eles precisam ser resgatados — rebateu Glória.

— Talvez os asanoite libertem eles — insistiu Estelar. — Talvez se eu explicar que...

— Que amarrar dragões em cavernas é errado? — interrompeu Glória. — Claro, isso nunca passou pela cabeça deles. Ou então que deveriam pedir educadamente antes de roubar o veneno dos asachuva?

— E não esqueça dos asabarro — acrescentou Sol. — Por que mataram aqueles dois soldados?

Glória *esquecera* dos asabarro mortos. Se aquilo tinha sido trabalho dos asanoite também... então o que estavam tramando?

— Olha — disse ela para Estelar. — Eu sei que você não quer ver sua nação pela primeira vez do lado oposto no campo de batalha, mas não dá pra confiar neles. Nem é seguro pra você; não temos ideia se Mortalha também teria que te matar.

— Eles nunca me matariam! — protestou Estelar. — Eu sou um deles!

— Mais ou menos — corrigiu Glória. — Enfim, eu preferiria descobrir a verdade com uma cacetada de veneno de reforço, você não?

Estelar torceu as patas. Glória olhou para fora pela janela mais próxima e viu um par de dragões se camuflando rapidamente no galho do lado de fora. Ela apertou os olhos e achou ter visto vislumbres de movimento em vários outros galhos. Ao que parecia, sua nação finalmente se interessava por ela.

— Espera — começou Sol, sentando-se e abrindo as asas. — Se você quer ser rainha, não vai ter que matar Áurea?

— Eles têm um jeito pacífico de tomar o trono — explicou Glória. — Eles são asachuva, é claro que têm.

— É *sério*? Isso é *incrível* — disse Sol com uma intensidade inesperada. — É assim que todas as nações deveriam fazer. Talvez, depois de acabarmos com essa guerra, a gente possa ensinar a todo mundo o jeito asachuva de trocar de rainhas.

Glória olhou para Sol com curiosidade. Aquilo era muito entusiasmo pelo jeito asachuva de fazer as coisas. Ela tinha certeza de que a maioria dos dragões não pensaria assim.

— Por que não fazemos nossa revolução passinho por passinho? — sugeriu ela, batendo a cauda na direção de Sol. — As outras nações estão fazendo do jeito delas por centenas de anos.

— E daí? — retrucou Sol. — As coisas podem mudar.

— E se as rainhas não matarem suas desafiantes — interrompeu Estelar —, o que as impediria de tentar de novo um dia depois, ou outro? Ou se a desafiante ganhasse, a rainha poderia só tentar tomar o trono de volta. Ao invés de cuidar de seu reino, a rainha teria que passar o tempo todo tentando manter o trono.

— Então a gente faz novas regras — insistiu Sol, teimosa. — Tipo, ela só pode ser desafiada em certos momentos do ano, ou então cada desafiante só pode tentar duas vezes antes de desistir, ou alguma coisa assim. Somos dragões, não centopeias. Dá pra fazer as coisas de um jeito diferente se quisermos.

— Dragões são dragões, Sol — postulou Glória. — Lutar é parte da nossa natureza.

— Não pros asachuva — disse Sol. — E eles também são dragões.

— Mas… — *Mas tem alguma coisa errada com eles*, pensou Glória. Ela não queria dizer isso em voz alta com os curandeiros ouvindo, e sabe-se lá quantos do lado de fora, mas ela sabia que Estelar pensava a mesma coisa.

— Talvez os asachuva sejam mais evoluídos que o resto de nós — propôs Sol. — Talvez todos os dragões devessem tentar ser um pouco mais como eles. Estão felizes, não estão?

É verdade, pensou Glória, mas *talvez eu conseguisse ser feliz como a prisioneira da rainha Rubra, se eu ficasse deitada no sol e comesse abacaxis o dia inteiro. E aí onde meus amigos estariam?*

— Eu não acho que é o suficiente só ser feliz — respondeu Glória, lentamente. — Eu acho que também é necessário se importar com alguma coisa. Tipo com os outros dragões que precisam de você. E você também tem que estar pronta pra lutar, só pro caso de alguns dragões "menos evoluídos" e doentes decidirem invadir seu território e sequestrar alguns dos seus.

— *Eu* acho que ninguém consegue ser verdadeiramente feliz sem pergaminhos — confessou Estelar, tristonho. — Eu não vejo um pergaminho há semanas e estou acabado.

— Pobre Estelar — lamentou Sol, com simpatia genuína, esfregando a asa dele com a sua. — Bom, quando Glória for a rainha ela vai conseguir resolver tudo isso. Estelar pode ensiná-los a ler, e Tsunami pode ensiná-los a lutar.

— E a gente faz uma lista com todos os ovos e todos os dragões na nação pra que ninguém se perca nunca mais. A gente ainda salva os asachuva perdidos, escolhe a rainha asareia e para a guerra — listou Glória. — Só preciso de uma semana.

Sol sorriu como se aquele parecesse um plano minimamente razoável.

Quando eu for rainha, pensou Glória. *Eu gostei.*

Através de uma das janelas, Glória viu Jupará e Mangal se aproximando. Outros dragões curiosos os seguiam pelas árvores, e viu mais olhos observando das folhas.

Mangal estava uma mistura inesperada de amarelo brilhante e verde musgo. *Animado e assombrado*, pensou, *mas mais complicado*. Com o retorno de Jupará, agora ele sabia que Orquídea estava viva — mas também sabia que estava em um lugar terrível e que seria difícil recuperá-la. Glória esperava que Lamur e Tsunami estivessem prontos para impedi-lo caso tentasse atravessar o túnel e realizar o resgate ele mesmo.

— Bom, antes de mudar a essência fundamental dos dragões e fazer uma reforma na nação asachuva, primeiro preciso ganhar — explicou ela. — Então agora eu vou treinar pra essa competição de amanhã. Se alguém quiser vir assistir enquanto os outros cuidam do túnel, é no Arboreto no nascer do sol.

— Estarei lá — prometeu Sol. — Vai ser bom conhecer uma rainha que a gente goste.

— *Se* você ganhar — acrescentou Estelar, sombrio.

— Eu vou ganhar — assegurou Glória, olhando novamente para as escamas de Mangal. Pensou em Orquídea e nos outros dragões da floresta, amarrados, amordaçados e forçados a comer carne podre; aprisionados longe do sol e de sua própria nação. — Eu preciso ganhar.

CAPÍTULO 27

— Mamão — disse Glória. — Carambola, tangelo, garraranja, bacaba, dragãomora, manga, pera-chama, e aquele é uma pegadinha que só parece uma fruta, mas na verdade é um caracol mal desenhado. — Ela cutucou a concha roxa de caracol com uma garra, e a antena nervosa dele sumiu novamente.

O sol já estava alto acima deles, e a chuva matinal havia parado, embora as folhas ainda banhassem os dragões sempre que alguém passava e balançava as árvores. Todos os tucanos, papagaios e lóris que haviam desaparecido durante a chuva haviam voltado, empoleirados nos galhos mais altos e piando animadamente para o sol como se esperassem nunca mais vê-lo.

Enfim Glória já conseguia identificar todos os pássaros com um olhar, depois de estudar com Mangal e Jupará durante a manhã. Pássaros, insetos, flores, frutos — qualquer coisa que pudesse virar um teste nas mãos de Áurea, ela memorizaria. Se sentisse o cérebro cansar, pensava no ar esfumaçado sufocando as cavernas dos asachuva, e isso a trazia de volta ao foco.

— Caraca — exclamou Jupará. Ela piscou os olhos grandes e pretos para Glória. — Como você aprendeu tudo isso tão rápido?

— Você realmente nunca provou nenhuma dessas antes? — perguntou Mangal, analisando as quarenta e tantas frutas dispostas ao redor da plataforma.

— Acho que uma ou duas — confessou Glória. — Eu tenho que prová-las, né? Caso ela escolha um teste cego?

— Eu acho que ninguém nunca pensou nisso antes — disse Mangal. — Mas nunca se sabe. — Ele descascou a banana com poucos movimentos das garras e a jogou para ela.

— Lamur arrasaria em um teste cego — observou Sol, de seu poleiro nas árvores acima deles. A luz do sol dançava em suas escamas douradas. Um pequeno macaco laranja de rosto preto brincava com sua cauda, mas Sol não percebeu, ou não se importou.

— Isso aí — confirmou Lamur, entristecido. — Você vai comer isso tudo?

Glória deu mais uma mordida e jogou o resto para Lamur, que se atrapalhou tentando pegar e terminou com banana espalhada pelas patas. Ele limpou a bagunça com a língua, bastante satisfeito.

— Você pode praticar sua camuflagem ao mesmo tempo — propôs Mangal. — Veja se consegue imitar essa manga. — Ele rolou a fruta para ela com o nariz.

Glória analisou a parte externa da manga e deixou que suas escamas lentamente se tornassem um verde sem graça com pontos pretos, variando para um vermelho caloroso ao redor das asas e cauda.

— Tão legal — exclamou Sol.

— E você vai comer *isso*? — perguntou Lamur.

Glória riu.

— Lamur, deixa eu provar, pelo menos. — Ela tentou descascá-la do jeito que Mangal tinha feito com a banana, mas fez uma bagunça. Uma polpa amarelo-alaranjada espirrou em suas escamas, e Pratinha desceu de seu braço para lamber.

Pare de perder tempo, reclamou consigo mesma enquanto ajudava a preguiça a se equilibrar. *Metade do dia já foi embora e você ainda precisa praticar a mira com o veneno e a planagem nas árvores e a camuflagem.*

— Eu acho que não é a melhor hora pra dizer — mencionou Sol —, mas estão te observando.

Mangal e Glória olharam para cima. Ela pedira que escolhessem um lugar onde pudessem praticar sem chamar muita atenção. Era perturbador ficar achando olhos de asachuva toda vez que se virava. A nação inteira já devia saber que ela não era uma asachuva normal, mas não precisavam ver todos os seus erros no dia anterior ao que tentaria tornar-se a rainha.

Mas Sol estava certa. Mesmo estando em um canto mais escondido do vilarejo, Glória conseguia ver cabeças de dragões espiando ao lado de troncos de árvores e saindo de redes, olhando para onde ela estava. Se virasse a cabeça para observá-los, a maioria mudava de cor e desaparecia, mas se conseguia ver alguns, perguntava-se quantos mais estavam por ali, camuflados e curiosos com a desafiante ao trono.

Bom, gostem de mim ou não, pensou Glória. *Eu não sou como as outras asachuva, mas talvez seja isso de que vocês precisem em uma rainha.*

— Tá bom, o que a gente vai fazer agora? — perguntou, colocando frutinhas na boca. *Framboesas são mais fortes que amoras-árticas. Figos têm gosto de ventos do deserto. E as goiabas eu podia comer todo santo dia.* — Treinamento de veneno?

— O próximo é a hora do sol — corrigiu Jupará, e Mangal concordou olhando para o céu.

— Vocês estão malucos? — perguntou Glória. Ela pegou um mamão e acidentalmente o esmagou entre as patas. — Eu tenho um dia pra me preparar. Eu não vou perder tempo dormindo que nem uma lesma.

— A hora do sol não se trata de *dormir* — disse Mangal, severo. — Se trata de recarregar.

— Hmfffr frrrromf — concordou Pratinha, subindo para puxar as orelhas de Glória.

— Eu prefiro estudar — contrariou Glória. Ela viu o rosto desanimado de Jupará e acrescentou: — Podem ir. Eu vou treinar sozinha.

— Você não vai — insistiu Mangal. — Você precisa dessa energia para ganhar. Você vai dormir, nem que precisemos sentar em você para conseguir.

— Eu me voluntario — disse Lamur. — Eu sou o campeão mundial de sentar nos amigos.

— Lamur! — exclamou Glória ouvindo Sol rir. — Isso não é uma piada! Eu não tenho tempo pra ser preguiçosa!

— Glória tem alguns problemas com a palavra "preguiçosa" — avisou Sol. — Nossos guardiões chamavam ela assim o tempo todo, então ela acha que precisa provar alguma coisa mostrando que não gosta de dormir.

Glória eriçou o colarinho e encarou Sol.

— Com licença. Você tá me *explanando*? — perguntou.

Sol moveu as asas dando de ombro de um jeito amigável.

— Foi o que Estelar disse — explicou. — Mas faz sentido pra mim.

— Dormir quando precisa não é preguiça — pontificou Mangal. — Isso é coisa de dragões malucos. Dormir é tão importante quanto respirar. Você não deixaria de fazer *isso* porque não tem tempo.

— Ou comer — concordou Lamur. — Você não pode deixar de dormir nem de comer. — O dragonete asabarro saltou de seu galho e pousou ao lado dela, esmagando uma manga debaixo de suas patas. Ele se agachou para deixar seus olhos no mesmo nível dos dela. Pratinha se inclinou por sobre a cabeça de Glória e tentou cutucar os chifres dele.

— Glória — disse ele. — Para de surtar por um segundo e pensa em como você está se sentindo. E eu não tô falando de você estar irritada; eu quero dizer fisicamente.

— Eu não tô surtando — retrucou Glória, eriçada. — E eu estou bem perto de estar irritada, sim.

— E? — perguntou.

— Muito pertinho — devolveu. Ele a olhou pacientemente.

E... *exausta*, Glória percebeu, respirando fundo. Ela não dormia fazia... fazia muito tempo, pelo menos não devidamente. Pensou na sensação do sol em suas escamas.

— Tá — reclamou. — Mas me acordem em *uma hora*, entenderam?

— A gente vê — respondeu Lamur.

— Rrrrrrrrlleee! — comemorou a preguiça.

— Venha — chamou Jupará, animada. — Eu conheço o melhor lugar!

Enquanto Glória, Jupará e Mangal alçavam voo, houve um bater de asas geral pelas árvores ao redor deles quando os asachuva camuflados os seguiram, não muito sutilmente. Jupará liderou o caminho para uma plataforma construída logo acima das copas das árvores, sem folhas entre ela e o arco celeste. A superfície tinha uma depressão bem no meio e era coberta por flores rosa-suaves como nuvens, crescendo ao longo de cipós que se entrelaçavam ao redor da madeira.

— Você fica aqui — disse Jupará, apontando para o vazio no centro.

Glória foi se enrolar relutante nos cipós e imediatamente sentiu o calor chegando a seus ossos. Pratinha foi muito alegre para seu lugar no ombro de Glória e se aconchegou. A dragoa assustou-se quando Jupará deitou-se ao seu lado e Mangal se colocou no outro. Aquilo respondia à pergunta — outros asachuva não se importavam em se tocar, então era apenas ela que tinha problema com isso.

— Ah... — começou a falar, mas os dois asachuva já respiravam profundamente.

Glória fechou os olhos, certa de que nunca conseguiria dormir assim.

Pouco tempo depois acordou e se viu encarando os olhos âmbar da rainha Rubra.

CAPÍTULO 28

GLÓRIA SALTOU PARA TRÁS COM UM SIBILO e abriu a boca.

— Não ouse — rosnou a rainha. — Você já não fez o bastante?

Glória parou, analisando o rosto da asacéu.

Era perfeito — tão perfeito como sempre tinha sido, um laranja brilhante como as orquídeas que cresciam do musgo atrás dela, com os pequenos rubis acima de seus olhos brilhando na luz do sol.

E então o corpo de Rubra... *tremeluziu* de alguma forma, e abaixo das escamas perfeitas Glória viu algo escuro e derretido, uma bagunça horrível cheia de manchas onde um rosto costumava estar. Atrás de Rubra, viu uma sala escura com jarras de vidro presas ao teto, algumas com um brilho estranho.

— Ah. Você não tá aqui — disse Glória quando a floresta tropical reapareceu e as escamas de Rubra voltaram a ser perfeitas. A rainha estava empoleirada na borda da plataforma em que Glória dormia; mas, se prestasse atenção, era possível ver que as garras da asacéu não afundavam nas folhas abaixo dela.

Glória sentou-se e enrolou a cauda ao redor de suas patas. Jupará e Mangal dormiam ao seu lado, a preguiça roncava em seu ombro, e o sol subira ainda mais no céu.

— Eu tô acordada? — perguntou Glória.

— Não — respondeu a rainha. — Eu venho tentando te encontrar adormecida há dias. — Ela mostrou uma safira com o formato de uma estrela que brilhava com uma luz azul misteriosa através de suas garras.

— Desde que descobri o que é isso.

— Um visitasonho — proferiu Glória, reconhecendo o formato que vira em seus pergaminhos. — Eu li sobre eles. Um dragão anima fez três deles centenas de anos atrás, não foi? Eu achei que o último existente tinha se perdido no tesouro asareia, quando o sucateiro matou a rainha Oásis e roubou tudo.

— Aparentemente, não — disse Rubra, abrindo a pata para olhar o objeto.

— Então você realmente tá viva — constatou Glória.

— Você não parece tão desapontada quanto eu achei que ficaria — comentou Rubra.

Glória bateu a cauda.

— Não é que eu quisesse te ver morta. Eu só não queria que você tentasse nos matar.

— Eu nunca tentei matar *você* — explicou Rubra. — Eu até gostava de você. Podíamos ter tido momentos emocionantes juntas. — Levantou-se e se aproximou de Glória de modo que seus focinhos estivessem quase encostados. — O que me lembra. Eu queria testar um negócio.

De repente, ela atacou com a pata livre, rasgando o rosto de Glória. Suas garras passaram diretamente pelas escamas dela como gotas de chuva acertando uma água congelada. Houve uma sensação fria, mas não machucou. As garras de Rubra não estavam ali de verdade. Glória manteve esse pensamento em sua mente enquanto Rubra atacava de novo. Ela fechou os olhos e ficou parada. Não havia nada que a rainha asacéu pudesse fazer contra ela naquele momento. Não era mais perigosa que um sonho.

Depois de um tempo, Glória abriu os olhos novamente, e Rubra deu um passo para trás, sibilando. Fumaça subia de suas narinas, concentrando-se ao redor de seus chifres, e o focinho escuro e disforme piscou mais uma vez, junto com a sala.

— Onde você está? — perguntou Glória.

— Se eu te contar, você vem me libertar? — questionou Rubra.

— É provável que não — disse Glória. — Espera, deixa eu pensar. Certamente, *indubitavelmente* que não.

— Mas você está me *devendo* — enfatizou Rubra, batendo uma pata.

Glória virou a cabeça para o lado.

— E como, exatamente, você chegou a essa conclusão?

— Pelo que você me fez — respondeu Rubra, fervilhando. — Eu era linda antes. Eu tinha tudo.

— Incluindo uma dragoazinha arco-íris fofa em uma árvore — ironizou Glória. — Disso eu lembro.

— Se você *não* me libertar — ameaçou Rubra —, eu vou encontrar um jeito de fugir e, quando eu te encontrar, eu mato você.

— Sabe, uma vozinha tá me dizendo que isso já estava nos seus planos — disse Glória.

Rubra soltou um sibilar que veio do fundo de sua garganta e então disparou um jato de fogo no rosto de Glória. *Calma e azul,* pensou Glória. *Fique calma e azul.*

— Alguém prendeu você? — perguntou Glória. Ocorreu-lhe um pensamento. — Foram os asanoite?

— Se você não vai me ajudar — rosnou Rubra. — Eu vou achar alguém que ajude.

E de repente ela se foi, deixando apenas um risco de fumaça no ar.

Então essa é minha resposta. Rubra está viva. Glória percebeu que as folhas abaixo dela estavam tremendo. *Ah, não, espera. Sou eu.*

Jupará se mexeu como se também sentisse Glória tremendo. Ela se aconchegou ainda mais perto, e Glória sentiu o calor solar se espalhar por suas escamas.

Lentamente fechou os olhos, respirando fundo, e deslizou para fora do sonho.

Quando acordou, percebeu que já havia se passado mais que uma hora. Pratinha estava agachada em sua frente, mexendo no nariz de Glória com uma expressão preocupada. Os outros dois estavam acordados e se espreguiçavam alegremente.

— Você não se sente melhor? — perguntou Jupará.

— Sim — admitiu Glória. *E não.*

— Então bora pra planagem nas árvores! — disse Jupará animada.

— Por mim tudo bem — concordou Mangal, e Glória meneou a cabeça. Ela estava muito abalada para discutir.

Ela se perguntou o que Rubra pensaria de Glória tornando-se rainha dos asachuva. Será que ser rainha a deixaria mais segura?

Sol e Lamur a cumprimentaram do galho mais abaixo. *Eu devia contar pra eles? Eu devia contar pra eles. Eu vou contar, mas ainda não.* Glória queria conversar com Estelar primeiro, para saber do que ele lembrava sobre visitasonhos e se conseguia supor alguma coisa sobre a sala que vira atrás de Rubra. Seu cérebro enorme era o que precisava em um enigma desses.

À medida em que Glória levantava voo, começando uma comoção de asas camufladas, ela se perguntou onde a rainha asacéu estava... e quando a veria de novo.

CAPÍTULO 29

O Arboreto, descobriu-se, era o coração do vilarejo asachuva. Cipós e galhos estavam amarrados apertados para formar um grande campo bem acima do chão, aberto ao céu e rodeado de casas nas árvores, passarelas e redes. Várias das casas ao redor da beirada pareciam terem sido feitas para trocar frutas e guirlandas de flores. Pássaros de um azul brilhante e de um laranja bronze dardejavam através das folhas, conversando e chamando uns aos outros como um público se reunindo para assistir a uma performance.

Parecia haver espaço para todo o vilarejo se colocar ao redor das bordas do círculo — e parecia que todo o vilarejo tinha aparecido. O ribombar das vozes de dragões se misturava aos chilreios das preguiças e enviavam arrepios pelas passarelas de madeira onde estava Glória, observando o estádio em sua frente.

Ela recordava, de maneira desconfortável, da arena asacéu onde seus amigos haviam batalhado para o divertimento da rainha Rubra. Pelo jeito com que a cauda de Tsunami tremia, Glória imaginava que ela se sentia igual.

— Isso é injusto — rosnou Tsunami. — Se você ganhar...

— Você vai ter que me chamar de "Vossa Majestade". — disse Glória, sorrindo. — Eu sei. Não vai ser engraçado?

— Arrrrgh, e sua cara vai ser essa *o tempo todo* — resmungou Tsunami. — Vai ser muito difícil não morder sua fuça.

— Mas se você o fizer, meus guardas vão te jogar nas minhas masmorras — disse Glória com um balançar imperioso de suas patas.

— Os asachuva não têm masmorras — explicou Jupará.

— Aí é que tá. A gente faz uma só pra Tsunami — acrescentou Glória.

— Talvez eu devesse ter deixado Estelar vir pra cá, ao invés de mim — disse Tsunami. — Pra adiar meu sofrimento só um tiquinho.

Estelar e Lamur estavam fazendo turnos para observar o túnel asanoite. Não haviam visto nada saindo de lá por enquanto — nem mesmo um pouquinho de fumaça. Glória achava aquilo tranquilizador e assustador. Talvez os asanoite estivessem com medo de lutar contra os asachuva. Isso faria o trabalho de atacá-los mais fácil.

Ela ainda não tivera chance de falar com Estelar; ele ficara pelos lados do túnel a noite inteira. *Eu vou conversar com ele logo após a competição*, pensou. *Se eu contar a ele sobre a rainha Rubra, ele vai parar de se preocupar com a luta contra os asanoite.*

E não dá pra pensar na rainha Rubra agora.

— *Eu* poderia ter cuidado do túnel — disse Sol. — Não sei por que ninguém quer me deixar de guarda lá.

— Bom, porque eu preciso de você pra me alegrar — explicou Glória. — Ninguém faz isso melhor que você.

— Eu acho que vocês tão me fazendo de besta — replicou Sol. Ela cutucou a plataforma de madeira abaixo com a ponta inofensiva de sua cauda. — Mas eu vou torcer pra você ainda assim. Você com certeza vai ganhar. Não tô nem um pouco preocupada.

Glória estava um pouco preocupada. Ao que parecia, sua oponente havia se multiplicado durante a noite.

A rainha Áurea estava esperando no centro do pavilhão. Suas escamas estavam de um roxo resplandecente com bordas douradas recortadas em cada escama individual, um truque de cor que Glória nunca havia tentado. Ela removera a maior parte de seus colares de flores, trocando-os por uma pequena guirlanda de lírios em seu colarinho, que dava a impressão de ser uma coroa branca rendada.

Arrumadas atrás dela havia mais quatro asachuva — todas um tanto grandes, um tanto lindas e um tanto indignadas, a julgar por suas expressões e cores.

— Quem são elas? — perguntou Glória a Jupará.

— As outras rainhas — sussurrou Jupará. — Sabe? Aquelas que trocam turnos de rainha. Eu acho que elas não gostaram muito da ideia de você pegar o emprego delas.

— Alguma delas é melhor que Áurea? — perguntou Glória. Talvez houvesse outra opção. Não precisava ser ela, contanto que os asachuva tivessem uma rainha que cuidasse deles.

Mas Jupará balançou a cabeça.

— Elas são meio que a mesma coisa — respondeu, apontando para uma das rainhas, que parecia ter exagerado nos abacates e mamões durante seu reinado. — Essa é Paradiso. Ela dá qualquer coisa pra qualquer um se trouxerem tributos suficientes. Ela pega o trono antes de Áurea; depois de Áurea, ele vai pra Grandiosa.

Grandiosa era uma dragoa mais velha, imponente com olhos sono-lentos e uma expressão azeda. Seu colarinho era de um laranja-pálido indignado, mas o resto de suas escamas estavam cor de lavanda e pareciam brilhar com pequenas gotas de orvalho.

— Durante o reinado dela — disse Jupará —, ela só vê os solicitantes uma vez por semana, durante uma hora. Quem chega primeiro, é ouvido primeiro, e se você não entrar nessa uma hora, você tem que esperar até a próxima semana. As filas atravessam a floresta inteira. E aí ela diz não pra quase tudo. Ela é muito, muito velha. Tem sido uma das rainhas há mais tempo do que dá pra lembrar.

Jupará apontou para a outra dragoa, que tinha duas preguiças jogadas em suas costas e mais uma acomodada na curva da cauda. Essa rainha tinha nas escamas a mesma cor prateada das preguiças, com um brilho suave nelas que fazia parecer o vento passando por pelagem.

— Essa é Preciosa — explicou Jupará. — Ela é obcecada por pregui-ças. Deve ter umas vinte em casa. Não para de falar nelas, dá as melhores frutas, penteia com as próprias garras e, sempre que ela é rainha, faz todo mundo construir redinhas para as preguiças dormirem e dá pra elas pequenos colares de flores. Nenhum dragão é tão importante quanto essas preguiças.

— Paradiso, Grandiosa e Preciosa — murmurou Glória, colocan-do-as na lista de coisas que memorizaria no último dia. — E a última?

Deixa eu adivinhar: Esplendoforosa? Bonitosa? Linda Demais Pros Olhos Dracônicos?

— Aquela é Raposa-Voadora — respondeu Jupará.

— Minha nossa — soltou Glória. — Eu não esperava por isso. Quem escolhe esses nomes pros recém-nascidos, se ninguém tem pais aqui?

— Tem uma lista que a gente vai seguindo — disse Jupará. — Normalmente quem tem os nomes mais brilhantes tem mais chances de querer ser rainha. Raposa-Voadora é uma exceção. Ela tá trabalhando nesse experimento pra ver se consegue pegar os aromas das flores e manter em si o cheiro delas o tempo todo.

Glória franziu o nariz.

— Esquisito, mas interessante, ao menos. E o que é que isso tem a ver com ser rainha?

Jupará deu de ombros.

— Não tá funcionando muito bem. Ela tá trabalhando nisso tem uns trinta anos. Começou a ter os turnos de rainha pra ter acesso aos jardins reais, e quando chega o fim do mês dela, os jardins tão sempre uma bagunça. Minha amiga Sagui cuida das flores e sempre fica maluca com isso.

— Parece que Áurea é a que se salva delas — constatou Glória, torcendo uma garra em um buraco na madeira.

— O problema principal de Áurea é que ela é esquecida — apontou Jupará. — Ela nunca consegue lembrar dos acordos ou do que tá acontecendo na nação ou quem pediu o quê, e ela não liga muito. A gente já se acostumou. — Ela virou os olhos negros brilhantes para Glória. — Mas se tivéssemos *você* como rainha, então tudo seria diferente!

Espero que sim, pensou Glória. *Espero que diferente de um jeito bom, mas e se eu não for melhor que elas?*

Ela olhou para Raposa-Voadora, que tinha enfiado o nariz em um colar enorme de orquídea preso ao redor de seu pescoço.

Tá bom, eu acho que vou ser melhor que algumas delas.

O dragão idoso que estivera na casa da rainha deslizou para ficar ao lado de Áurea. Ele apertou os olhos ao redor e chamou Glória.

— Me deseje sorte — murmurou Glória, entregando sua preguiça para Sol. Pratinha disse alguma coisa ansiosa e escalou a cabeça de Sol para ter uma visão melhor.

Áurea afofou seu colarinho e olhou para Glória de cima a baixo quando ela pousou na sua frente. As outras quatro rainhas chicotearam com as caudas.

— E aí? Qual o plano? — provocou Glória, balançando as asas. — Eu tenho que derrotar vocês cinco?

Ela escolhera uma cor dourada para suas escamas que combinava com as libélulas voando através das copas das árvores. Estava determinada a mantê-la durante a competição, não importava o que Áurea jogasse contra ela. O primeiro objetivo de Glória era: *não deixe ninguém ver que você está chateada, irritada, ou o pior de tudo, assustada.*

— Não — interrompeu Vistoso, antes que Áurea pudesse responder. — Essa não é nossa tradição. A desafiante compete apenas contra a rainha atual.

— Mas minhas amigas reais não queriam ficar de fora — disse Áurea. — Então eu as coloquei na competição. — Ela sorriu de um jeito que fez Glória querer estrangulá-la com uma rede. — O que quer dizer que você também vai precisar de uma equipe.

— Eu não tenho equipe — começou Glória, e então parou. *Na verdade... eu meio que tenho.* Ela virou-se e encarou Sol e Tsunami, que assistiam com olhos bem abertos.

Eu não preciso arrastar os outros pra isso. Com certeza eu consigo derrotar as rainhas sozinha. O que cinco asachuva fazem que eu não faço? E quem não ficaria impressionado se eu acabasse com elas, sem ajuda de ninguém?

Ela alongou as asas, que ainda estavam doloridas por causa das cordas amarradas havia apenas um dia.

Essa linha de raciocínio lhe parecia familiar. Foi assim que tinha se convencido a ir sozinha como uma isca.

E eu voltei, não foi? Eu poderia ter resolvido tudo sozinha.

Mas ela sabia que não era verdade. Sem Jupará, Lamur e Mortalha, ela ainda estaria na prisão dos asanoite... ou talvez até morta, se os asanoite tivessem tido tempo para descobrir quem ela era.

Então deixa de ser idiota. Ganhar o trono com ajuda não vai fazer de você menos rainha.

— Você pode escolher seus dragões — disse Áurea. — Qualquer um que você quiser.

Isso deixa tudo bem fácil, pensou Glória. Ela tinha exatamente quatro amigos no mundo, afinal. Podia pedir para que Mangal cuidasse do túnel e mandasse Lamur e Estelar.

Ela abriu a boca para chamá-lo, mas hesitou.

Talvez fácil até demais. Olhou para Paradiso, Grandiosa, Preciosa e Raposa-Voadora. Pareciam prontas, alertas e com vontade de competir. Não via isso em muitos asachuva.

Elas têm certeza que vão ganhar.

— Vamos — disse a rainha. — Chame-os aqui. Quem você quiser.

Glória virou a cabeça para Áurea. *É um truque. Ela quer que eu escolha meus amigos.*

E aí a competição vai envolver camuflagem, venenos ou alguma coisa que só os asachuva conseguem fazer.

Não só isso, mas meus futuros súditos vão achar que eu confio mais em gente de fora do que neles.

O que, honestamente, é verdade, porque a maioria dos asachuva é um bando de incompetentes.

Mas agora eu preciso da ajuda deles.

— Eu escolho… Jupará — declarou Glória. Ela ouviu um guincho de surpresa atrás dela, e murmúrios se espalharam pelos dragões que assistiam.

— Uma dragonete de três anos? — disse Áurea, maliciosamente. — Isso vai ser engraçado.

— E eu escolho Mangal — continuou Glória, ignorando-a. Mangal deu um passo à frente e fez uma leve mesura. Orquídea ainda estava perdida. Ele faria qualquer coisa para salvá-la; Glória podia contar com isso.

E aí as coisas complicavam.

Glória fechou os olhos e suspirou.

— Eu escolho Jambu.

— AÍ, SIM! — gritou o irmão dela, saltando no ar. — Sou *eu*! — Ele veio saltitando nos cipós na direção dela, um sorriso enorme em seu rosto rosa e pateta.

Quem mais? Glória pensou nos dragões que conhecera na floresta. *Liana. Bromélia. Licuri.* Nomes não muito promissores. Ela não os conhecia muito bem, mas nenhum a impressionara como colega de equipe.

Jupará veio para perto dela, balançando-se animadamente e derramando bolhas azuis e roxas em suas escamas verdes. Glória lembrou de alguém que a pequena dragonete mencionara enquanto descrevia as rainhas. Era um risco escolher uma dragoa que nunca conhecera, mas não podia ser pior que qualquer outra asachuva.

— E eu escolho Sagui — disse ela.

Tudo que Glória sabia sobre ela era que tinha amizade com Jupará, importava-se com seu trabalho com as flores e não era muito fã de Raposa-Voadora. O que pareciam ser três características ótimas para Glória.

A multidão murmurou novamente, soando como ondas no oceano, e a rainha Áurea soltou uma risada surpresa.

— Sagui! — gritou Jupará. — Mas… você tem certeza?

— Tarde demais — interrompeu Áurea. — Foi quem ela escolheu. Alguém empurre Sagui para o lado correto.

Uma pequena dragoa surgiu na multidão e tropeçou alguns passos, então parou. Ela ficou bem quietinha, com ondas de um verde-pálido aparecendo nas escamas. Seus olhos tinham um tom estranho de azul e olhavam fixamente para além de Glória até as árvores.

— O que foi? — perguntou Glória, olhando para Jupará. — Por que eu não podia escolher ela?

— Você pode — disse Jupará. — É só que… Sagui é cega.

CAPÍTULO 30

JUPARÁ CORREU NA FRENTE E SUSSURROU NO ouvido de sua amiga, então guiou Sagui até Glória. A asachuva cega deu passos confiantes pela superfície instável de cipós como se soubesse onde cada folha e buraco estavam. Ela manteve as asas altas como se fossem antenas de inseto.

— Essa é Glória — disse Jupará. — Nossa próxima rainha. — Ela levou as patas dianteiras de Sagui para encontrarem o rosto e as asas de Glória.

— Por que você *me* escolheu? — soltou Sagui. Tinha apenas uma guirlanda de flores em seus ombros. Os tons de vermelho, rosa e roxo não combinavam em nada, mas todos cheiravam maravilhosamente bem. Lembrava Glória de cocos e mel sem deixá-la esfomeada.

— Eu contei de você pra ela — explicou Jupará. Sua voz falhou um pouco, mostrando que não tinha falado sobre tudo.

— Eu não sabia que existiam dragões cegos, a não ser em histórias velhas de pergaminho — confessou Glória, balançando uma asa em frente aos olhos de Sagui, mas a asachuva não piscou. — Como você voa entre as árvores? Ou pousa? Você não cai sem querer das plataformas ou das redes toda hora?

— Não mais — respondeu Sagui. O verde começava a sumir das escamas enquanto ela relaxava. — No primeiro ano sim. O tempo inteiro.

Ela levantou as asas um pouco mais para mostrar uma cicatriz velha retorcida em seu ventre. Glória viu algumas outras nas asas e pescoço de Sagui. Aquelas não eram como as cicatrizes que a guerra deixara em vários dragões. Aquelas contavam a história de uma pequena dragonete acertando árvores, caindo de passarelas e se ferindo em galhos enquanto tentava aprender a voar no escuro.

— Mas todo mundo cuidou de mim — começou Sagui. — Sempre tinha um dragão me olhando, me ajudando e me ensinando. — Glória olhou para a nação que observava. Ela teria achado que ninguém se responsabilizaria por uma dragonete pequena e cega. Ao invés disso, todos tinham feito, o que a deixou esperançosa. — E agora eu memorizei todo o vilarejo, então eu conheço as distâncias e os obstáculos. — O colarinho de Sagui dobrou para baixo e então abriu de novo, como se sentisse as mudanças nas correntes de ar.

A rainha Áurea abriu as asas roxas e levantou-se nas patas traseiras.

— Vamos lá! — chamou. — A não ser que tenha mudado de ideia.

— Estamos prontas — declarou Glória.

— Sem discurso motivacional? — perguntou Jambu, parecendo desapontado.

Jupará e Mangal viraram seus focinhos na direção dela, cheios de expectativa. As orelhas de Sagui estremeceram.

— Eu já dei um ontem — reclamou Glória.

— Então mais um só pra gente — pediu Jupará. Suas escamas mudando a todo o momento para se igualarem às folhas verde-escuras abaixo deles, como se tentasse esconder o que quer que estivesse sentindo. Mangal, por outro lado, era de um azul-celeste resignado.

— Argh. Tá, tá. Façam seu melhor — disse Glória. — Obrigada e etc.

Jupará segurou uma risada.

— Uau — soltou Mangal. — Estou muito comovido.

A rainha Áurea acenou imperiosamente e dois asachuva corpulentos voaram para seu lado, carregando uma mesa baixa esculpida de um único tronco de mogno. Arranjadas de maneira organizada no topo estavam cinco nozes, cada uma marrom e polida, do tamanho de um olho de dragão.

— Essa competição tem cinco partes, cada uma relacionada com os talentos únicos de nossa nação — começou a rainha Áurea. — Você deve escolher um membro de sua equipe para cada parte, e o time que ganhar três dos cinco desafios fica com a coroa. — Ela apontou para a primeira noz com a garra. — Veneno ao alvo. — Apontou para o segundo. — Caça às flores. — Para o terceiro. — Corrida nas copas. — E então para o quarto. — Colheita de frutas.

A última noz ela pegou e virou em frente às patas.

— E naturalmente tem que haver uma competição de camuflagem. Afinal, somos asachuva. — Ela colocou-a na mesa outra vez com um sorriso cheio de dentes. — Vamos começar com a colheita de frutas, então os competidores podem trabalhar enquanto terminamos os outros desafios.

— Certamente — assentiu Vistoso. — Um pensamento muito lógico. É um desafio bem direto ao ponto. Cada dragão tem uma hora para colher a maior quantidade de frutas diferentes que conseguir encontrar. Quem voltar antes com a maior variedade ganha.

— Paradiso vai competir do nosso lado — determinou Áurea, apontando com a asa para a rainha corpulenta. — E do seu?

Glória observou seus dragões, lutando contra a ansiedade que ameaçava escalar suas escamas. Todos os desafios tinham a ver com habilidades asachuva, então por um lado, ela tinha sido mais esperta que Áurea quando escolheu os asachuva ao invés de seus amigos, mas por outro lado, ela mal conhecia sua equipe. Não tinha ideia no que cada um era bom.

— Certo — começou Glória, mantendo a voz baixa. — Quem deveria fazer o quê? Jambu, você ensina planagem nas árvores. Você é rápido? Dá pra cuidar da corrida nas copas?

— Já é! — confirmou seu irmão, brilhando com um entusiasmo rosa-choque.

— Me dê o das flores — pediu Sagui. — Se é com flores, eu consigo.

Glória hesitou.

— Ela disse *caça* às flores — contrapôs.

— Eu conheço flores — insistiu Sagui.

Dê uma chance a ela, falou uma vozinha na cabeça de Glória. É o que uma boa rainha faria.

— Certo. — Glória deu uma olhada para a fila de nozes na mesa, pensando nos outros desafios. Seu dia de treinamento não a deixara muito confiante com quase nenhum daqueles.

— Eu acho que eu deveria cuidar do desafio de camuflagem — disse ela. — Eu não faço a menor ideia de onde procurar frutas na floresta, e eu não sou bem uma profissional dos venenos. — Ela pensou na bagunça que fizera em tudo que puseram na sua frente no dia anterior. — Mangal, eu sei que você é um coletor de frutas, mas Jupará... foi mal, mas Bromélia me deu a impressão de que seu treinamento não estava indo muito bem.

— É porque Bromélia é uma macaca palermona e velha — disparou Jupará irritada. — Eu sou super incrível com veneno ao alvo! Eu juro! E outra, Mangal pode carregar muito mais fruta que eu.

Glória coçou a testa. Ela só precisava ganhar três dos cinco desafios, no fim das contas.

—Tá, tá — disse, virando-se novamente para as rainhas impacientes. — Mangal vai fazer a colheita de frutas para nossa equipe.

Mangal abriu as asas e se curvou para Paradiso. Com um sinal de Vistoso, os dois voaram para as árvores, indo para direções opostas e lançando tornados de pequenas borboletas escarlates com a partida.

— Agora — começou Vistoso. Ele olhou para o céu e virou em um círculo para que todos os dragões do público pudessem ouvi-lo. — Em seguida! A corrida das copas, um teste de velocidade e agilidade!

Áurea girou uma das nozes na mesa.

— Preciosa, é com você — comandou.

— E comigo! — disse Jambu, com satisfação.

Vistoso sorriu.

— Eu nunca vou esquecer da última corrida que eu assisti. Você não esteve nela? — ele perguntou a Grandiosa. — Quem estava te desafiando?

— Ninguém que valha a pena lembrar — respondeu Grandiosa, fria. — Naturalmente, eu venci.

— Mas você está muito velha para correr agora — disse Áurea, desdenhosa. Grandiosa lançou-lhe um olhar sincero que Áurea não viu.

A preguiça na cauda de Preciosa subiu para seu pescoço quando a rainha prateada deu um passo à frente. Ela abaixou as asas para que as outras duas preguiças pudessem deslizar para os cipós.

Ombros fortes, percebeu Glória. *Asas grandes. Aposto que ela é rápida.* Jambu parecia um macaco *pink* perto da dragoa prateada brilhante.

Vistoso apontou para as copas cercando o Arboreto. Uma pequena plataforma do tamanho de três dragões estava colocada nos galhos mais altos. Flores cor de pêssego cravejavam as tábuas de madeira escura, amarradas em cachos com fios prateados de preguiças.

— Esse é o início e o final de nossa corrida — indicou ele. — Vocês vão voar três vezes ao redor do Arboreto, mantendo-se fora do anel de árvores. Se voarem dentro do anel, serão desqualificados. Se tocarem em seu oponente, serão desqualificados. Contanto que se mantenham fora do anel, vocês são livres para fazer o caminho que desejarem, mas precisam tocar a plataforma sempre que completarem cada volta. Ficou claro?

— Total — confirmou Jambu, alongando as asas.

Paradiso não respondeu. Ela estava com suas patas dianteiras enroladas em duas preguiças e arrulhava para elas enquanto subiam em suas garras.

— Vossa Majestade? — chamou Vistoso, mas então se corrigiu. — Quer dizer... Preciosa? Você entendeu as regras?

— É claro — respondeu ela, tirando suas preguiças. Ela colocou a terceira no chão ao lado das outras e lhes fez cafuné. — Volto já, queridas. Só preciso ganhar essa corrida para a titia Au.

— Não me chame assim — resmungou Áurea, raivosa. — Eu não sou *titia* de ninguém. Principalmente de um bando de preguiças. E isso não é só pra mim, *Preguiçosa*. É seu trono também.

— Calma, calma — disse Preciosa para as preguiças, que se enrolaram em uma bola de pelo sonolenta. — A titia Au não está chateada com vocês. Ela só está de mau humor porque tem que se mexer de verdade hoje — sussurrou ela, alto o bastante para qualquer um conseguir ouvir, então acrescentou: — Além do mais, ela tá com inveja porque vocês são muito mais lindas que a preguiça *dela*.

Áurea rosnou de um jeito nada elegante e olhou de maneira sombria para as três preguiças, como se fosse jogá-las do Arboreto enquanto Preciosa corria.

— Boa sorte — desejou Glória para Jambu. — Por favor, ganhe.

— Esse é o plano, maninha — respondeu ele alegremente. Jambu seguiu Vistoso e Preciosa para a plataforma, então se inclinou na beirada para acenar em direção à multidão de dragões ao redor do Arboreto. Sol e vários outros dragões acenaram de volta. Glória então se perguntou para quem todos torciam. Alguém queria que *ela* ganhasse? Eles sabiam o que significaria, ou imaginavam tudo que ela queria mudar no mundo deles?

Seu olhar passou pelos asachuva — a nação que logo poderia ser *sua*. Tentou ler suas escamas, mas pelo que conseguia ver, a maioria escolhera cores para aparecer, como se estivessem indo a alguma festa. As únicas emoções que detectava eram explosões amarelas de animação em suas escamas aqui ou ali. E teve a sensação de que se sentiriam assim com o que quer que acontecesse.

Vistoso subiu em um galho cujo formato lembrava uma cauda de dragão enrolada e abriu as asas.

— Comecem quando ouvirem o chamado do tucano — explicou para Jambu e Preciosa. — Não esqueçam das regras. Pronto? E… CACÁ!

Glória ficou tão assombrada com o som que veio da garganta de Vistoso que perdeu o começo da corrida. Ele imitara perfeitamente o som que ouvia dos pássaros de bico longo. Se aquele era outro talento dos asachuva, era um que nunca tentara antes.

Paradiso saiu na frente, balançando suavemente de galho para cipó para galho. Sua cauda era mais longa que a de Jambu, dando-lhe um balançar mais amplo e um alcance maior, mas as asas mais estreitas de seu irmão ajudavam-lhe a mergulhar entre alguns emaranhados de galhos pelos quais ela precisava manobrar e, quando voltaram para a plataforma pela primeira vez, o focinho dele quase encostava na cauda de Paradiso.

— Vai, Jambu! — gritou Sol, de onde estava na passarela. — Você vai ganhar! Você é o dragão mais rápido da floresta! Uhuuuuuuuul!

Jupará cutucou Sagui, e as duas começaram a torcer e gritar também.

Pessoalmente, Glória achava que aquela quantidade de barulho seria uma distração incômoda, mas parecia colocar vento nas asas de Jambu. Ele contornou um tronco, desviou de um laço de cipós coberto por hibiscos e ultrapassou Paradiso pelo lado de fora.

Bom, se tá funcionando, pensou Glória.

— Vai! — gritou. — Jambu arrasa! Ah… você é um planador do balacobaco! Boa… é… planagem! Ihuuuuu!

Ela viu Tsunami lhe observar, divertida, e mostrou a língua para a asamar.

Jambu tocou a plataforma uma segunda vez com as patas e saltou novamente. Alguns momentos mais tarde, Paradiso acertou o mesmo lugar e o perseguiu. Suas asas batiam, e seu cenho estava franzido com raiva.

O coração de Glória martelava enquanto os assistia voar ao redor das árvores. Mais uma volta — se Jambu conseguisse manter-se a frente por mais tempo, ganharia. *Vai com tudo.* Ela enfiou as garras nos cipós abaixo dela, desejando que pudesse estar lá em cima, dando-lhe velocidade de algum jeito.

Jambu quicou em uma árvore e mergulhou em um buraco entre os galhos. Ele correu na última curva e de repente abriu as asas, parando seu movimento. Ele se debateu no lugar por um momento e Glória viu um cipó enrolado em seu pescoço. Jambu se contorceu para trás, tentando respirar, e balançou para o lado.

Com um peso no estômago, Glória viu Jambu tombar, atravessando o anel de árvores. Ao mesmo tempo, Paradiso ultrapassou-o e pousou perfeitamente na plataforma. Ela levantou as asas e girou, triunfante, enquanto ondas de um azul púrpura escuro se espalhavam por suas escamas.

Mas Glória também viu outra coisa.

Aquele cipó não surgira do nada. Alguma coisa corria para longe do lugar onde Jambu quase tinha sido enforcado.

Algumas coisas, na verdade, com pelagem prateada.

CAPÍTULO 31

— Como você tem a pachorra de nos acusar de roubo? — gritou Áurea.

— Uma pergunta melhor seria: como você tem a pachorra de *roubar*? — gritou Glória de volta.

— As preguiças de minha companheira de equipe estavam bem a nossa frente o tempo todo — disse a rainha.

— Essas três estavam — enfatizou Glória, apontando para as bolinhas peludas que subiam os ombros de Áurea. — A gente sabe que Paradiso tem várias outras que poderiam estar plantadas nas árvores, só esperando pra se meter se vissem que ela não ia ganhar.

— Hmmm — soltou Grandiosa, apertando os olhos. Ela sentava-se na mesma posição, parecendo entediada e régia durante a corrida.

— Ridículo — bufou Paradiso.

— As preguiças delas não são nem inteligentes para isso — disse Áurea.

— Elas são, sim! — grunhiu Paradiso, eriçando o colarinho. Ela olhou para Glória e cuidadosamente o acalmou. — Mas nunca fariam algo assim.

— Fariam o que você as mandasse fazer! — gritou Jupará, enquanto raios de raiva laranja desciam sua cauda. Ela fechou os dentes perto da preguiça mais próxima, que chilreou furiosamente para ela.

— Basta — disse Vistoso. — Jambu, o que você viu?

Glória quase não reconheceu seu irmão com as escamas daquele azul-acinzentado abatido. Ele levantou os ombros sem ânimo.

— Eu não sei. Aconteceu muito rápido. Uma hora eu estava voando, na outra eu estava sendo enforcado. Eu vi preguiças nas árvores, mas...

— Mas você não tem como saber se eram de Paradiso, ou se tinham algo a ver com o cipó no seu caminho — completou Áurea.

Jambu olhou para Glória, entristecido.

— Tá tudo bem, Jambu — reconfortou ela. — Eu sei que você teria ganho em uma corrida justa. — Ela fez questão de usar uma voz alta o suficiente para chegar até a multidão de asachuva os assistindo. Áurea sibilou baixo e agarrou a noz da corrida nas copas da mesa baixa. Chicoteando a cauda, jogou-a em um coco vazio no seu lado do Arboreto.

— Vamos prosseguir — interveio Vistoso, limpando a garganta. — Talvez a caça às flores?

Sagui deu um passo à frente. Suas asas tremiam, e suas escamas brilhavam com o verde-pálido outra vez. Glória se perguntava se ela sabia que suas emoções ficavam evidentes.

Outra pergunta lhe ocorreu:

— Você consegue se camuflar? — perguntou a Sagui. — No caso, já que você não consegue o ver o que tá tentando imitar?

— Sim. Funciona assim mesmo — respondeu Sagui. — Não me pergunte como. — Ela respirou algumas vezes, fechando os olhos. Um verde-escuro, marcado por luz do sol e sombras, se espalhou por todo o seu corpo até que combinasse com as videiras abaixo dela. — Não consigo escolher minha cor — explicou. — Então se você me pedir pra deixar as escamas vermelhas, por exemplo, eu não conseguiria, mas se eu relaxar, elas ficam automaticamente da cor que está ao meu redor.

— Que incrível — disse Glória. Mais importante, Sagui já não parecia tão assustada.

Raposa-Voadora se apressou para se apresentar, balançando seu colar de orquídea pesado de modo que a maior parte dele ficava pendendo em suas costas. Um cheiro esquisito se espalhava ao seu redor: pareciam folhas apodrecendo abaixo de algo enjoativo. Não era um cheiro tão ruim quanto o do reino dos asanoite, mas também não era agradável.

— Então, como esse desafio funciona? — perguntou Glória. — E como podemos ter certeza de que ninguém vai roubar dessa vez?

Ela estava grata por ver que Áurea não conseguia impedir suas escamas de ficarem vermelhas. Fazer outros dragões se irritarem era uma habilidade que ela sabia aproveitar muito bem. Olhou por sobre o ombro para Tsunami, que tinha sua expressão feroz de sempre. Parecia pronta para se jogar no Arboreto e atacar as cinco rainhas sozinha.

— Aham — disse Vistoso, apressadamente, limpando sua garganta algumas vezes. — Sim. O desafio. Para este membro do time, a rainha solicitou uma caça às flores. Portanto, mais cedo esta manhã eu escondi uma flor particular em algum lugar neste Arboreto: a orquídea-canela. Rara e majestosa. Não a variedade amarela, mais comum, mas a misteriosa variedade vermelha.

— Oooooooh — disseram os asachuva na plateia.

— Quem a encontrar primeiro, naturalmente, ganha — explicou Vistoso.

Uma flor? pensou Glória. *Nesse lugar gigantesco? Poderia estar em qualquer lugar. E ela não consegue ver. Como Sagui pode sequer começar a procurar? Mesmo que conseguisse sentir a diferença entre as flores, como ela vai saber se é amarela ou vermelha?*

Pela primeira vez, Glória pensou que talvez perdesse essa competição no fim das contas. Talvez não fosse se tornar rainha. Ela apertou os olhos para Áurea e chicoteou a cauda. *Tá bom. Eu penso em outro jeito de resgatar os asachuva do Reino da Noite se eu precisar.*

Vistoso abriu as asas.

— Comecem!

Raposa-Voadora saltou para a ação. Mais rápido do que Glória esperava, a julgar por sua aparência, Raposa-Voadora começou a correr ao redor do círculo, enfiando o nariz em cada fenda e buraco. Ela remexeu em pilhas de folhas e levantou bolos de cipós. Empurrou caudas de dragões que estavam por sobre a beirada das plataformas. Saltou em cada brilho de vermelho-alaranjado, assustando um bom número de pássaros e besouros inocentes.

Enquanto isso, Sagui ficou bem parada no lugar onde estava. Suas narinas estremeceram. Suas asas subiam e desciam enquanto ela respirava fundo.

Depois de um tempo vendo isso, Glória disse:

— Ahm...

— Shhh — sibilou Jupará. — Ela tá fazendo a magia dela.

— Será que dá pra ela fazer a magia de um jeito mais... *mágico?* — perguntou Glória.

Sagui inspirou novamente e levantou o focinho. Traços de fogo piscaram ao longo de seu colarinho, com o formato da flor que ela buscava.

— Ela consegue sentir o cheiro? — sussurrou Glória para Jupará. — É isso que ela tá tentando fazer?

— Ela *vai* sentir — prometeu Jupará, feroz. — O nariz dela é super incrível.

— Eu acredito em você — disse Glória. — Mas tem um milhão de cheiros diferentes de flores aqui, sem contar todos esses dragões e macacos, e as outras coisas com cheiros mais fortes que uma flor. Não tem como ela encontrar.

— Você não conhece o nariz de Sagui — insistiu Jupará. — Agora fique quieta.

Glória sentou-se e enrolou a cauda ao redor das patas. Não tinha nada que pudesse fazer, de qualquer forma. Ela queria muito começar a destruir o Arboreto do jeito que Raposa-Vermelha estava fazendo, mas não podia ajudar.

É isso que é ser rainha? Dar ordens e então sentar à espera de *que os outros dragões obedeçam?*

Ela pensou nas outras rainhas que conhecera. A rainha Rubra e a rainha Coral preferiam que seus súditos fizessem o trabalho sujo, mas Flama e Fervor pareciam gostar de colocar as garras na massa. Talvez porque ainda não eram rainhas de verdade... ou porque tinham aprendido, depois de anos de guerra, que a única dragoa em que podiam confiar era nelas mesmas.

Glória olhou para Sol e Tsunami novamente. Ela confiava nos outros dragonetes — um pouco — de jeitos diferentes. Confiava que Sol iria ao menos *tentar* fazer o que era mais nobre e correto, mesmo que fosse pequena demais para ser eficiente. Estelar não era corajoso e nem tinha como lutar, mas se Glória precisasse entender qualquer coisa, ela confiaria na cabeça de Estelar sem pensar duas vezes. Por isso queria falar com ele sobre a rainha Rubra antes de falar com os outros.

Ela podia confiar que Tsunami lutaria com garras e dentes, em quase qualquer situação, inclusive nas situações mais inapropriadas. E é claro que tinha Lamur, que faria qualquer coisa para salvar seus amigos.

Ela queria que fossem sua equipe, em vez daqueles asachuva que mal conhecia. Mesmo que gostasse de Jupará, era angustiante estar tão fora do controle sobre o próprio destino. *Eu que quero ser rainha. Eu que deveria estar lutando por isso.*

Os olhos de Áurea dançavam entre Sagui e Raposa-Voadora. Quando Sagui enfim deu um passo a frente, a rainha sibilou, e Raposa-Vermelha virou-se para ver o que sua oponente estava fazendo.

— Sagui — disse Glória com a voz baixa. — Se você sabe onde está, vá rápido, porque Raposa-Voadora está vendo e eu acho que ela vai tentar ser mais rápida que você.

A asachuva cega respirou mais uma vez, agachou, e se jogou no ar. Quase ultrapassou a plataforma na qual mirava, mas sua cauda encostou nela e Sagui balançou-se de volta para pousar com um movimento gracioso. Era a plataforma de início e final da corrida entre Jambu e Paradiso — a que estava abarrotada de buquês com flores cor de pêssego e forma de estrela.

Raposa-Voadora correu atrás dela. Sagui rapidamente curvou a cabeça e cheirou os buquês. No momento em que Raposa-Voadora pousou com um baque ao lado dela, Sagui agarrou um dos embrulhos e puxou o pelo de preguiça que o amarrava.

As flores rosa-pálidas caíram, revelando uma flor escondida dentro. Tinha o formato de garras de dragão, cada uma crescendo como uma língua de fogo.

Áurea e Raposa-Voadora soltaram gritos irritados.

— Isso soa muito promissor — disse Sagui, sorrindo.

— Você conseguiu! — gritou Jupará. — Você encontrou! — Ela cutucou Glória com a cauda, alegre. — Eu disse que ela ia conseguir!

Se os asachuva tivessem fogo, Glória tinha certeza de que Áurea teria fumaça saindo de suas orelhas e nariz.

— Arrasou — disse Glória quando Sagui pousou ao lado delas novamente, segurando a flor com as garras. — Eu estou muito impressionada.

Glória se aproximou da mesa e pegou a noz da caça às flores. Com um olhar para Áurea, derrubou em sua própria cumbuca de coco. Um a um. Só faltavam mais três desafios.

E então seria rainha.

— O que vamos fazer agora? — perguntou Glória a Áurea. Ela se sentia muito mais confiante agora. — O que você acha daquele da camuflagem?

Áurea mostrou os dentes.

— Acho ótimo.

— Você já esteve em uma competição de camuflagem antes? — perguntou Vistoso a Glória.

— Não exatamente — respondeu Glória. — Mas eu usei minha camuflagem para fugir de dragões que queriam me matar. Então, se você tá perguntando se eu aguento o tranco, eu vou responder que sim.

— Na verdade eu queria saber se você conhecia as regras — explicou Vistoso, escondendo um sorriso. — Mas não é nada complicado. Uma de vocês se esconde primeiro, em algum lugar ao alcance desse ponto. Então a outra vai procurar, e aí vocês trocam de lugar. Eu vou julgar quem encontrou a outra mais rápido. Se for muito difícil para definir, tentamos novamente.

— Saquei.

— Você lembra… — começou Vistoso, virando-se para Grandiosa. Glória começou a se perguntar qual deles era mais velho; os dois pareciam mais ancestrais que as Garras das Montanhas Névoa.

— É claro que eu lembro — ralhou Grandiosa. Ela levantou-se e sibilou para o público até que estivessem todos quietos, ouvindo. — Eu me lembro de tudo. Eu lembro de quando realmente *precisávamos* de nossa camuflagem, para nos proteger de dragões invasores. Não era uma brincadeira naquele tempo. Era o que fazíamos para sobreviver.

— Já chega de histórias entediantes — ordenou Áurea, recebendo outra olhada. — Grandiosa, faça silêncio até seu desafio. Eu me escondo primeiro.

Vistoso amarrou uma folha grande e longa ao redor dos olhos de Glória. Assim que a escuridão posicionou-se, ela pensou que era assim que deveria ser para Sagui o tempo inteiro. Lembrava-se de apenas uma história sobre um dragão cego nos pergaminhos, e era de muito tempo atrás, antes da Queimada.

Um momento depois, a venda foi levantada. Os rostos curiosos de centenas de asachuva preencheram sua visão.

— Pode começar — disse o dragão ancião com um menear de cabeça.

Glória piscou e girou, procurando por pistas.

Áurea sumira de verdade. Sua pequena coroa de flores brancas foi largada nas videiras. Não havia sinal das escamas roxas com toques dourados, e nenhuma das redes ao redor da arena tinham um peso inesperado.

Onde ela poderia estar?

Onde eu me esconderia se eu fosse uma asachuva particularmente esquecida e espetacularmente preguiçosa?

Ela não achava que Áurea fosse do tipo que subiria nas árvores ou que se penduraria na cauda se pudesse deitar-se em algum lugar confortável. E a maioria das plataformas e passarelas estavam tomadas por dragões para que pudesse se enfiar nelas com facilidade.

O que deu a Glória uma ideia. Ela virou-se para observar os asachuva que assistiam. Alguns deles podiam ter visto onde Áurea se escondera. E todos tinham brincado de esconde-esconde a vida inteira. Talvez estivessem observando o lugar também, tentando encontrá-la primeiro.

Ela notou que Paradiso e Raposa-Voadora estavam encarando o topo de uma árvore próxima envolta em musgo. Encaravam um pouco *demais*, como se esperassem que Glória as notasse. Raposa-Voadora cutucou Grandiosa, e a dragoa velha e imponente lhe devolveu um olhar de desgosto.

Então Glória viu um casal de asachuva observando uma barraca de frutas do outro lado da arena. Eles estreitaram os olhos e se inclinaram para sussurrar.

Vale conferir, pensou Glória.

Ela voou pela arena até a barraca de fruta. Era uma plataforma de madeira com paredes baixinhas que tinham sido construídas para também servirem de mesas, a maior parte coberta de mangas, abacaxis, as bolotas vermelhas e grudentas, e as frutas verdes com formato de estrela. Cachos de banana estavam pendurados nos galhos acima.

Glória passou a cauda no piso da plataforma, então observou as mesas, mas não conseguia ver nenhum sinal de uma dragoa se escondendo por ali. Olhou para cima e cutucou os cachos de banana. Finalmente, saltou por cima de uma das paredes e voou acima das bananas. Tinha algo de esquisito na maneira como algumas estavam penduradas — como se algo pesado estivesse deitado acima delas.

Era estranho. Só conseguia ver sombras e luz, folhas verdes e bananas amarelas, mas quando se aproximou, suas garras encontraram escamas de dragoa, e o sibilar indignado que veio deles indicaram que encontrara o que estava procurando.

— Vossa Majestade — disse Glória com uma leve mesura. — Que camuflagem impressionante — acrescentou, sinceramente.

— Vamos ver do que você é capaz — rosnou Áurea, e suas escamas iam voltando ao roxo.

Voltaram ao centro da arena enquanto os asachuva aplaudiam. Levou um tempo para que Glória percebesse que estavam aplaudindo por causa dela. Ela esperava que isso significasse que encontrara a rainha bem rápido. Agora só precisava esconder-se melhor que Áurea.

Vistoso deu um passo à frente para amarrar a venda ao redor dos olhos de Áurea.

Glória deixou que as escamas se mesclassem aos verdes dos cipós abaixo dela. Não queria que ninguém visse aonde fora, principalmente as outras rainhas.

Sua primeira ideia foi subir e se misturar ao céu, mas para que conseguisse pairar, precisaria manter as asas se movendo, e achava que Áurea pudesse sentir a brisa.

Então ao invés disso, foi para a árvore que Paradiso e Raposa-Voadora encaravam. Ela a escalou pelo lado, sentindo o musgo reclamar abaixo de suas patas. Suas escamas mudaram instantaneamente para o marrom-escuro e verde-amarelado da árvore coberta de musgo. Assim que achou estar alto o suficiente, virou-se para que pudesse ver tudo abaixo dela. Foi quando abaixou-se contra o tronco e se concentrou, colocando a forma de um pequeno sapo azul em suas costas para uma camuflagem extra, um truque que Mangal lhe ensinara.

Abaixo dela, ouviu Vistoso dizer a Áurea que já podia começar a procurar. Os olhos da rainha abriram-se e ela virou-se para as outras rainhas. Paradiso e Raposa-Voadora deram de asas, confusas. Grandiosa bocejou, fria.

Áurea girou em um círculo, olhando tudo. Deixou escapar um sibilo de frustração, então juntou as asas. De repente mostrou as presas e investiu para a borda do círculo onde Sol estava.

Ela não ousaria machucar meus amigos! Mas Glória sentiu-se estremecer quando Sol saltou para trás. Ao mesmo tempo, Pratinha saltou das costas de Sol com um grito alarmado e correu em direção à árvore onde Glória se escondia.

Áurea viu aonde a preguiça estava indo, correu e se jogou contra o tronco da árvore, quase derrubando Glória. A rainha subiu a árvore tão rápido que pisou das asas de Glória antes de se dar conta que a encontrara. Com um grito triunfante, ela recuou e cutucou Glória no focinho.

— Te achei! — disse.

Pratinha subiu e se prendeu nos braços de Glória, tremendo. Glória subiu para um galho para que conseguisse segurar a preguiça contra seu peito e fazer carinho em seu pelo.

— Você achou isso engraçado? — perguntou Glória a Áurea. — Assustando uma preguiça inocente assim? — Pelos murmúrios e expressões chocadas nos rostos abaixo delas, ela viu que aquele não era um jeito muito popular de tratar um dos bichinhos dos asachuva.

— Ela vai sobreviver — disse Áurea. — E a parte importante é essa: eu venci.

Glória olhou para Vistoso com uma sensação horrível. Ele afastou as patas como se dissesse "o que eu posso fazer?".

— A rainha está correta — confirmou ele. — Áurea vence essa rodada.

CAPÍTULO 32

— Vejam só — disse Áurea, com alegria, apontando para o brilho do sol nas asas que batia entre as árvores. — Os coletores de frutas estão voltando. — Ela retornou para o centro do Arboreto e pegou uma das nozes da mesa de mogno.

Dois a um.

— Isso não foi roubo? — perguntou Sol quando Glória voltou para sua equipe. Jupará tinha faixas vermelhas furiosas nas escamas, e Jambu tinha voltado ao azul-acinzentado novamente. Glória se perguntou se seu irmão tinha mais que duas emoções.

— Isso foi *muito* roubo! — gritou Tsunami. — Juiz ladrão! Buuuu! Fsst!

— Cale-as — disse Áurea para Vistoso com uma careta. Ele abriu as asas e limpou a garganta.

— Nada nas regras proíbe o que a rainha fez — anunciou ele. — Ela é a ganhadora. Oficialmente. Se não moralmente.

Áurea o encarou enquanto Mangal e Paradiso davam um rasante vindos das árvores.

Glória estava atordoada demais para participar. Elas poderiam chamar de roubo, mas até onde entendia, Áurea apenas usara de um truque para revelar o esconderijo de Glória, da mesma forma que Glória usara o público asachuva para ter pistas.

Então Glória realmente havia perdido. Ela *havia perdido*.

Era difícil acompanhar a divisão e a contagem que acontecia enquanto Mangal e Paradiso derramavam frutas de todos os formatos e tamanhos pelo chão. Vistoso pegava cada uma delas, murmurava por um segundo e as colocava em uma pilha.

Se eu estivesse competindo sozinha, tudo já estaria acabado, percebeu Glória. Ela perderia o trono em uma competição direta contra Áurea. Se ganhasse agora, seria apenas porque os outros asachuva tinham conseguido. Sagui, que nem a conhecia, Mangal, e Jupará. Se conseguissem.

Os olhos de Jupará estavam fixos na pilha de frutas de Mangal. Ela brincou com a cauda e acompanhou a contagem em silêncio.

Vistoso examinou a última fruta, uma bola espinhosa azul-marinho que derramava um suco verde-vivo quando cutucada. Ele meneou a cabeça e a colocou na pilha de Mangal. Jupará olhou satisfeita para Glória.

— Dezessete a dezesseis — disse Vistoso. — O ganhador é Mangal.

— O quê? — ralhou Áurea. Ela girou para encarar Paradiso, que tinha pedaços amarelos ao redor da boca e um caminho de manchas verdes em seu peito. — Você *comeu* algumas! Tinham dezenove lá quando eu... — Ela parou, de repente.

— Desculpa — murmurou Paradiso. — Eu achei que dezesseis eram o suficiente.

— Bom, achou errado — rosnou Áurea.

— Com licença — disse Vistoso. — Você disse "tinham dezenove lá"?

Houve um silêncio esquisito quando as duas rainhas se encararam. Áurea bateu a cauda e olhou Vistoso de cima a baixo.

— Você está me acusando de alguma coisa? — perguntou, fria.

— *Eu* tô! — gritou Jupará. — Você pegou frutas e guardou em algum lugar antes da hora!

— Ridículo — disse a rainha. Os traços vermelhos em suas asas desapareceram abruptamente. — É impossível de provar.

Glória se deu conta de que Áurea devia ter escolhido o roxo para que ninguém visse nenhum traço de culpa em suas escamas. *Esperta*, pensou Glória, olhando para as suas próprias. O amarelo enfraquecera um pouco, e pequenas nuvens de cinza se concentravam ao redor das escápulas e pontas das asas.

— Isso não importa — disse Paradiso para Jupará. — Vocês ganharam.

Jupará agarrou Glória com a cauda, e foi o que ela precisava para voltar ao foco. Ainda havia uma chance. Agora que estavam empatadas, só restava um desafio.

— Importa se vocês estão planejando roubar de novo — disse, raivosa.

— Isso não será necessário.

O vento farfalhou através das folhas quando Grandiosa deslizou de maneira majestosa entre Glória e Áurea. Seus ossos estalaram como florestas ancestrais, e o brilho prateado de suas escamas faziam parecer que ela refletia a luz da lua, ao invés do sol. Ela não parecia em nada com as outras rainhas. Na verdade, ela não era como nenhuma dragoa no vilarejo. Glória pensou que Grandiosa talvez fosse a única asachuva que realmente parecia, se movia e falava como uma rainha de verdade.

Ela arqueou o pescoço e olhou para Jupará.

— Eu consigo esmagar esta pequena criatura facilmente por conta própria.

— Vamos ver — disse Jupará, corajosa, mas traços ansiosos de verde reluziram em seu colarinho.

Isso vai ser demais para ela, Glória se preocupou. Jupará mal alcançava metade de tamanho de Grandiosa, com quase nenhum treinamento. Os asanoite não se impressionaram o suficiente com seu veneno para sequer amordaçá-la. Como ela conseguiria ganhar?

Vistoso chamou as duas dragoas para o centro do Arboreto.

— As regras normais da prática de veneno se aplicam — disse ele. — Tenham o maior cuidado para não acertarem nenhuma criatura viva. Vamos testar a distância e a mira. Quem gostaria de começar?

— Eu — disse Grandiosa. Ela olhou para Vistoso e para seus dois ajudantes enquanto colocavam uma tábua longa e polida de madeira acima das videiras. Era tão larga quanto cinco patas e quatro vezes mais longa, com pequenas marcas de medida por toda a extensão.

Uma das pontas terminava bem nas patas dianteiras de Grandiosa. Ela esticou o pescoço e abriu a mandíbula enquanto os asachuva saíam do caminho, deixando a tábua colocada à sua frente como um tapete de boas-vindas.

— Quando você estiver... — começou Vistoso.

A boca de Grandiosa abriu-se e um esguicho de veneno preto foi disparado. As gotas se espalharam na madeira quase na outra ponta, borbulhando e queimando pequenos buracos onde caíram. O público ficou admirado.

— Eu acho que isso é bem impressionante — disse Glória para Mangal.

O suspiro disse tudo.

Grandiosa foi para o lado com um gesto polido para Jupará. A pequena dragonete se colocou, nervosa, abriu a boca o máximo que conseguiu e soltou um pequeno jato de veneno na tábua.

Ele pousou a uma distância que mal dava um quarto do caminho entre suas patas e as gotas de Grandiosa.

O coração de Glória congelou. Mangal deixou a cabeça cair em suas patas com um gemido. Jupará virou-se para Glória com uma expressão entristecida.

— Ainda tem a parte da mira — disse Jambu, esperançoso. Ele deu tapinhas nas costas da pequena dragonete. Os ajudantes já traziam uma espécie de cavalete pintado com três círculos amarelos e brancos.

— E se eu falhar? — perguntou Jupará para Glória. — Todos esses dragões... vai ser culpa minha se nunca mais os virmos de novo. Vai ser minha culpa que você não vai ser rainha.

— Pare com isso — pediu Glória, colocando uma pata em cima da de Jupará. — Eu perdi no meu desafio, lembra? É mais culpa minha do que de qualquer um de vocês, mas eu *vou* ser rainha um dia. E enquanto isso... — Ela encarou Mangal para garantir que ele estivesse ouvindo. — Vamos trazer Orquídea e os outros asachuva de volta, não importa o que aconteça. Talvez eu não tenha um exército, mas vamos fazer uma missão de resgate com meus amigos e com quem mais tiver disposição para ir. Então não pense nisso agora. Tudo que eu posso pedir é que você dê o seu melhor. E eu sei que nem preciso pedir, porque você é o tipo de dragoa que sempre faz isso.

— É verdade — animou-se Jupará. — Eu *sou* esse tipo de dragoa. — Ela endireitou os ombros. — Eu vou. É isso que eu vou fazer.

Glória olhou para cima e percebeu que Grandiosa também ouvia. A velha rainha virou-se e casualmente disparou seu veneno na madeira pintada. O jorro pousou com precisão no centro do primeiro círculo.

Áurea deu um sorriso triunfante na direção de Glória. *Teria sido incrível arrancar esse sorrisinho da cara dela. E um dia eu vou. Eu vou ser rainha dessa nação. É pra isso que eu nasci. Eu tenho certeza.*

Jupará se colocou ao lado de Grandiosa, abriu a boca, e cuspiu seu veneno nos círculos. As gotas atingiram o mesmo ponto que Grandiosa, e um som sibilante subiu da tábua enquanto a madeira derretia um pouco mais.

A asachuva mais velha soltou um som de aprovação e deu tapinhas na cabeça de Jupará. Então virou a cabeça só um pouco e disparou outro jato preto diretamente no centro do segundo círculo.

Jupará respirou fundo e fez o mesmo. Mais borbulhas e fumaça vieram da madeira.

Não se emociona, Glória disse a si mesma, embora não conseguisse não se impressionar com Jupará. Ela sabia que não conseguiria mirar com aquela precisão, mas se as duas dragoas empatassem nessa parte da competição, Grandiosa ainda ganharia por causa do desafio da distância. *É só praticar uma cara de boa perdedora. E se preparar para estudar como se sua vida dependesse disso, pra tentar de novo. Quanto tempo será que eu tenho que esperar entre desafios?*

Grandiosa abriu sua boca.

E então uma preguiça caiu de cima das árvores, pousando em frente à tábua.

Jupará saltou para tirá-la do caminho.

E o tempo ficou mais lento, para que Glória pudesse ver cada gota do veneno voar em um arco desapressado e cair, *splash, splash, splash,* bem na asa de Jupará.

CAPÍTULO 33

Por todo o Arboreto, os asachuva começaram a gritar.

Jupará caiu como uma bola de escamas que logo se tornaram brancas de dor, a não ser pelos três pontos pretos onde o veneno derretia sua asa.

Glória correu para o lado dela e viu Grandiosa do lado oposto, segurando as patas de Jupará. Ela estava horrorizada.

— Ajude ela! — gritou Glória. Lembrou-se do que Jambu dissera sobre como o veneno de um parente pararia o seu próprio. — Quem é da sua família? Chame eles agora!

— Eu não sei — disse Grandiosa, sem esperança. — Eu não ponho ovos há décadas. Eu não testo meu veneno com ninguém tem tanto tempo. Eu acho que não tenho mais nenhuma família.

— Isso é loucura! — gritou Glória. — Porque vocês não têm nenhum registro disso? Você deve ter tido dragonetes alguma vez, e eles devem ter tido dragonetes também...

— Talvez, mas ninguém...

Jupará ganiu, um som agudo e triste.

— Comece a testar — implorou Glória. — Teste com todo mundo. Teste comigo. Ela pegou a tábua e cuspiu uma poça disforme de veneno no canto. A madeira sibilou e derreteu como se queimasse por dentro.

Grandiosa não hesitou. Ela cuspiu seu veneno bem em cima do de Glória.

E o derretimento parou.

Glória não teve tempo para a expressão chocada de Grandiosa. Não podia arriscar tentando mirar nos mesmos três pontos onde o veneno de Grandiosa acertara Jupará; poderia acabar causando ainda mais danos. Rapidamente arrancou três folhas da videira abaixo dela, afundou-as na poça de seu próprio veneno, e as colocou nas feridas de Jupará.

O som silenciou e o ácido preto parou de se espalhar.

— Tá tudo bem. Você vai ficar bem — disse Glória para Jupará, levantando a cabeça da dragonete em suas patas. Ela viu que a pequena dragoa havia desmaiado.

Além disso, Grandiosa a encarava como se preguiças estivessem fazendo um desfile nas orelhas de Glória.

— O que é? — disse Glória. — E daí que eu sou sua neta, ou sobrinha-neta, ou sei lá o quê. Não é como se alguém aqui realmente ligasse pra isso, né?

— Eu ligo — disse Grandiosa. — Porque isso quer dizer que você é uma descendente da linhagem original de rainhas asachuva, o que quer dizer que eu não sou a última digna do trono, afinal.

Glória piscou os olhos.

— Eu nunca achei que alguém ligasse pra sangue real aqui.

— Ninguém além de mim — disse Grandiosa. — Nós tínhamos registros dos ovos reais, mas minhas filhas eram inúteis, então juntamos nossos ovos com os da nação, esperando encontrar sucessoras que eram rainhas em espírito, mesmo sem o sangue. Houve algumas que poderiam ter sido grandiosas se tentassem o trono, mas a verdade é que nunca encontrei uma dragonete que *quisesse* e *merecesse* ser rainha. Até agora.

Ela levantou-se e encarou Áurea como uma nuvem tempestuosa enorme.

— Eu desisto. Jupará é a vencedora.

— O quê? — ganiu Áurea.

— Você ouviu? — disse Glória para Jupará. — Você venceu.

Os olhos da pequena dragoa abriram e ela conseguiu sorrir.

— Isso é… *super* da hora — sussurrou. Sagui veio por trás delas e deslizou a asa por baixo da cabeça de Jupará para que Glória pudesse levantar ao lado de Grandiosa. Ela sentiu-se tonta e descrente.

— É meu trono, de qualquer forma — disse Grandiosa para Áurea. — Eu apenas as tolerei nele porque pensei que a experiência as transformaria em rainhas dignas. — Ela disparou um olhar desgostoso para Preciosa, Paradiso e Raposa-Voadora. — Essa teoria provou-se bem incorreta.

— Você não sabe nada sobre essa dragoa — reclamou Áurea, apontando para Glória.

— Eu sei que ela será uma rainha melhor que você — disse Grandiosa. Ela virou-se para a nação reunida com um gesto enorme. — Contemplem! Sua nova rainha! Rainha Glória dos asachuva!

E eles *comemoraram*.

Glória deu um passo para trás, deslumbrada, quando o que parecia ser toda a nação subiu no céu, batendo as asas e cantando com alegria. O arco-íris de diversas cores foi apagado por uma onda de um dourado da cor de girassóis exultantes, e Glória pensou consigo mesma, *caraca*.

Eu sou uma rainha. Rainha Glória dos asachuva. Esse será meu nome nos pergaminhos de história — não Glória o erro, ou Glória a asachuva preguiçosa, ou Glória que nunca conseguiria ser tão boa quanto um asacéu sem nome que morreu seis anos atrás.

Eu sou responsável por todos esses dragões agora. Podemos resgatar os asachuva perdidos e garantir que nenhum dragonete se perca novamente. Estelar vai me ajudar a ensiná-los a ler e escrever. Eu vou protegê-los. Vou guiá-los. Vou fazer com que eles — *com que* nós *sejamos uma nação da qual nos orgulhamos.*

Glória, a rainha que escolheu seu próprio destino, salvou seus súditos, e tornou sua nação os maiores dragões de toda Pyria.

— Discurso! — demandou Jambu, colidindo nela. Suas escamas eram de um rosa tão vibrante que quase machucava o olhar.

— Nem comece. Felizmente ninguém conseguiria me ouvir com esse barulho — disse Glória acenando para seus súditos animados. Ela deu um empurrão carinhoso em seu irmão e ele enrolou sua cauda na dela por um momento. Glória nem se importou.

Assim que ele foi atacar os olhos de mais alguém, ela sentiu um movimento em sua asa e virou-se, achando que era Jupará, mas viu Sol. Raios solares dançavam em suas escamas douradas enquanto a pequena asareia sorria para ela.

— Você conseguiu — disse ela.

— Não sozinha — acrescentou Glória. — Eu precisei desses dragões pra conseguir. — Ela afastou as asas para abraçar Jambu e Mangal, mas eles saltitavam por todos os lados com animação.

Sagui abraçava Jupará, e até a dragonete ferida estava de um rosa-pálido alegre.

— Isso é tão injusto — resmungou Tsunami, pousando ao lado delas. Ela suspirou dramaticamente. — Essa deveria ser *minha* história. Malditos asamar e sua rainha razoável.

— Talvez você se torne a rainha asamar um dia — consolou Glória. — E aí eu posso te dar dicas de como ser majestosa e fenomenal.

Elas sorriram entre si.

— Isso só prova o que eu sempre disse — relembrou Tsunami. — Quem precisa de uma profecia pra te dar um destino legal?

— Verdade — confirmou Glória. — Tome isso, profecia. Você não é sobre mim? Eu também não sou sobre você.

Sol moveu as asas como uma borboleta se posicionando.

— Mas a gente ainda precisa de você — disse ela. — Você ainda é uma de nós, e ninguém nunca vai me convencer do contrário.

Glória afagou as asas de Sol com as suas, sentindo um calor que não vinha das escamas da asareia.

— A primeira coisa que a gente precisa fazer é resgatar os asachuva do Reino da Noite — declarou ela. — O que significa que temos que transformar esses dragões em um exército o mais rápido possível. Tsunami pode ajudar com isso.

— E se posso! — prontificou-se Tsunami, flexionando as garras.

— É, na verdade — começou Sol. — Eu estava pensando que talvez tenha outra...

O som de galhos quebrando acima delas fez Glória virar-se. Lamur veio se batendo por entre as árvores, levando galhos quebrados e se arremessando contra voltas de cipós em seu caminho. Ele olhou ao redor, desesperado, vendo os asachuva comemorando, viu Glória e caiu em sua frente.

— Lamur! — gritou Sol. — O que foi? O que aconteceu?

Imagens horríveis passaram na mente de Glória — seus amigos feridos, um exército de asanoite marchando pelo túnel para invadir a floresta tropical...

— É Estelar — disse Lamur. — Ele sumiu. — Seu olhar ansioso chegou em Glória, e ela lembrou da discussão que tivera com Estelar da última vez que o tinha visto. Com certeza ele não tinha...

— Glória, me desculpe — disse Lamur. — Mas eu acho que ele foi avisar os asanoite.

EPÍLOGO

— Eu odeio este lugar — disse Brasa, olhando com raiva para a poeira de pedra escura presa entre suas garras. — Odeio, odeio, odeio.

— Eu odeio mais — gemeu Molusco. Ele tossiu, melancólico. — Minhas escamas estão secas. Minhas patas doem. E eu tô com fome.

— Eu odeio aquele asanoite enorme velho e burro — sibilou Urutu.

— Eu não acredito que meu pai deixou ele me levar. — Molusco foi até a boca da caverna e encarou o céu enevoado como se esperasse que Nautilus aparecesse de repente, voando a seu resgate.

— Ah, parem com isso — disse Destino, batendo sua cauda. — Não é tão ruim assim.

Na verdade, era tão ruim assim, mas ela não admitiria para aqueles quatro. Ela nunca imaginara que o Reino da Noite — *seu* reino — seria tão escuro e fedido e que todos aqueles dragões seriam tão *incrivelmente rabugentos*. Era como se nem o fato de serem os dragões mais legais do mundo conseguisse fazê-los feliz de alguma forma.

Mas aí, ela estava em casa, e Porvir dissera que ela era parte de uma profecia, o que era ainda mais legal do que ser uma asanoite. Então realmente tinha algo do que reclamar?

— Eu quero morrer — gemeu Ocre. O dragonete asabarro estava deitado no chão da caverna praticamente o dia todo desde que Porvir os largara ali.

— Eu quero que você morra também. — Brasa concordou.

— Você fede — disse Urutu.

— Eu acho que não devia ter comigo aquele negócio morto — murmurou Ocre. Ele parou, então acrescentou: — Ou todos os negócios mortos de vocês.

— Bem, *eu* não ia comer aquilo — disse Molusco, esnobe. — A gente tá numa ilha. Eu acho que *alguém* devia conseguir me trazer um peixinho fresco, considerando quem é meu pai e o fato de que sou um dragonete do destino. Sabe? Qual é.

Destino trocou o peso em suas patas, desconfortavelmente. Ela não tinha gostado nada da cara do que os asanoite rabugentos haviam trazido para que eles comessem. Por que tudo era tão podre e fedorento?

Tenha uma visão, disse a si mesma. *Isso vai fazer você se sentir melhor.*

Ela fechou os olhos e franziu a testa, concentrando-se o máximo que conseguia.

— Eu prevejo… — disse com um tom agourento.

— Não! — gritou Urutu.

— Nos poupe — chorou Molusco.

— Aaaaaargh — gemeu Ocre.

— Agora eu quero que vocês *dois* morram — disse Brasa.

— Calem a boca — disse Destino com os olhos ainda fechados. — Estou usando meus *PODERES*. Contemplem! Eu prevejo uma… morsa! Uma morsa em nosso futuro! Uma morsa inteirinha pra comermos.

— Por que você tá me torturando? — lamentou Ocre.

— Nós não tínhamos morsas nem quando a gente vivia perto do mar — lembrou Molusco.

— Apesar do fato de você prever a mesma coisa quase toda semana — acrescentou Urutu, amarga.

— Minhas visões nem sempre são *precisas* — disse Destino, animada. — Elas não dizem *quando* a morsa chegará, apenas que chegará, e então nos banquetearemos. E tudo vai ficar lindo de novo.

— E quando foi que alguma coisa foi linda? — ralhou Brasa.

— Faça-nos um favor e pare de dividir seus poderes estúpidos com a gente — gritou Urutu.

Suas lagartixas rabugentas e mal-agradecidas. Destino sentou-se na boca da caverna e levantou o focinho, ignorando a todos. Se não conseguiam aproveitar os presentes que ela lhes concedia ENTÃO TÁ BOM, ela manteria suas visões consigo mesma. Até que tivesse outra incrível, ao menos.

O vulcão do Reino da Noite se esticava abaixo, escuro, íngreme e lotado de dragões pretos. Não haviam tantos asanoite quanto ela esperava. Parecia mais um acampamento dos Garras da Paz do que um reino inteiro, mas os dragonetes não tiveram exatamente um *tour* por ali. Não os levaram nem para a fortaleza grande, que era onde a rainha vivia, ou pelo menos era o que Destino achava. Não tinham sido apresentados à rainha asanoite. Ou a qualquer dragão, na verdade. Porvir os metera naquela caverna alta e vazou de novo.

Destino apertou os olhos para a praia de areia preta no horizonte. Uma caverna estava no penhasco ali, e mais cedo vira alguns dragões voarem até lá. Naquele momento saíam de novo, e tinham um dragonete asanoite nas patas.

Ele parecia ter a mesma idade que Destino, e estava inconsciente. Suas asas caíam e suas garras eram arrastadas pela areia.

Suas escamas começaram a pinicar de um jeito que lhe dava a certeza de ser um sinal do universo.

Tinha alguma coisa importante sobre aquele dragonete.

— Estou tendo *OUTRA VISÃO* — anunciou.

Os ossos que sobraram do jantar de Ocre acertaram a beirada ao lado dela. Tinha sorte que a mira de Molusco não fosse tão boa.

— Eu só estou avisando que *NÃO VOU CONTAR PRA VOCÊS* — disse ela. — Mesmo sabendo que é *MUITO SIGNIFICATIVA*.

Os outros a ignoraram.

Bom, não importava.

Ela estava em casa com seu povo. Tinha um destino a seguir. E tinha certeza de que o dragonete inconsciente, que era levado até a fortaleza, seria parte disso.

*A AVENTURA CONTINUA NO
LIVRO QUATRO:*

O SEGREDO SOMBRIO

Reino
de Gelo

Reino dos Céus

Sob a Montanha

Fortaleza
de Flama

Reino
de Areia

Gruta dos
Escorpiões

Montanha de Jade